JN164578

反復のレトリック

反復のレトリック

梨木香歩と石牟礼道子と

山田悠介

水声社

古い記憶がどんどん戻ってきていて、バックはその記憶を、その元となっている現実をかつて肌に感じたのと同じにいま感じとっていた。これと同じことを前に、あのもうひとつの、おぼろに覚えている世界のどこかで自分はやったことがある。そしていままたそれをやっていて、広々とした地を自由に走り、踏み固められていない大地を足下に感じ、頭上には大空が広がっているのだ。

——ジャック・ロンドン「野生の呼び声」

目次

第二章 「反復」の諸相――形式・意味・機能 83

第三章 梨木香歩の「反復」 165

はじめに

文学テクストを形づくる言葉そのものと向き合い、何が、いかに語られているかを問うこと。何が、いかに語られているかを明らかにし、その意味を問うこと。それが、本書『反復のレトリック――梨木香歩と石牟礼道子と』を貫く「方法」であり、また「問い」でもある。

現代日本を代表する環境文学作家と目されている梨木香歩と石牟礼道子の文学テクストには、自然と人間のあいだの、そして、超自然の存在と人間のあいだの、さまざまな「コミュニケーション」が描かれている（以下、自然と超自然の存在をともに指す場合は「人ならざる存在」という言葉を用いる）。人が、人ならざる存在に言葉を送ったり、人ならざる存在が人に〈言葉〉を向けたり、言葉のやりとりによって〈変身〉と呼べるような状態が生起することもある。

二人の作品に描かれた人と人ならざる存在の「コミュニケーション」の場面を注意深く読んでいくと、そこには、同一性、類似性、対照性を帯びた、音や、音の連なりや、語や語句や構文などのくり返し、すなわち「反復」が頻出することに気づかされる。興味深いことに、こうした特徴は、梨木と石牟礼のテクストだけでなく、本書でも取り上げるテリー・テンペスト・ウィリアムス、リチャード・ネルソン、エドワード・アビーといった現代アメリカの環境文学作家のテクストにも認められる。

人と人ならざる存在の「コミュニケーション」が、さまざまな作家のさまざまな作品で「反復」を伴って描き出されているという事実は、「反復」という〈かたち〉と、人と人ならざる存在の「コミュニケーション」とのあいだに、何らかの〈つながり〉があることを予感させる。

梨木と石牟礼、二人の環境文学テクストにおける人と人ならざる存在の「コミュニケーション」を、また、そこに看取される「反復」を読み解くため、本書では、エコクリティシズムを中心とする文学研究の知見に加え、レトリック論、ロマン・ヤコブソンの言語論・コミュニケーション論、チャールズ・パースの記号論、坂部恵の〈かたり〉をめぐる哲学などの言語研究の知見を参照し、テクストの詳細な分析を行った。言語を俎上に載せるさまざまな領域の知を援用しながら二人のテクストを精読することを通して、それぞれのテクストにおける「反復」の意味と機能を複眼的に考察することを目指した。

本書は四章で構成されている。第一章と第二章が理論編、第三章と第四章が分析編にあたる。

第一章では、本書のねらいと方法論について述べた。まず、文学における自然と人間の関係性を主題とする「エコクリティシズム」と呼ばれる文学研究（批評理論）について概説し、次いで、本書もまたエコクリティシズムで論究されている自然と人間の関係性について論じるものの、ここではエコクリティシズムで一般的に用いられているのとは異なるアプローチ、すなわち、表現形式から自然と人間の「コミュニケーション」における言語の役割について考察するというアプローチをとることを論じた。そして、レトリック論の知見と、エコクリティシズムにおける「レトリック」に関する研究を参照し、現代アメリカの環境文学作品の分析も交えながら、「反復」という〈あや〉に着目しながら環境文学テクストを論じるとは具体的にどういうことか、そのような方法論を用いることで何が見えてくるかを示した。

第二章では、レトリック論と、ロマン・ヤコブソンらの言語研究の知見を参照し、「反復」とは何か、「反復」はどのような機能をもつかを明らかにすることを試みた。まず、レトリック論の領域で「反復」がどのような〈あや〉と考えられているのかを見、その後で、「反復」に関する数々の知見を遺したヤコブソンの言語研究およびコミュニケーション論の鍵概念である「等価性」、「類像性」、「詩的機能」、「交話的機能」について概観した。さらに、ヤコブソンの枠組みを援用しながら独創的な言語（行為）論を展開する坂部恵の論稿を参照し、「反復」に「垂直の時空」の創出や一種の〈変身〉を可能にする役割があるとする見解についてまとめた。

　そして、これらの知見を踏まえ、第三章で梨木香歩のテクストを、第四章で石牟礼道子のテクストを、それぞれ分析した。

　第三章では、梨木香歩の作品に描かれた、人と人ならざる存在とのあいだの以下の三つのパターンの「コミュニケーション」とそこで用いられている言葉／〈言葉〉について考察した。①人ならざる存在から人への〈言葉〉、②人から人ならざる存在への言葉、③人が〈うたう〉（あるいは〈かたる〉）自然の〈言葉〉、が描かれた三種類のテクストを順に分析し、「反復」がそれぞれの「コミュニケーション」でどのような意味と機能をもつかを論じた。さらに、その分析結果を環境文学研究で展開されている交感論、とくに、「人間の自然化」や自然の「他者性」に焦点を当てるポスト・ロマン主義的交感論に接合し、「反復」という〈あや〉が、〈交感〉を論じる手がかりともなることを示した。

　梨木のテクストを論じた第三章では、テクストないしメッセージの内部にある「反復」が人と人ならざる存在の「コミュニケーション」においてどのような働きをもつかに焦点を当てたが、石牟礼のテクストを取り上げた第四章では、相手の言葉をくり返すこと、すなわち、テクスト間の「反復」が、どのように人と人を、そして、人と人ならざる存在を結びつけるのか、そのような「反復」がいかに〈変身〉という「コミュニケーション」を生起させるのか、という点について考察した。加えて、「他者」の〈言葉〉の「反復」が、今村仁司の言う「想像的相互行為」を立ち上げるとともに、人ならざる存在を「主体」となす可能性を秘めていることを論じた。

本書で光を当てるのは、人と人ならざる存在の関係性と、環境文学テクストの言葉そのもののあり方である。

人と人ならざる存在のあいだにはどのような「コミュニケーション」が可能なのか。それは、いかに語られているのか。いかにして象られているのだろうか。

そのような問いを抱きながら、先達の声に耳を澄まし、〈ことば〉の〈かたち〉に目を凝らすとき、人と人ならざる存在の〈交わり〉が、やりとりが、〈変身〉が、「反復」によって生み出されうるということが、そのことの意味が、明(さや)かに見えてくるはずである。

第一章　環境文学と「レトリック」

1　エコクリティシズムとは何か

文学における自然と人間の関係性に焦点を当てる文学研究（ないし批評理論）が、近年注目を集めている（野田、二〇一一a、スロヴィック、二〇一一、結城、二〇一〇b）。ビュエル／ハイザ／ソーンバー（二〇一四）は、「エコクリティシズム」と呼ばれるこの研究分野を次のように定義している。

> 文学・環境研究は、文学批評（リテラリー・クリティシズム）という一般に使用される用語を援用して通常、「エコクリティシズム」または「環境批評」と称される。同研究は、複数の領域にまたがる多様な形式を有した学際的な動きであり、一つの方法や方針には限定されずに、環境への配慮の精

神にもとづいて文学やその他の創造的な表現方法にみられる環境表象を考察する。エコクリティシズムは以下のような信念を出発点としている。すなわち、想像力の産物である文学などの諸芸術およびその研究は、環境への配慮を深め、刺激し、方向づけるような言葉、物語、イメージの力をつかみ取るので、環境問題、つまり現在、地球に悪影響をもたらしている様々な形態の環境破壊を理解するうえで大きく貢献できる、という信念である。

（二〇一四、一九五頁）

この分野の本格的な研究は一九八〇年代後半の米国で開始され、一九九〇年代初頭には日本でも本格的な研究が行われるようになった（Bialock & Heise, 二〇一三、グロトフェルティ、一九九六、野田、二〇〇三、結城、二〇一〇b、二〇一四など）。地球環境問題への関心が世界的に高まるなか、文学研究の分野でも、自然環境の問題が俎上に載せられるようになったのである。もちろん、それ以前にも文学における自然に焦点を当てた文学研究は行われていた。しかし、環境問題への危機意識を背景に立ち上げられたという点に、この分野の特徴があるとされている（結城、二〇一〇b、九〇―九一頁）。ただし、結城が注意を促しているように、エコクリティシズムは決して「環境擁護に傾倒する」わけではなく、あくまでその焦点は、自然と人間の関係を根本から再考することにある[1]（九三頁）。

このような特徴をもつエコクリティシズムが主として研究対象とするのは、「ネイチャーライティング」と呼ばれる自然と人間の関係を主題としたノンフィクションエッセイや、ネイチャーライティング以外の文学、たとえば、詩、小説、演劇、映画など(これらは「環境文学」と呼ばれる)[2]である(ライアン、二〇〇〇、野田、二〇〇七、二〇一一b[二〇〇三]、スロヴィック、二〇一一)。

2　梨木香歩と石牟礼道子の環境文学

本書では、文学における自然と人間の関係に焦点を当てるというエコクリティシズムの基本的なスタンスに依拠し、現代日本を代表する環境文学の書き手として知られる、梨木香歩と石牟礼道子の作品について論じていく。

梨木香歩は、一九五九年、鹿児島県出身。一九九四年に児童文学作品『西の魔女が死んだ』でデビュー。二〇一一年に鳥の渡りを主題とするネイチャーライティング『渡りの足跡』で第六二回読売文学賞(随筆・紀行賞)を受賞。ナチュラリストであり、植物や動物に関する知識が豊富で、作品にも自然が多く描かれている。エコクリティシズムの観点から論じられた論稿として、豊里(二〇一〇)、野田(二〇一〇)、結城(二〇一二)、Toyosato(二〇一三)などがある。また、児童文学研究の観点からの研究もある(藤本、二〇〇九)。

石牟礼道子は、一九二七年、熊本県出身。一九六九年、『苦海浄土　わが水俣病』を出版。水俣病患者やその家族の「言葉」を綴ったこの作品は、日本における環境文学作品の代表作として国内外で高い評価を受けている。自身の幼少期の体験をもとにした自伝的小説『椿の海の記』（一九七六年）や『あやとりの記』（一九八三年）などでは、水俣病に沈む前の水俣で自然と人間が濃密に関わり合う世界が描かれている（生田、二〇〇四、若松、二〇〇八、結城、二〇一〇aなど）。二〇一三年に『石牟礼道子全集　不知火』（全一七巻＋別巻（二〇一四年）、藤原書店）が完結し、体系的な研究が進められることが期待されている。

本書では、この二人の作品に表象される、人と人ならざる存在の「コミュニケーション」について論じていくが、従来のエコクリティシズムで主流となっている、「倫理学、歴史学、宗教学、人類学、人文地理学」といった学問分野の知見を用いたり[3]、「場所」、「科学」、「ジェンダー」、「環境（不）正義」、「（ポスト）コロニアリズム」、「先住性」といった社会的、政治的な観点からテクストを分析するわけではない[4]（ビュエル／ハイザ／ソーンバー、二〇一四、一九五頁を参照）。これまでこの分野であまり採用されてこなかった方法論、すなわち、文学テクストの表現形式に着目するというアプローチを用いる。梨木と石牟礼のテクストの言葉そのものに焦点を当てることによって、生きた〈場所〉も作品のテーマも大きく異なる二人の作家の作品で、人と人ならざる存在との「コミュニケーション」が描かれる際に、「反復」という〈あや〉[5]が多用されるという共通点があることを炙り出していく。第三章、第四章で見ていくように、「反復」は、二人の作品においてきわめて重要な役割をもつ。本書では、梨木と石牟礼の文学テクストにこのような特徴が認められることを明らかにするとともに、詳細なテクスト分析を通して、「反復」が、人と人ならざる存在との関係について考察する上でさまざまな手がかりを与えてくれることを示す。

次節では、文学テクストの表現形式、とりわけその〈かたち〉に着目することで、〈読み〉の可能性がいかに広がるか、テクストを分析しながら考えてみたい。

3 ことばの〈かたち〉を語ること

〈かたち〉を読むこと、語ること

大学時代にオウィディウスの『変身物語』をラテン語で読んだことが「たぶん人生でいちばん満足した読書だった」と語るのは、ピューリッツァー賞作家のジュンパ・ラヒリである。「この詩に到達するためには、辛抱強く単語を一語一語訳していかなければならなかった。手のかかる古代の外国語に没頭しなければならなかった。それでも、わたしはオウィディウスの文章に引きつけられ、魂を奪われた。生き生きと人を魅了する文体で書かれた、崇高な作品を発見したのだ」と述べた後で、ラヒリは次のように続ける（ラヒリ、二〇一五、一〇四頁）。

ニンフのダフネが月桂樹に姿を変える瞬間をきのうのことのように覚えている。ダフネはしつこく求愛する神アポロンから逃げようとしている。彼女は一人で純潔なまま、処女神ディアナのように森で狩猟に専念したいと願っている。疲れ果て、神から逃れる術を持たないニンフは、助けてほしいと父である河神ペネイオスに懇願する。オウィディウスは記す。「こう祈り終えるやいなや、彼女の手足はけだるい無感覚に包まれ、柔らかな胸は薄い繊維で覆われる。髪は伸びて葉に、腕は枝になり、つい先ほどあれほど早かった足は、重苦しい根となって動かなくなる。顔は消えて梢となる」アポロンがこの木の幹に手を置くと、「新しい樹皮の下に、まだ不安に震える胸が感じられる」。

　変身は暴力的な再生のプロセスであり、死であると同時に誕生でもある。どこでニンフが終わり、どこから木が始まるのかははっきりしない。この場面がすばらしいのは、二つの要素、二つの生命の融合が描かれていることだ。ダフネと木を表す二つの言葉が並置されていることに気づく（ラテン語の本文では、frondem（葉）／crines（髪）、ramos（枝）／bracchia（腕）、cortice（樹皮）／pectus（胸））。これらの単語を並置することにより、絡み合い、矛盾した状態が強調される。虚を突かれたような二重の驚きが生じる。原初的とも言える神話的な意味において、同時に二つのものであるという概念が表現されている。それはどちらともつかない曖昧な存在であるということ、二重のアイデンティティーを持つということだ。

（一〇四―一〇五頁）

ダフネを表す言葉と木を表す言葉の「並置」。それこそが、ダフネの姿が変わりゆく様を、「変身」が孕む／生み出す「二重性」を、ありありと表現する決め手である。〈かたち〉をよすがにするどい読みを提示するラヒリは、『詩をどう読むか』のなかでテリー・イーグルトンが言う「原型（プロトタイプ）的な批評行為」をしている。すなわち、「何が言われているのかを、それがどのように言われているかという側面から、理解する」ということを（二〇一一、一七〇―一七一頁、強調原文）。

イーグルトンは言う。文学の「形式」は「たんなる意味の容器」ではなく「意味の発生装置」なのだから、文学作品を読み解く際には、「記号表現を素通りして、意味内容を見透かそうとする」のではなく、「語調、リズム、脚韻、統語法、類韻、文法、句読点など」、「非＝意味的なもの」がいかに「意味」を形づくるかに注目する必要があると[6]（一七〇―一七三頁）。イーグルトンは、この手法は、「形式と内容が密接に絡み合う文学ジャンル」である「詩」を論じるときにとくに有効であるとしている（一七一頁）。だが、こうしたアプローチが詩だけでなく文学的散文の分析にも有益であることは、たとえば、『フィクションの言語――イギリス小説の言語分析批評』などで知られるデイヴィッド・ロッジが『小説の技巧』のなかでジェイムズ・ジョイスの作品について次のように述べていることから窺える。

『ダブリン市民』の短篇の多くは、一見アンチクライマックス（敗北、挫折、あるいは何かささいな出来事）で終わっているように見えるが、言語によってそのアンチクライマックスが、主人公あるいは読者にとって——またはその両方にとって——真実の瞬間に変容するのである。『若い芸術家の肖像』でも、スカートをたくし上げて海を歩いていく若い娘の姿が、文章のリズムと反復によって、卑俗な美しさをたたえた超越的啓示に変貌し、宗教ではなく芸術を天職として生きようという主人公の決意に確証を与えるのである。

（ロッジ、一九九七、二〇一頁、強調引用者）

ここでロッジは、ジョイスの作品で「形式」ないしは「記号表現」によって「エピファニー」という「内容」が創出されることを指摘しているが、ロッジが明らかにしたこと、すなわち、文学的散文においても「形式」と「内容」が密接な関係をもち、言葉の〈かたち〉が「意味」を「発生」させる場合があるということは、ただジョイスの作品にのみ当てはまるわけではない（リーチ／ショート、二〇〇三も参照）。

イーグルトンやロッジが主張するように、文学テクストで「何が言われているのか」を探る上で、「どのように言われているか」に着目することが重要であるとすれば、[7] この方法は、環境文学テクストを考察する上でも有益であるはずである。

実際、エコクリティシズムの分野でも、表現形式に着目しながらテクストを論じたすぐれた論稿がある。たとえば、「場所」をキーワードに石牟礼の『苦海浄土』を論じた生田（二〇〇四）は、作中から以下の箇所を引き、石牟礼の「心理を解読する手がかり」が「地名にまつわる詳細な記述のうちに潜んでいる」と分析している（三一頁）。

入江の向こう側が茂道部落、茂道のはしっこに、洗濯川のような溝川が流れ、これが県境、「神の川」であり、河原の石に乗って米のとぎ汁を流せば、越境してしまう水のそちら側の家では、かっきりと鹿児島弁を使うのだった。

茂道を越えて鹿児島県出水市米ノ津、そして熊本県側へ、国道三号線沿いに茂道、袋、湯堂、出月、月ノ浦と来て、水俣病多発地帯が広がり、百間の港に入る。百間から水俣の市街に入り、百間港に、新日窒水俣工場の工場排水口がある。

（石牟礼、一九七二［一九六九］、一一頁）

生田はこの箇所について次のように言う。

地理的要素や地名の列挙は、地域の「よわい」を伝えるのに有効な手法だろう。だが、そこにはいつの間にか異質で暴力的な響きをもった表現「水俣病多発地帯」と「新日窒水俣工場の工場排水口」が忍び込んでくる。石牟礼は自らの語る海辺の情景が表面的には穏やかでありながら、現実にはその基盤が病みはてていることを直視するのだ。そのとき、パストラルの世界は石牟礼自身の幻想のうちにしか存在しえない領域と化す。だからこそ石牟礼はありふれた日々のかけがえのなさを痛切に感じ、いとおしい記憶を言葉にしようという衝動につき動かされるのである。

（生田、二〇〇四、三一―三二頁）

列挙される地名のなかに地名以外の言葉がさりげなく埋め込まれているという表現上の特徴に着目し、作品の内容に迫る。ここでは、「どのように言われているか」を通して、「何が言われているのか」を探り当てることが試みられている。

本書で着目する「反復」という〈あや〉を手がかりに、テリー・テンペスト・ウィリアムス（一九五五―）の作品を論じている論稿もある。結城（二〇一〇a）は、「ウィリアムスの作品におけるサウンドスケープの文学的ならびに文化的意義を探」る際に、「サウンドスケープを創出する言語、あるいは聴覚的な言語経験」がどのように表されているかを検討している（一三四頁）。結城は、ウィリアムスの生まれ故郷であるユタ州ソルトレイクシティを舞台にした彼女の代表作『鳥と砂漠と湖と』（一九九五年［原著、一九九一年］）をはじめ、複数の作品からさまざまな場面を引き、表現形式に着目しながら分析を行っている。以下ではまず『鳥と砂漠と湖と』のなかでウィリアムスが「反復」表現を多用しながら「荒野との親密な関係を語る」（一四四頁）場面について論じている箇所を見てみたい。

結城は、結城の論稿で分析の対象としている場面[8]には、「反復という手法によって活字テクストに聴覚的な厚みが付加される一方、自然の循環のリズムが喚起されている」（一四二―一四三頁）と述べ[9]、次のように続ける。

反復されているのは“Wind and waves”というフレーズであるが、これが形を変えて三度用いられている。まず、主語として（“wind and waves are like African drums”）、次にフレーズの繰り返しとして（“Wind and waves. Wind and waves”）、そして他のフレーズとの組み合わせにおいて（“Wind and waves. A sigh and surge”）。このような変化をともなう反復には、反復という現象を単調で退屈な繰り返しとしてではなく「生の賜物」としてとらえる書き手のスタンスが反映されていると考えられるだろう。

（結城、二〇一〇a、一四三頁）

また、「反復」が「アメリカ先住民の儀式において重要な役割を果たすと言われている」ということを踏まえ、結城が論稿のなかで俎上に載せている一節に「うた、太鼓、踊りの三要素がすべて織り込まれ」、「アメリカ先住民の儀式と相似した空間」が「創出」されているとも論じている[10]（一四三―一四四頁）。

他にも、*Red: Passion and Patience in the Desert.*（二〇〇一年）という作品に「be動詞“is”の繰り返しを用いた描写」、「“is”によって形容詞が立て続けに接続される描写」が頻出することを指摘し、次のように述べている（一三九頁）。

畳み掛けるような形容詞の連続に強調されているのは、その場所の動的な状態である。動きのまったくない、静的な環境というものはない。大地も空気も乾き、生命が存在していないかのようにみえる荒野でさえも、生のいとなみや気象による変化に満ちている。「目の前に広がる荒野は赤でローズでピンクで深紅で赤紫でサーモン色だ」[11]という具合に、刻々と変化する荒野の色をリストアップする手法は、季節や時間や天気や気温によって表情を変える荒野のダイナミックな様相を前景化させる。さらに、"is" の繰り返しはある種のリズムを生み出し、文章に聴覚的な要素を加えていることもたしかだ。連続的に使われる "is" は、変化に満ちた風景を前景化させるはたらきをもつと同時に、生のいとなみが織り込まれた風景が聴覚的位相において訪れるということを示唆するものでもある。（一三九―一四〇頁）

このように、結城は作中に観察される「反復」表現からウィリアムスの自然観や自然との関係性を解釈することを試みているのである。

本書でも、生田や結城の論稿[12]でとられているようなアプローチ、すなわち、作品の表現形式に着目して環境文学テクストを論じるという方法論を用いる。ただし、従来の研究とは異なり、ここでは、言語学的な知見――具体的には、レトリック論、言語学、コミュニケーション論の先行研究――を踏まえ、「どのように言われているか」を手がかりに「何が言われているのか」を探究していく（イーグルトン、二〇一一、一七〇頁、強調原文）。こうした知見を援用するのは、そうすることで、テクストに看取される特徴的な表現形式がどのような構造をしているのか、どのような機能をもつと考えることができるのかという問題をめぐって、より緻密な議論を展開することが可能になるからである。

テクストの表現形式を手がかりに梨木と石牟礼の環境文学作品に描き出された、人と人ならざる存在の関係について考察することを目的とする本書では、とくに、「反復」という〈あや〉の役割に注目する。「反復」に着目するのは、この〈あや〉が、二人の作品はもとより数々の環境文学作品のなかでも自然と人間の関係性や相互行為（コミュニケーション）を描く際に頻繁に用いられ、自然と人間の同一性、類似性、差異を表したり、自然と人間のあいだの〈変身〉を描いたり、両者の「コミュニケーション」を成立させるといった局面できわめて重要な役割を担うことが多いからである。

以下では、「反復」に着目することで具体的にどのような〈読み〉が可能になるかを示すため、現代アメリカを代表する二人のネイチャーライターの作品の一節を分析してみたい。はじめに、先に言及した結城（二〇一〇a）も分析していたテリー・テンペスト・ウィリアムスの『鳥と砂漠と湖と』の一場面を、続いて、リチャード・ネルソン（一九四一―）の『内なる島　ワタリガラスの贈りもの』（一九九九年〔原著、一九八九年〕）の一場面を取り上げる。

ことばの〈かたち〉が語ること（1）――『鳥と砂漠と湖と』の「反復」

『鳥と砂漠と湖と』のなかの、「コハクチョウ」という章には、グレートソルト湖の近くで亡骸となったハクチョウと並んで、「私」が地面にその身を横たえる場面がある。以下は、「私」が今は亡きハクチョウが空をゆく様子を「想像」する場面である。

よく覚えているのはそのかたわらに横たわって、大きな白い鳥が飛んでいるところを想像したことである。

来る日も来る日も、来る夜も来る夜も、このハクチョウを前に進ませた大きな心臓を私は想像した。ハクチョウが北極地方のツンドラを飛び立った時についた深い息や群れの間の友情を想像した。くっきりと晴れた秋の夜、南へ向かう彼らが見た星を想像した。中秋の名月の丸い顔の前を通り過ぎる彼らのシルエットを想像した。さらに湖面をきらきらと輝かせたグレートソルト湖が、降りてくるようにとハクチョウたちに母親のように呼びかけるのを、突然の嵐を、別離の悲哀を、想像した。

そして私はその亡骸の静けさに耳を傾けようとした。

日暮れに、私は砂の上の十字架のようなハクチョウのもとを離れた。私は振り返らなかった。

（ウィリアムス、一九九五、一五〇―一五一頁）

「想像」という言葉がくり返されているのは一体何故なのだろうか。このくり返しは、どのように解釈することができるのだろうか。この問いについて考える手がかりを、原著に求めてみたい。

上記に引用した日本語訳ではすべて同じように「想像した」と訳されているが、以下に引用する原著では「想像した」という箇所は、二種類の言い回しで表現されていることが分かる。

> What I remember most is lying next to its body and imagining the great white bird in flight.
> I imagined the great heart that propelled the bird forward day after day, night after night. Imagined the deep breaths taken as it lifted from the arctic tundra, the camaraderie within the flock. I imagined the stars seen and recognized on clear autumn nights as they navigated south. Imagined their silhouettes passing in front of the full face of the harvest moon. And I imagined the shimmering Great Salt Lake calling the swans down like a mother, the suddenness of the storm, the anguish of its separation.
>
> And I tried to listen to the stillness of its body.
>
> At dusk, I left the swan like a crucifix on the sand. I did not look back.
>
> （Williams, 2001a［1991］, pp. 121-122. 強調引用者）

下線で示したように、「想像した」と訳出されている部分は、原著では“I imagined”と“Imagined”という二種類の表現で表されているのである。さらに、ここで注目すべきは、それらが交互にくり返されているという点である。

現れては消え、現れてはまた消えてゆく〝I〟。常に大文字で書き記される一人称代名詞が消えるとき、人間としての「私」は消える。そして、再び〝I〟が現れるとき、人間としての「私」が恢復される。この規則正しい語句のくり返しを、そのような行きつ戻りつする意識の往復運動、揺れ動く「私」のありようとして解釈することはできないだろうか。

少なくとも、このような読みは、翻訳者でもある石井倫代がこの場面について述べている以下の言葉と響き合うように思われる。

視覚的な美しさを持つ一節だが、美しさはおそらく視覚的な効果のせいばかりではない。「私」が人間としての意識から離れてハクチョウという別の生命の意識のほうへ限りなく寄り添っていこうとするその自己放棄、自己消去の姿勢のせいである。もちろんツンドラを飛び立つハクチョウのつく深い息を感じることも、南へ向かうハクチョウの目に見える星を見ることもわたしたちには不可能なことである。だが、できる限りハクチョウに寄り添い、ハクチョウの目に映る世界を眺めようとする姿勢を持つことによって、わたしたちのホモセントリズムが崩れ、それと同時にエゴイズムからの解放があるのだ。

（石井、一九九六、三九九頁）

「私」が、「人間として」の「私」であることを一時的にやめ、ハクチョウに〈なろう〉とするふるまい。石井はそれを「自己放棄、自己消去」という言葉で表現しているが、[13] この「人間としての意識から離れ」、ハクチョウに「寄り添って」いこうとする様子が、〝I〟の消失と現出という表現形式それ自体に埋め込まれていると考えられるのである。

さらにもう一点つけ加えれば、"Imagined" という単語の〈かたち〉は、人称代名詞〝I〟が "imagine" という動詞に取り込まれているような印象も与える。ここから、〝I〟が消えた瞬間に、「私」が "imagine" という体験に没入し、忘我や主客溶解と呼ばれる状態に陥っていることを表していると言うこともできるかもしれない。

前述した結城（二〇一〇a）はウィリアムスのテクストに見られる「反復」の聴覚的な側面に着目していたが、「反復」はこのように視覚的にも〈意味〉を創り出すことができるのである。

ことばの〈かたち〉が語ること（2）――『内なる島』の「反復」

続いて、文化人類学者としてもその名を知られるリチャード・ネルソンが島との関係を綴ったテクストを分析してみよう（Tallmadge, 一九九六、Yamashiro, 二〇〇三参照）。ネルソンは、自らの住む南東アラスカを舞台にしたネイチャーライティング『内なる島　ワタリガラスの贈りもの』（一九九九年［原著、一九八九年］）のなかで、ウィリアムスと同じように、鳥の生を想像するという場面を描いている。

『内なる島』の第二章「見つめる森」には、ハクトウワシとの遭遇譚が描かれている。ある日、若い野生のハクトウワシに出会ったネルソンは、トウヒの枝にとまったハクトウワシにじりじりと接近していく。自分を見下ろす鷲を見ながら、ネルソンは、「ぼくに向けた鷲の目には何が見えるのだろう」と問い、生物学的知識を参照しつつ、自分とは比べ物にならないほど優れた視覚能力をもつ鷲の〈見え〉に思いをめぐらせ、「こちらには鷲の目しか見えないのだが、むこうはぼくの目の中まで見透かしていそうな気がする。いや、ひょっとしたら心の中までか」と、鷲の目から自分自身の姿を捉えようとする[14]（ネルソン、一九九九、六六頁）。

やがてネルソンは、鷲が止まった木の真下に辿り着くことに成功する。鷲は、ネルソンの姿が見えなくなったのを嫌ってか、空へと羽ばたいていく。その姿を見送りながら、ネルソンは鷲に〈変身〉する。夢とうつつのあわいを越えるようにして。


入江の上空へ舞い上がる鷲を見送っているうちに、ぼくは眠りの縁を踏み越えるかのごとく、一つの境界線を越えて漂い出していた。鷲の心臓の鼓動をこめかみに感じ、鷲の眼を通して果てしない空を見つめ、下界で斜めの倒木にしがみついたぼく自身の姿を振り返る。鷲が枝から飛びたったときの軽蔑にも似た感情を味わい、翼で捉えた空気の抵抗をわが身に実

感しながら——。　　　　　　　　　　（六七頁）

ネルソンは、「鷲の体に乗り移ったまま」（同頁）、しばし大空を舞い、島と海を文字通り鳥瞰する。だが、覚醒の瞬間は突然訪れる。

ぼくはハクトウワシの夢想に耽る。空高くバランスを保ちながら下界の水面をにらみ、獲物の閃きを待つ。獲物？　その考えで、思わずわれに返る。想像の上とはいえ、ひととき鷲となって大空を飛び、〈島〉と海峡を見おろしていた自分——。だが、鷲があの燃えたつような眼で何を見、その脳に飛びこむディテールの迷路の中で山々や岸辺がどんな形を取るのか、ぼくには推し測ることすらできないのだ。　　　　　　　　　　（六八頁）

我に返ったネルソンが気づいたこと。それは、人間である自分がハクトウワシの目に映る世界を再現することは不可能である、ということである。ネルソンは、鷲に「なる」ことによって、自分は自分自身の目に映る世界しか見ることができないということを身をもって知る。ここから、ネルソンが、動物への〈変身〉が、自らを相対化する契機となりうる一方で、自己中心的なふるまいになりかねないという負の側面をもつことも意識していることが分かる。

ハクトウワシと出会い、見つめ合い、鷲になって大空を舞うという「夢想」に浸ったネルソンは、夢想から醒め、鷲と自分は確かに互いに異質な存在ではあるが、「一体」でもあるということに気づく。このエピソードの最後の段落には、そのことが次のように述べられている。

> There is the eagle's world, and there is mine, sealed beyond reach within our selves. But despite these insuperable differences, we are also one, caught in the same fixed gaze that contains us. We see the earth differently, but we see the same earth. We breathe the same air and feel the same wind, drink the same water and eat the same meat. We share common membership in the same community and are subject to the same absolutes. In this sense, the way we perceive what surrounds us is irrelevant: I have the eagle's eyes and the eagle has mine.
>
> (Nelson, 1991［1989］, p. 38)

> 鷲の世界とぼくの世界は、それぞれの内にしっかりと閉ざされて、互いに手が届かない。しかし、そうした越えがたい差異にもかかわらず、ぼくと鷲は同じ森のまなざしに見つめられているという意味において一体でもある。地球の見え方はちがうとしても、ぼくらは同じ地球を見ている。同じ空気を吸い、同じ風を感じ、同じ水を飲み、同じ肉を食べ、同じ生命共同体の一員として同じ原理に従う。その意味では、ぼくらが周囲のものをどう見るかなど問題ではない。ぼくには鷲の眼があり、鷲にはぼくの眼があるのだから。
>
> （ネルソン、一九九九、六八―六九頁）

(1)	There is the eagle's world, and there is mine, sealed beyond reach within our selves. But despite these insuperable differences,
(2)	**we** are also one, caught in the **same** fixed gaze that contains **us**. **We** see the earth differently, but **we** see the **same** earth. **We** breathe the **same** air and feel the **same** wind, drink the **same** water and eat the **same** meat. **We** share common membership in the **same** community and are subject to the **same** absolutes. In this sense, the way **we** perceive what surrounds **us** is irrelevant:
(3)	I have the eagle's eyes and the eagle has mine.

この段落を読んでまず気づかされるのは、よく似た表現が顕著にくり返されているということである。最初の一文（の二つ目のカンマまでの箇所）と最後の一文は、いずれも“and”という接続詞で二つの節が結ばれており、かつ、それぞれの節で同じ動詞が用いられている。つまり、両者は形式的な類似性がきわめて高いのである。また、最初の一文と最後の一文の中間に位置する箇所では、“we”、“us”、“same”という言葉が顕著に反復している。文の構造と使われている語彙から、この段落は三つのパートで構成されていると考えることができる。

　上の表のように行分けし、反復している言葉を強調し、さらに全体を三つに区切って表記すると、この段落が三部構成になっていることが見やすくなるだろう。この段落は、散文であるにもかかわらず、最初と最後に同じパターンが看取でき、また、その中間部にも反復表現が多用されている。まるで「詩」のような構造をもつと言ってもいい。

以上のことを確認したところで、（1）から順にその内容を見ていこう。（1）では、鷲の世界と自分（人間）の世界がはっきりと分かれており、両者が異質なものであるということが述べられている。（2）では、鷲と「ぼく」には同質的な部分もあることが語られている。（3）では、"I have the eagle's eyes and the eagle has mine."「ぼくには鷲の眼があり、鷲にはぼくの眼がある」というやや謎めいた一文が綴られている。これは、次のように解釈できる。（2）で述べられていたように、自分も鷲も同じ地球に暮らし、同じものを体内に取り入れながらその生を営んでいる。だから、自分を形づくる要素は鷲と同じであるし、鷲を形づくる要素も自分と同じである。つまり、ここでは、姿かたちは「違う」けれど両者は「同じ」であるということが、「反復」という〈あや〉を用いて表現されていると考えられる。

こうして見ていくと、この段落は、内容的にも形式的にも（1）（2）（3）と同じ位置で分節（三分割）されることが分かる。この段落で言われていることと、その描き方、すなわち、「何を言うか」という次元と、「どのように言うか」という次元は、呼応しているのである。

さらに興味深いことに、（1）（2）（3）それぞれの内容と形式のあいだにもつながりを読み取ることができる。（1）では、「鷲の世界」と「ぼくの世界」という二つの世界があると言われているが、そのことが「並行」（「パラレリズム」とも呼ばれる〈あや〉。第二章で詳述）によって表されている。ここでは、同じパターンがくり返されているが、"these insuperable differences"

I	eagle('s eyes)	eagle	mine
A	B	B	A

という表現があることから、よく似ているが別々の、二つの独立した世界が存在することが示唆されている。（2）では、同一の語句および同一の構文がくり返されている。くり返されている語句が"we"、"us"、"same"であることから、「反復」によって鷲と「ぼく」の同質性が強調されていることを読み取ることは容易い。別言すれば、鷲と「ぼく」が似ているということ、「同じ」であることが、同一ないし類似の表現を積み重ねるという形式的な特徴によって強調されているとも言える。

「鷲」と「ぼく」の類似性と差異が表現されている（3）では、再び並行の〈あや〉が用いられている。ただし、（1）とは異なり、ここでは、前半の節で出てきたのと等価な言葉が後半の節で反転しているという特徴がある。二つの語は、上に示すように、ABBAというパターンでくり返されているのである。これは、レトリック用語で「キアスムス」または「交差反復」と呼ばれる〈あや〉である（佐々木（監修）、二〇〇六、四九頁）。第二章で詳しく見ていくが、ABBAの形は、さまざまな〈意味〉や〈内容〉を表すことができると考えられており、ここではそのなかの一つである鏡像のイメージ、つまり、二つのものが鏡で向い合せになったような状態や、両者が対称性を帯びていることが表されていると思われる（Nänny, 一九八六参照）。鏡に映った像（鏡像）と実像は、異質なものだが類似している。それと同じように、「ぼく」と「鷲」も異質であるが類似しているという関係が、この形式を通じて表現されていると解釈することができる。

以上、ウィリアムスとネルソンのテクストを分析しながら、文学テクストの〈かたち〉は、ただ文章を装飾するための飾りや「たんなる意味の容器」(イーグルトン、二〇一一、一七一頁)ではなく、さまざまな解釈を導くための重要な手がかりとなる場合があることを見た。

ところで、「反復」に着目しながら、テクストを読み解いていく上で大きな示唆を与えてくれるのは、ことばの〈あや〉、すなわち、「文章のなかで目立つことばづかいのかたち」(佐藤、一九二二b[一九八二]、一四―一五頁)に関する知見である。以下ではまず、ことばの〈あや〉について整理し、その後で、ことばの〈あや〉を研究対象とする学問であるレトリック論のなかで、〈あや〉がどのように論じられているか、本書で着目する「反復」がどのように位置づけられているか見ていきたい(後述するように、「レトリック」には「弁論術」と「修辞学」という二つの訳語があり、それぞれ指す領域が異なる(野内、二〇〇二参照)。ここでは、後者の「レトリック論」を想定している)。

4　ことばの〈あや〉と「レトリック」

ことばの〈あや〉とは、十九世紀までのレトリック論（「旧修辞学」（バルト、一九七九）や「古典レトリック」（佐藤、一九九二a［一九七八］、瀬戸、一九九七）と呼ばれることが多い）で論究の対象とされてきた「効果的な表現のための形式」ないし「パターン」のことである（佐藤、一九九二a［一九七八］、四九頁）。代表的なものに、「直喩」、「隠喩」、「換喩」、「提喩」、「誇張法」、「列叙法」、「緩叙法」などがある。[15] 他にも、「頭韻法」、「異義覆言法」、「対照法」、「交錯的配語法」、「省略法」、「漸層法」、「倒置法」、「反語法」、「撞着語法」、「数音重畳法」などもあり、[16] 枚挙に暇がない（デュクロ／トドロフ、一九七五、四三三—四三五頁）。ルブール（二〇〇〇、四九—五〇頁）は、「文彩」（ことばの〈あや〉）を以下のように四つに分類している（番号は引用者によるもの）。

①語の文彩。言葉の音声的な素材に関わるもの。たとえば脚韻。
②意味の文彩。語を本来の意味からずらして用いるもの、いわゆる転義（trope）。たとえば隠喩。
③構文の文彩。文もしくは弁論の組立に関するもの。たとえば倒置。

④思考の文彩。言い表わされたものと言い表わした主体（弁論者）との関係、および言い表わされたものとその指示対象との関係に関するもの。たとえばアイロニー。

もちろん、これが唯一の分類法というわけではない。たとえば、瀬戸（一九九七、一一二―一一三頁）のように、「形の綾」（転位：scheme）、「意味の綾」（転義：trope）、「思考の綾」（figure of thought）と三つに分類することもある。

なお、佐々木（監修）（二〇〇六）を参照すればただちに明らかなように、どのような言語現象を〈あや〉と見なすか、それらをどのように分類するか、さらには、〈あや〉をどのように呼ぶかすら、研究者によって異なる。たとえば、日本語の〈あや〉を体系化することを試みた中村（一九九一）は、〈あや〉を「文章の展開にかかわる修辞的な言語操作」である「展開のレトリック」と、「伝達の方法に関する表現上の修辞的な言語操作」である「伝達のレトリック」に二分し（二二五頁）、前者には「配列」、「反復」、「付加」、「省略」に関わる〈あや〉を、後者には「間接」、「置換」、「多重」、「摩擦」に関わる〈あや〉をそれぞれ含めるという分類法を提案しているが、これもあくまで数ある分類法の一つに過ぎない。

「芸術的表現の技術」と「発見的認識の造形」

西欧で、古代ギリシャの昔から十九世紀後半まで営々と続けられてきた、ことばの〈あや〉に焦点を当てるレトリック論では、「レトリック」は、言語表現に「魅力」を与える「技術」――佐藤（一九九二a［一九七八］、二〇頁）は「芸術的表現の技術」と呼んでいる――と考えられてきた。

現在では言語学や文体論などでことばの〈あや〉をめぐる研究が行われているが、そこには、十九世紀までのレトリック研究とは大きな違いがある（後述するように、十九世紀末にレトリックは昔日の勢いを失い、一度は見向きもされなくなり、二十世紀に再び脚光を浴びるという運命をたどる）。佐藤（同書）が言うように、二十世紀以降のレトリック論では、それまでのレトリック論で見逃されてきた「発見的認識の造形」という役割に注目されているという特徴がある（二一頁）。端的に言えば、そこでは、ことばの〈あや〉を、単に言葉を「飾る」ものとしてではなく、思考や認識に関わるものとして捉えるという見方がとられているのである。私たちは言語表現を魅力的にするためだけに、ことばの〈あや〉を用いるのではない。「せいいっぱい忠実に記述するためにこそ、ときには独特な表現を工夫しなければならない」（五七頁）。「レトリックのことばのあや」を、「名状しがたいものを名状せざるをえない、という欲求にこたえるための、やむをえない手法」（六八頁）と捉えること。それが、レトリックの「発見的認識の造形」という役割に注目するということである。

それでは、レトリックが「発見的認識の造形」に関わっているとは、具体的にどういうことなのか。佐藤（一九九二a［一九七八］）が、「直喩」という〈あや〉について検討している箇所を見ていこう。

たとえば、"March comes in like a lion, and goes out like a lamb."（三月はライオンのようにやって来て、子羊のように去る）ということわざがあるが、このように、「XはYのようだ」といった表現を用い、何か（Y）で何か（X）を譬える〈あや〉が「直喩」である。古典レトリックでは、直喩あるいは「隠喩」は、「《ふたつのものごとの類似性にもとづく》表現」と考えられてきた。しかし、佐藤は、「類似性にもとづいて直喩が成立するのではなく、逆に、《直喩によって類似性が成立する》」のだと言う。直喩によって結ばれる二つのモノ・コトのあいだに類似性が内在しているわけではない。むしろ、直喩によって類似性が生み出され、似ているという「見かた」が話し手ないし書き手から、聞き手ないし読み手に「要求される」と考えるのである（八一—八二頁）。

直喩は「相手に対して説明的に新しい認識の共有化を求める」、あるいは、二つのモノ・コトの類似性を「提案」ないし「設定」する（一一八頁）。二つのモノ・コトがたとえどんなに似ていなくても、あるいは、似ていることが分からなくても、直喩という〈あや〉を用いることによって、類似性が「創作」される（一三九頁）。それに対して、直喩と同じく類似性に関わる隠喩は、「かくれている類似性、埋もれている類似性を発掘する」〈あや〉であると佐藤は言う（同頁）（念のため言い添えておくと、隠喩は「のようだ」といった表現を用いずに譬える〈あや〉のことである（一〇八頁））。

佐藤は、隠喩が用いられる場合、譬えるモノ・コトと譬えられるモノ・コトの「類似性」が、「語り手と聞き手のあいだにまえもって共通化されていなければなら」ず、「隠喩は相手に対してあらかじめ共通化した直観を期待する」とも述べている。譬えるモノ・コトと譬えられるモノ・コトがあまりにかけ離れすぎていると、隠喩は「ひとりよがり」になってしまう。直喩のように「説明的」でない分、隠喩で表される類似性は、「聞き手になるほどと納得させるもの」でなければならない（一一七―一一八頁）。だから、隠喩は類似性を創出するのではなく、あくまで「発掘」ないしは「発見」するのだと言うのである。

ここで挙げたのは一例に過ぎないが、佐藤はこのように、言葉の〈あや〉に、言葉を飾る働きもあることを認めつつ、それが私たちの「認識」や思考とも深く結びついているとする立場を取るのである。

二十世紀以降のレトリック論

それではここで、前項で概観した二十世紀以降のレトリック論の特徴とその大まかな流れを追っていこう。

まず、二十世紀にはじまった「認識」に焦点を据えたレトリック論や言語学（認知言語学など）では、メタファー（隠喩）やメトニミー（換喩）、シネクドキー（提喩）など、ルブールの分類に言う「意味の文彩」が研究の中心に据えられていることが比較的多いという傾向が見られる（瀬戸、一九九七、一五二頁参照）。

次に、その展開について。瀬戸（一九九七）は、二十世紀のレトリック論の流れを次のように整理している。「レトリック（論）」は「メタファー」から再生し、メタファー以外の〈あや〉にも着目されるようになり、やがて〈あや〉だけでなく「修辞」部門へ、さらに「修辞」以外の四部門にも研究の目が向けられるようになっていった、と（一〇〇―一〇七頁）（「レトリック」を構成する五つの「部門」については次節で詳述する）。

以下、瀬戸（一九九七）と佐々木（一八九六）を参照しながら二十世紀以降のレトリック論の展開とその特徴を概観しておこう。二十世紀のレトリック論を論じる際にまず名前が挙げられるのは、「レトリック」を「コミュニケーション」の観点から研究するという立場を打ち出したI・A・リチャーズである（リチャーズ、一九六一［一九三六］）。リチャーズの隠喩研究はブラック（一九八六［一九五四］）によって批判的に継承され、隠喩のもつ類似性の「創造」という側面に目が向けられるようになる（佐々木、一九八六、二六三頁、瀬戸、一九九七、一五三―一五五頁参照）。一九五〇年代には、後ほど詳しくその理論を見ていくロマン・ヤコブソンによって隠喩と換喩の働きに注目が集められ（Jakobson, 一九五六）、一九六〇年代にはグループ・μによって提喩に関する詳細な研究が行われるなど（グループμ（編）（一九八一［一九七〇］））、徐々にメタファー以外の〈あや〉についても論じられるようになっていく（佐々木、一九八六、二七一―二七三頁）。そして、一九七〇年代に「レトリック」の枠組みと歴史をまとめたバルト（一九七[17]

九［一九七〇］）や、佐藤の言うレトリックのもつ「発見的認識の造形」、とくに「隠喩」のもつそうした側面に関して重要な指摘を行なったリクール（一九八四［一九七五］）の著作などが発表される（既にこれまでに何度も参照している佐藤の『レトリック感覚』（一九七八年）と『レトリック認識』（一九八一年）はこのようなコンテクストにおいて著されたものである）。

こうした流れを踏まえ、佐々木（一九八六）は、十九世紀に行われていた「修辞学」と二十世紀のそれとの違いとして、まず、「レトリック」が「コミュニケーション」の観点から考察されていることを挙げている。〈あや〉を、ただ単にカタログ的に命名、分類するのではなく、表出と理解というやりとりのなかで捉えようとしているところに新しさがあると言う[18]（二七一頁）。また、このこととも少なからず関連するが、「言語の創造性、新しい意味の産出に対する関心」に基づくレトリック論が展開されたこと、「その新しい意味を現実化する理解もしくは解釈のダイナミックな仕組の分析が深められたこと」もその特徴として挙げている（二七六頁）。これらが、佐藤が着目する、「レトリック」のもつ「発見的認識の造形」という側面であることは改めて言うまでもないだろう。

さて、上述したような二十世紀以降に花開いた「認識論」的なレトリック論（瀬戸、一九九七、一五二頁参照）で見逃すことができないのは、そこでは「意味の文彩」が研究の中心に据えられており、本書で俎上に載せる、形式に関わる〈あや〉、すなわち、「語の文彩」と「構文の文彩」についてはは論究されることが比較的少ないという状況である。[19] 本書が、これまでやや周縁的な扱いを受けてきた〈あや〉に注目しながらテクストを論じること、その意味と機能の一端を解き明かすことを目的とするものであることを、ここで強調しておきたい。

次項では、「対比」という〈あや〉に関する佐藤（一九九二b［一九八一］）の議論を参照し、「レトリック」が「発見的認識の造形」にどのように関わると考えられているか、具体例を交えながら見ていきたい。なお、「対比」[20]に関する議論に言及するのは、この〈あや〉が、本書で焦点を当てる「反復」という〈あや〉に通じる特徴をもつからである。

「対比」という〈あや〉

「対比」とは、次のような例で用いられている〈あや〉である（以下の例は筆者による引用である）。

詩人にとって、言葉は凶器になることも出来る。私は言葉をジャックナイフのようにひらめかせて、人の胸の中をぐさりと一突きするくらいは朝めし前でなければならないな、と思った。

だが、同時に言葉は薬でなければならない。さまざまの心の傷手（いたで）を癒すための薬に。

（寺山、一九九七［一九八二］、一一四頁）

寺山修司のこのアフォリズムでは、詩人の「言葉」が「凶器」と「薬」という正反対の役割を担うということが表されている。「対比」とは、このように、「ことばの意味を対立させる表現法」のことである（佐藤、一九九二b［一九八一］、一五二頁）。佐藤はこの〈あや〉について次のように述べている。

一般に、現実はそれを見る人の関心に応じて少しずつことなる姿を見せるものである。無関心な傍観者の目には全面的に均等にしか見えない表面にも、ある特別な関心をもって観察する人の目にはさまざまな対比関係が読みとられるにちがいない。

ふつうの人の気づかぬ新しい対比関係に気づいてしまった人は、その認識をことばによって報告する際に、いくらか《ふつうではない》ことばづかいを必要とするかもしれない。いくぶんか技巧的なことばが要ることもあるに相違ない。

（佐藤、一九九二b［一九八一］、一三〇頁）

「対比」を、ある人が「気づいてしまった」（＝認識した）何かと何かの「対比関係」を表すために用いられる〈あや〉と見るというこの一節からも、佐藤がレトリックに備わっている「発見的認識の造形」という側面に目を向けていることが分かるだろう。

もちろん、認識から表現へという順番とは逆に、対比表現を用いることで対比関係が創り出される場合もある。たとえば、佐藤（同書）は、「愛」と「恋」という似通った語は、「太郎は花子を《愛》していたし、彼女も彼に《恋》をしていた。」という「コンテクスト」に入れ込むと「類義語」として理解されるが、「太郎は花子を《愛》していた、しかし彼女のほうは彼に《恋》をしていたのである。」という「コンテクスト」に入れ込むと、二つの語は「臨時の対義語」となる（あるいは、そこで言われていることが対比的な事態であることが表される）と言う（一三八頁）。佐藤はここから、「対比表現」で重要なのは、「対比関係に置かれることば（あるいは概念）」ではなく、「ふたつのものを対比的に提示するコンテクストの枠組み」であると指摘する（一三九頁）。

ところで、佐藤による「対比」についての議論の白眉は、この〈あや〉を「ことばの発揮する意味作用」の「基本的模型」と考えている点にある（一四二頁）。佐藤は、「二十世紀の言語学者たちの構造論」で、語の「意味」がその体系内の他の語との「対立関係によって成立している」と考えられてきたことを押さえた上で[21]、ある語の「意味」は、二項対立のかたちで観察するときにもっとも明確に捉えることができることを指摘する（佐藤は、「母」という語が、「母／子」という縦の関係、「母／父」という横の関係、「母／おふくろ」という類似の関係から捉えることができることを例にとっている（一四〇―一四一頁））。

「ことばの発揮する意味作用」が、ことばが、他のことばとの「対立」ないしは「差異」によって「意味」をもつということ。そして、二項対立が、「意味」を立ち上げる「対立」ないし「差異」のもっとも基本的な単位であるということ。この二つのことから、二つの項を対比させる「対比表現」は私たちに言語の本質の一側面を見せてくれると佐藤は言う。

《対比》表現のコンテクストは、ほとんど実験室のなかの装置のように働いて、意味作用が発生する現場の、単純化された場面を再現するのであった。混沌のなかから意味が出現するありさまを、さながら科学的実験のドキュメンタリー・フィルムのように、美しい花が開いてゆく様子を高速映画で撮影した画面のように、ありありと見せてくれる。（一四二頁）

〈あれ〉と〈これ〉は違う、〈あれ〉と〈これ〉は似ている、あるいは「同じ」だ、などと、私たちは言語で「現実」（ないし世界）を「切り取り、切り分ける」（一四三頁）。その分節化がたとえどんなに自然で自明なものに見えても、実のところそれは恣意的なものに過ぎない。対比表現がそのことを思い出させる役割をもつということ。そのことが、ここでは卓抜な比喩を用いて表されている。佐藤がいみじくも言うように、対比表現という〈あや〉は、「通念の保護区のなかでは対義語とは感じられないことばどうしを、あえて対比化して見るこころみ」であり、「新しい意味産出の実験でもある」のだ（一四六頁）。このように、佐藤は、ことばの〈あや〉が、「言語表現一般の底にひそむ本質的な仕組み」を解き明かす手がかりともなると主張するのである（一八頁）。

このような性質をもつ「対比」に近い〈あや〉に、「おなじ形式、おなじ長さのことばを対にして対立させる表現法」である「並行」や、「おなじ形式、おなじ長さのことば」をくり返す表現法である「同形節反復」がある。佐藤は、「対比」は「ことばの意味内容」を対称形に配置する〈あや〉、「並行」（および「同形節反復」）は「ことばの外形」を対称形に配置する〈あや〉という違いはあるものの、「意味内容の対立と外形の対立」が同時に成り立つ場合も少なくないことを指摘している(22)（一五二―一五三頁）。「反復」という言葉の形式面に関わる〈あや〉に着目する本書にとって、この指摘は非常に重要である。

それでは、佐藤の以上の議論を踏まえ、次項で、一九六〇年代から七〇年代を代表するアメリカンネイチャライターの一人であるエドワード・アビー（一九二七―一九八九）のネイチャーライティングの一節を取り上げ、アビーが「反復」の一種である「並行」という〈あや〉を用いることで、人間中心主義的な見方に一石を投じている場面を見ていこう。

「自由と荒野、荒野と自由」のレトリック

アビーは、『荒野、わが故郷』（一九九五年［原著、一九七七年］）所収の「自由と荒野、荒野と自由」というエッセイの終盤で、マウンテンライオンと遭遇したというエピソードを綴っている。かねてより野生のマウンテンライオンと出会うことを熱望していたアビー。念願叶った彼は、果敢にも、対峙したマウンテンライオンと「握手」をしようと近づいていく。

I took a second step toward the lion. Again the lion remained still, not moving a muscle, not blinking an eye. And I stopped and thought again and this time I understood that however the big cat might secretly feel, I myself was not yet quite ready to shake hands with a mountain lion. Maybe someday. But not yet. I retreated.

（Abbey, 1991［1977］, p. 238. 強調引用者）

ぼくは二歩目を踏み出した。またしてもライオンは動かなかった。筋肉一つ動かさず、まばたき一つしない。ぼくは立ち止まって考えた。この大ネコが内心どう考えていようと、まだマウンテンライオンと握手する覚悟はぼくにはないことをこのとき悟った。そのうちな。今日は無理だ。ぼくは後ずさりした。

（アビー、一九九五、三〇七―三〇八頁）

今はまだマウンテンライオンと「握手」はできない、と感じたアビーはその場を去る。その夜以来、マウンテンライオンと出会うチャンスに恵まれていないアビーだが、彼はこの思い出を胸に、いつの日か、自分の子孫の誰かがマウンテンライオンと「握手」をする術を見つけ出すことを切望する。

I haven’t seen a mountain lion since that evening, but the experience remains shining in my memory. I want my children to have the opportunity for that kind of experience. I want my friends to have it. I want even our enemies to have it—they need it most. And someday, possibly, one of our children's children will discover how to get close enough to that mountain lion to shake paws with it, to embrace and caress it, maybe even teach it something, and to learn what the lion has to teach us.

(p. 238. 強調引用者)

あの夜以来、マウンテンライオンに出くわしたことはないが、あのときの経験はぼくの記憶のなかに輝かしく残っている。自分の子どもたちにもこんな経験をする機会を持ってほしいと思う。ぼくの仲間たちにも、それにぼくらに敵対する連中にも――連中にこそいちばん必要だ。ひょっとしたら、いつの日か、ぼくらの子どもたちの誰かが、あのマウンテンライオンに近づいて、あの前肢と握手し、あいつを愛撫し、あいつに何かを教えることさえあるかもしれない。そしてまた、あのライオンから何かを学ぶことさえ。

(三〇八頁)

ここでは、下線で示したように、マウンテンライオンとの「握手」という出来事が、“shake hands with a mountain lion”と“shake paws with it”と二通りで表されている。“shake paws”という耳慣れない表現を通して、アビーは何を言わんとしているのだろうか。この二つの表現を並置することで見えてくるのは、“shake hands”が、手と手を握り合う「握手」であるのに対し、“shake paws"は、人間の手ではなく、マウンテンライオンの前肢と前肢を握り合う「握手」だということである。つまり、前者が「マウンテンライオンの前肢」を「人間の手」に変えることを意味するのに対して、"shake paws"は、「人間の手」を「マウンテンライオンの前肢」に変えることを意味するのだ。

かくして、"shake paws"という新奇な表現は、人間とマウンテンライオンとの「握手」を"shake hands"と言語化することが、実は人間中心主義的発想に基づく行為であることを暴き出す。アビーはこう問いかけるのだ。マウンテンライオンと「握手」をするときに姿を変えるべきなのは、私たち人間の方なのではないか、と。自分の手をマウンテンライオンの前肢に変えることなどできない、などと言うなかれ。(擬人化することを敢えて厭わなければ)マウンテンライオンも同じことを「言う」かもしれない。人間の手になどできない、と。佐藤(一九九二b［一九八一］、一四六頁)の言葉を借りれば、まさしくアビーは「並行」(=「反復」)という〈あや〉を、「認識の組み替えの〔……〕仕掛け」として巧みに用いているのである。

いわゆる人間中心主義的な発想は、いかにして脱却できるのか。人ならざる存在との「コミュニケーション」は、どのような言葉で語られるべきなのか。そもそも、自然を「他者」として捉え、表象することなど果たして可能なのだろうか。エコクリティシズムでは、自然他者論の観点からこのような問題が議論されているが(野田、二〇一一a)、こうした文脈を踏まえると、この短い挿話は、自然と人間との「コミュニケーション」を考える上で極めて示唆に富むものであると言える。

ここでのポイントは、アビーが、動物を人間に〈変身〉させて「コミュニケーション」をするのか、あるいは、人間を動物に〈変身〉させるのかという二つの可能性を提示しているということ、さらに、動物の人間への〈変身〉と人間の動物への〈変身〉が、類似性をもつ表現（当然そこには差異も含まれている）のくり返しによって想像／創造されているということである。マウンテンライオンの人間化は「擬人化」、人間のマウンテンライオン化は「擬物化」とも言えるが（山梨、一九八八、一二七―一三〇頁参照）、そうした〈変身〉を可能にしたのは、他ならぬ「並行」（＝「反復」）という形式的な〈あや〉なのである。

なお、前述したように、対比は意味に、並行は形式に関わる〈あや〉であるという違いがあるが、「意味内容の対立と外形の対立」はしばしば同時に成り立つとも考えられている（佐藤、一九九二b［一九八一］、一五三頁）。実際、アビーの例でも、「人間の手」と「マウンテンライオンの前肢」の意味の上での対立関係は、言葉の〈かたち〉の上での平行性――［shake A with B］というパターンの反復――によって創り出されている。ここでは、「《対比》的認識が《並行》形式のことばとして造形されている」と言っていいだろう（一五四頁）。

以上、レトリックに「発見的認識の造形」という側面があると考えられていること、また、形式に関わる〈あや〉を用いることで自然および人間に対する新たな見方を提示する可能性をもつことを、環境文学テクストを分析しながら論じてきた。先述したように、現代レトリック論では

「意味の綾」に着目されることが多いが、このように、「形の綾」もまた、テクストを解釈する上で重要な手がかりとなりうるのである。

ここまで、二十世紀以降のレトリック論では注目されることが比較的少ない「形の綾」にも「発見的認識の造形」という役割があることを見てきたが、「形の綾」の一つである「反復」という〈あや〉に、佐藤の言う「発見的認識の造形」以外の機能もあることは言を俟たない。第二章以降で「反復」について論じる際に詳述するが、「反復」は「発見的認識の造形」だけでなく、人と人の、そして人と人ならざる存在の「コミュニケーション」を描いたり、「コミュニケーション」を成立させる上でもきわめて重要な役割を担う。第三章と第四章では、梨木と石牟礼のテクストを、このような側面にも注目しながら分析していく。

5 「弁論術」としての「レトリック」

佐藤(一九九二a[一九七八])が指摘していたように、ことばの〈あや〉に焦点を当てる「レトリック論」では、「レトリック」は「芸術的表現の技術」と捉えられ、また、それが「発見的認識の造形」を可能にする役割をもつと考えられている。しかし、先にも少し触れたように、「レトリック」にはもう一つ別の側面もある。それは、「弁論術」という側面である。「レトリック」という言葉は、あるときは「弁論術」と訳され、またあるときは「修辞学」と訳される（野内、二〇〇二）。何故この言葉が二つの意味を背負うようになったのか。その理由は、「レトリック」の歴史を紐解くことで明らかになる。

「レトリック」は古代ギリシャで産声をあげた。時は紀元前五世紀。ギリシャの植民地だったシチリアの僭主が打倒された後、人びとは横領されていた土地を取り戻そうと次々に訴訟を起こした。市民法廷で訴訟に勝つために必要だったのが「言論によって人を説得させる技術」であり、それを教え始めたのがコラクスとその弟子ティシアスであるとされている（ルブール、二〇〇〇、一二頁）。このように、「レトリック」はもともと、「説得する表現の技術」（＝「弁論術」（雄弁術））として誕生したのである（佐藤、一九九二a［一九七八］、二〇頁）。

その後、「レトリック」に「芸術的表現の技術」としての役割が備わる。この文脈でまず名前が挙げられるのは、同じく紀元前五世紀に活躍したとされるゴルギアスである。ティシアスの弟子とも伝えられるゴルギアスの功績は、「演示的」な弁論を導入したことにある。ゴルギアスは「定型韻文詩と同じくらい精妙で律動感があり美的な散文を創始」し、それまで定型韻文詩でしか称賛されていなかった死者、都市国家、神などを、散文でも称賛する途を拓いた。これは、ゴルギアスが「文学的散文」を「発見」し、「散文もまた美的でありうる」という考えをもたらしたことを意味する（ルブール、前掲書、一六頁）。

こうした源泉をもつ「レトリック」はその後（きわめて概略的に述べれば）、イソクラテスによる教授、プラトンによる批判、アリストテレスによる体系化を経て、ギリシャからローマへと

（種類）	審議弁論	法廷弁論	演示弁論
言論行為 （何をするのか）	勧奨 制止	告訴 弁明	賞賛 非難
関係するとき （いつのことについてか）	将来	過去	主に現在
的となる事柄 （何が論の的か）	利益（善） 損害（悪）	正 不正	徳（美） 悪徳（醜）
目標となる人 （誰に向けてか）	民会議員など	裁判委員	観衆
	聴衆＝判定者		

三種類の弁論（浅野，1996，66 頁）

伝わり、キケローやクインティリアヌスによってさらに綿密に体系化されることになる（浅野、一九九六）。

以下、アリストテレス、キケロー、クインティリアヌスによって体系化されたレトリック理論について見るとともに、「レトリック」衰退の歴史も追っていこう。

「レトリック」の体系化と、衰退する「レトリック」

アリストテレスは弁論術を次のように定義している。「弁論術とは、どんな問題でもそのそれぞれについて可能な説得の方法を見つけ出す能力である」と（アリストテレス、一九九二、三一頁）。また、説得の方法には、エトスに訴えるもの、パトスに訴えるもの、そしてロゴスに訴えるものの三つがあるとした。そして、弁論を、議会や公的な会議などで行われる「審議弁論」、裁判などで行われる「法廷弁論」、儀式などで行われる「演示弁論」の三つに分け、弁論術はこの三つの弁論において、聞き手を説得するために用いられるものと位置づけた（浅野、一九九六、六五頁）。浅野はこの三種類の弁論の特徴を上のような表にまとめている。

さらにアリストテレスは、「弁論に関して手がけられるべき研究」には以下の三つがあるとしている（前掲書、三〇四頁）。

（1）説得手段はどんなところから得られるか
（2）表現方法
（3）弁論の諸部分をどのように配列したらよいか

（1）は「説得立証法」（ピスティス）、（2）は「修辞（表現法）」（レクシス）、（3）は「配列法」（タクシス）と呼ばれる（野内、二〇〇二、一〇頁、浅野、一九九六、六一頁参照）。なお、『弁論術』のなかでもっとも重要なウエイトを占めていたのは（1）であり、（2）と（3）についての言及は少ない。

アリストテレスによって体系化された「レトリック」（弁論術）は、その後、ローマに伝えられ、キケローとその衣鉢を継ぐクインティリアヌスによって集成される。上述のようにアリストテレスは三つの課題を挙げているが、キケローは『弁論家について』第一巻（一四二）で、レトリックは五つの要素からなるとしている。

〔……〕弁論家の活動と能力は五つの要素に分類される、つまり、まず、語るべきことを発見し、次に、そうして発見したものを単に規則どおりに並べるだけではなく、重要度に応じてある種の判断も的確に配置、配列し、次いで、言論によってそれに装いと飾りを凝らし、さらに、記憶によって固め、最後に、威厳と優雅さをもって口演すること、の五要素である。
（キケロー、二〇〇五、八六―八七頁）

クインティリアヌスも『弁論家の教育』第三巻の第三章で、「弁論術の体系全体は、〔……〕五つの部分からなっています。すなわち、発想（inuentio）、配列（dispositio）、措辞（elocutio）、記憶（memoria）、口演（pronuntiatio）ないし実演（actio）」と、キケローと同様の整理をしている（クインティリアヌス、二〇〇九、一六頁）。本書では、以下に挙げる佐藤（一九九二a［一九七八］）の術語に従うこととする。[23]

1．発想　2．配置　3．修辞（表現法）　4．記憶　5．発表
（四二―四三頁）

瀬戸（一九九七、一〇七頁）が簡潔にまとめているように、1〜3は、「何を、どの順序で、いかに表現するか」に関わり、4と5は、表現すべきことを「記憶」し、「実際の場でいかに効果

的に提示するか」に関わる部門である。

古代ギリシャ、古代ローマで体系化された「レトリック」は、政治体制の変化などにより実践的な学問ではなくなり、主に教育において重要な位置を占めるようになる（浅野、一九九六、一九三―一九四頁）。「修辞学」が自由七科（リベラル・アーツ）（文法、修辞学、論理学、算術、幾何、天文学、音楽）の一つとして教授されていたことを想起されたい（野内、二〇〇二、一八頁）。

さて、やがて「レトリック」は、上記リストの1〜5全て（弁論術）ではなく、3の修辞部門だけを指すようになり、ことばの〈あや〉の研究に専念されるようになっていく。こうした傾向に拍車をかける上で大きな役割を果たしたとされているのは、ペトルス・ラムス（ピエール・ド・ラ・ラメ）（一五一五―一五七二）である（波多野、一九九一［一九七三］参照）。以下、久保田（二〇一四）を参照し、ラムスが「レトリック」に与えた影響について見ていこう。この時代、アリストテレスの論理学は、①論証論理学、②弁証術（ディアレクティック）、③弁論術（レトリック）、④詭弁術からなると考えられており、①だけが「論証」と呼ぶにふさわしく、②③④は「蓋然性」と関連するとされていた。中世スコラ学では、②は言葉を操り相手を負かすための「形式論理学」、言い換えれば、単なる「論争術」と位置づけられていたが、この弁証術がルネサンス人文主義者によっても批判され、「レトリックの効用」の見直しが求められるなか、ラムスが登場する（六六―六七頁）。

ラムスは、伝統的な古典レトリックの五部門を再構成した。発想、配置、記憶の三部門を精神・認識の領域に関わるものとして弁証術に組み込み、修辞と発表の二部門だけを表現・伝達の領域に関わるものとして弁論術に振り分けたのである（六七―六八頁）。オングは、ラムスによるレトリック再編成について以下のようにまとめている。

ラムスは、修辞学上の発想と配置は不必要な重複であるとして、これらの「部分」〔引用者註、部門〕を弁証論のみに付託させ、彼の（およびタロンの）修辞学からこれらを排除した。思考の発展において論理学によって要求される「自然的」もしくは方法的秩序に従えば記憶はほとんど問題にならないという理由によって、記憶をもまた修辞学から省略した。こうして修辞学には表現〔引用者註、修辞〕と朗読〔引用者註、発表〕が残されることになった。表現とは比喩とか文彩を意味し、実質的に修辞学全体になった。朗読は名ばかりの扱いを受けたからである。（オング、一九九〇、四九四頁）

ラムスのこの枠組みが大きな影響力をもち、修辞以外の部門が等閑視されていくにつれ、近世以降、修辞だけを扱う理論が増加し、その結果、1から5までの「技術を包括する大きなシステム」を指すはずだった「レトリック」は、「言語表現」だけを扱う『《修辞》』を指す言葉となっていった（佐藤、一九九二b［一九八一］、一三―一四頁、ジュネット、一九八七参照）。

こうした変容を被りながらも永きに亘りヨーロッパの教育のなかに組み込まれ、研究と教授が行われていた「レトリック」だったが、時代が下るとともに衰退していく。「レトリック」は「広い意味での合理主義・科学主義に夢中になったいわゆる近代精神によって惜しげもなく見捨てられ」る運命を辿るのだ（佐藤、一九九二b［一九八二］、九頁）。

佐藤の言う「合理主義・科学主義に夢中になったいわゆる近代精神」が形成され、「レトリック」や〈あや〉を駆使した文章・文体に批判的なまなざしが向けられた時期。それは、フランシス・ベーコン（一五六一―一六二六）やガリレオ・ガリレイ（一五六四―一六四二）、ルネ・デカルト（一五九六―一六五〇）など近代科学の礎を築いた人びとが活躍した時代、イギリスにおいては清教徒革命（一六四二―一六四九）、王政復古（一六六〇）、名誉革命（一六八八―一六八九）と目まぐるしく政治や社会が揺れ動き、「近代」という時代が本格的に幕を開ける十七世紀である[24]（バーマン、一九八〇、高山、一九八七、二〇〇七［二〇〇〇］、小山、二〇一一参照）。

わけても、「レトリック」（＝「修辞法」）の衰微に大きな影響を与えたとされているのは、デイクソン（一九七五、七九頁）が指摘しているように、十七世紀の中葉に設立された「ロンドン王立協会」（正式名称は、Royal Society of London for Improving Natural Knowledge「自然知識促進のためのロンドン王立協会」）である（一六六〇年に私的機関として発足し、一六六二年に国王の認可を受けた（河辺、一九七九、一二―一五頁））。以下に引用する浜口の一節は、王立協会が「自然知識促進」だけでなく、「言語改革」をも目的とした集団だったことを明快に示している。

そしてロンドン王立協会が設立された（一六六二）の〔原文ママ〕理由のひとつが言語改革であったことに注目してほしい。ライトモチーフは、ほかならぬ「言葉と事物の対応」であった。トマス・スプラットが『自然科学の改革のためのロンドン王立協会の歴史』（一六六七）で掲げた提案はとくに有名である。スプラットは、英語の語法を数学のように単純で厳密なものにし、それを協会員が身につけるべき作法にしようと考えた。たとえば、言葉の数を表示対象である事物の数に相応させること、事物よりも多くの言葉（名前）を用いないこと、言葉を掛け合わせて文をしたためるときは真理をゆがめる語の乱用を避けること、科学的な文章をしたためるときは簡略化を心掛け、よけいに敷衍したり脱線したり誇張したりしないこと、などなどを提案し、さらに新知識、新発見を誤りなく速やかに伝えるのに贅言や修辞はいらないと、単刀直入に「明確な表現。明快な意味。能動的な平明さ。すべての事物を可能な限り、数学的な計画者と同じように導き、識者や学者の言語よりはむしろ職人や田舎の人や商人の言語を使用」するべきであると提案している。

（浜口、二〇一一、三六―三七頁）[25]

このように、王立協会――「誤解を容認するようなコミュニケーションは駆逐せよと主張した」、「自然科学者の集団」（高山、二〇〇七［二〇〇〇］、三八―三九頁）――の初代総裁であるスプラット（一六三五—一七一三）が理想としたのは、誰もが誤解することなく理解できる文体だったのである。「必要は特定的だったが、効果は一般的だった」とノールズ（一九九九）が言うように、スプラットが理想とした「凝りすぎた所のないことを特徴とする新しい散文体」は、王立協会の会員が執筆する「科学的著作」だけでなく「政府の布告や個人の私文書」にいたるまで、その後数百年にわたってさまざまなジャンルのテクストで用いられることになる（一三六—一三七頁）。また、王立協会の実質的な初代総裁として活躍し、「普遍言語」[26]の構築を目指したジョン・ウィルキンズ（一六一四—一六七二）や、『人間知性論』（一六九〇年）で「秩序と明晰さを除く修辞学のあらゆる技術、雄弁術が案出してきたことばのあらゆる人工的・比喩的な当てはめ方」を「正しくない観念を暗示し、情緒を動かし、それによって判断を誤り導くこと以外のどんな事物でもな」い、「実際に完全なまやかし」であると批判したジョン・ロック（一九七六［一六九〇］、二七〇頁）などによっても、王立協会が理想とする言語観は称揚され、「レトリック」の価値は引き下げられていったのである[27]（エーコ、二〇一一［一九九五］、四二一—四二二頁参照）。

その後、「オリジナリティーのとりことなったロマン主義」（ルブール、二〇〇〇、四二頁）の興隆などの影響もあり、「レトリック」は表舞台から退いていく（デュクロ／トドロフ、一九七五、一二七頁参照）。一八八五年、フランスの中等教育課程の最終学年の名称が「レトリック学級」でなくなったことが衰微の決定的なタイミングとされており、二十世紀に入って再び脚光を浴びるまで、「レトリック」は長く不遇をかこつことになる（佐藤、一九九二a［一九七八］、二二―二三頁）。

以上、古代ギリシャに始まる「レトリック」の歴史を駆け足で辿り、「レトリック」が「弁論術」、すなわち、聞き手を説得するための術として生まれたこと、時代とともに「修辞」部門や「芸術的表現の技術」だけを指すようになっていったこと、やがて衰微の途を辿っていったことを、ラムスや王立協会の果たした役割にも着目しながら見てきた。

「レトリック批評」

私たちは、既に、主に佐藤の著作を通じて、二十世紀以降のレトリック論では、レトリックのもつ「発見的認識の造形」という側面に注目されていることを見た。もちろんそうした潮流もあるものの、一方で、近年ではもともと「レトリック」という言葉が指していた「弁論術」としてのレトリック、すなわち、「説得する表現の技術」という側面からレトリックを論じる必要性も説かれている（浅野、一九九六）。

たとえば、法学を専門とする平野は次のように言う。

　レトリック理論の創始者たちがその誕生を法の世界に見ていた技術が、その後理論的に発展して、現在私たちが見ている形のレトリックになったということを考えれば、法との関係

> という視点を欠落させたレトリック像は、あまりにもやせ細ったものになってしまいかねない。レトリックを言語表現の術、つまり「修辞学」という部分像ではなく、説得を目的とし、言葉（発話状況も含めて）を手段として用いて言語使用過程全体を操作する実践的な術、つまり「弁論術」としてとらえ直すためには、レトリックの生誕の地である法の世界に立ち返って考察することが最も有効である。日本ではそもそも古代レトリックそのものの全体像が知られておらず、実際に使用されているにもかかわらず、個々のテクニックをレトリックに関連づけて理解するという視点が欠落してきた。もっとも、西欧諸国でも部分的には類似の状況であり、だからこそレトリックの見直しが新しい法学方法論として期待されているのである。（平野、二〇〇七、二一〇頁）

ここには、従来のレトリック論では、修辞学としてのレトリックに注目されるばかりで「弁論術」としての「レトリック」がほとんど注目されていないという状況が語られている。ここで注目したいのは、「西欧諸国でも部分的には類似の状況であり」という箇所である。平野が「部分的には」とわざわざ断りを入れているのは、以下のような米国の状況を念頭に置いているからだと思われる。

一九五〇年代後半に、米国の英文学部から次々にスピーチ学部が独立して以降、虚構の言説を扱う文学批評（literary criticism）に対抗して、政治演説などの現実世界の言説の研究方法としてのレトリック批評（rhetorical criticism）が発達した。最近では、社会的コンセンサスを形成したり、人々の協調活動を促すための言語行為が持つ象徴的な機能（symbolic function）も主要な研究対象になっている。さらに近年、写真やテレビCMなど視覚的レトリック（visual rhetoric）の研究も盛んになっている。その背景には、近代メディアの発達がスピーチによる公衆の説得の重要性を増し、人種や民族間、北と南の対立など科学技術の発達では解決できない問題にわれわれが直面しているという状況がある。

（鈴木、二〇〇七、一一三頁）

鈴木が言うように、弁論術としてのレトリックは、米国で「レトリック批評」という分野のなかで研究が蓄積されているのである。

以下、「レトリック批評」[28]について、その概要を見ていこう。鈴木（二〇〇九b）によると、レトリック批評とは、「象徴行為としての言語が人々にどのような影響を及ぼすか」を研究する「コミュニケーション学におけるレトリック研究」であり、現実に起きている社会的な論争を研究対象とし、「大衆の歴史の記憶、人々の文化的な背景、比喩などの修辞的な技巧、多様な聴衆の対応、メディアの演じる役割など」を考察するものであるという（四一頁）。

一般に、レトリック批評は、ハーバート・ワイチェルンズの一九二五年の論文「雄弁の文学批評」によって学問として確立したとされている（Wichelns, 一九五八［一九二五］）。「新古典主義」（または「新アリストテレス主義」）と呼ばれるワイチェルンズの方法は、「レトリックの外的構成要素」である「話し手、聞き手、コンテクスト、目的」と、「レトリックの内的構成要素」である「構想、構成、修辞、記憶、所作」を分析し、「話し手がこれらの要素間の相互作用の中で、その目的達成に効果性――説得性――を発揮したかどうかについて、批評家が価値の弁別をする行為」であるという（岡部、二〇〇九、二七頁）。

ただし、説得の「効果」に焦点を当てるこの方法が支配的だったのは概ね一九六〇年代までで、一九七〇年代以降になると現代にも続く「方法論的多元主義」の時代が始まる。これは、たとえ同一のテクストであっても、「方法論」が異なればそこから導き出される「解釈」も異なるという前提に立ったアプローチであり、「社会運動研究」、「ジャンル批評」、「ファンタジー・テーマ分析」、「イデオロギー批評」、「神話分析」、「隠喩分析」、「社会論争分析」、「精神分析批評」、「ポストモダン批評」といったさまざまな方法が用いられるようになる（詳細は、鈴木（二〇〇九b、五一―七六頁）を参照）。そして、一九八〇年代以降は、「聴衆」ではなく、テクストそのものやテクストとコンテクストとの「相互作用」に焦点を当てた「深層テクスト分析」や、「『レトリックを批評する』のではなく『批判的なレトリック』を提示する」ことを目的とした「クリティカル・レトリック」といったアプローチもとられるようになった（鈴木、二〇〇九a、七―九頁）。

なお、先に鈴木が、レトリック批評は文学批評とは区別されるかたちで発達したと述べていたが、一九七〇年代以降、「ドラマ、小説、ノン・フィクションといった文学作品、テレビ作品、フィルム等の映像芸術、ロック・ミュージック、プロテスト・ソング、コマーシャル等の音楽作品やビデオ作品」、「建築、パレード、大衆デモ、ピケ、スローガン等の素材」など、さまざまなジャンルのテクストも批評の対象とされているという（岡部、前掲書、二八頁）。

このように、近年ではレトリック批評という分野において、「弁論術」としてのレトリックに光が当てられているのである。

スロヴィックの「レトリック」

前項まで、「レトリック」のもつ「弁論術」としての側面に言及してきたのは、レトリック批評の方法論を用いて「環境」の問題を論じるEnvionmental communicationという領域があること[29]に加え（Cox,二〇一三参照）、エコクリティシズムでも、「弁論術」として「レトリック」を捉え、「レトリック」のもつ「説得」という力に着目し、環境文学作品をはじめとするさまざまなテクストを研究する「環境修辞学研究」が行われているからである（ビュエル／ハイザ／ソーンバー、二〇一四、一九九頁、Killingsworth & Palmer (Eds.),一九九二、キリングスワース／パーマー、一九九八など）。

代表的なものとして、スロヴィック（一九九六）（邦題は「埋め込まれたレトリック／独立したレトリック——アメリカン・ネイチャーライティングにおける認識論と政治」）が挙げられる。

原著（Slovic（一九九六））が収録された、*Green culture: Environmental rhetoric in contemporary America.* という論文集の「イントロダクション」（Herndl & Brown, 一九九六）を紐解くと、そこではスロヴィックの論稿でレトリック批評的なアプローチがとられていることが示唆されている。[30]

本書のねらいを明らかにするためにも、以下、スロヴィック（一九九六）の要点について簡単にまとめておこう。スロヴィックはまず、一九九〇年代初頭のネイチャーライティング研究の課題について、「現在、ネイチャーライティング研究は、この文学ジャンルがアリストテレス的な博物学と聖アウグスティヌス的な精神的自伝をどう組み合わせているのか、またいかなるエコロジカルなメッセージを発しているのかという問題をめぐって展開している」と述べ、次のように続ける（一六七頁）。

本稿では、アメリカン・ネイチャーライティングを通常とはちがったアリストテレス的文脈——つまり説得のレトリック——に置き、この文学ジャンルが古くから続く重要なアメリカの文学的伝統に端を発していることを検証したい。（同頁）

論文の目的についてこう述べた上で、スロヴィックはまず、北米大陸には「説得手段としての文学の流れがある」とし、現代ネイチャーライターをそうした「文学的伝統」の系譜のなかに位置づけようとする。スロヴィックが想定している「流れ」をまとめると次頁の表のようになる。ス

18 世紀	ジョナサン・エドワーズ、コットン・マザー
19 世紀後半	ジョン・ミューア、ヘンリー・デイヴィッド・ソロー
20 世紀初期・中葉	ヘンリー・ベストン、アルド・レオポルド、レイチェル・カーソン、ローレン・アイズリー
20 世紀後半	リチャード・ネルソン、テリー・テンペスト・ウィリアムス、リック・バス

スロヴィック（1996）に基づく「説得手段としての文学の流れ」

ロヴィックは、このなかの二十世紀初期および中葉の作家――「博物学に魅了され、自然界の秩序における自らの役割が社会問題に対する国民の意識を高めることにあると考えていた」作家たち――の作品を俎上に載せ、ネイチャーライティングが「説教に源をもつ文学的伝統」の流れを汲むことを明らかにすることを試みている（一六六―一六七頁）。

スロヴィックは二つの軸を設定し、四人[31]の作品を分析する（一六八―一六九頁）。一つ目の軸は、ネイチャーライティングの特徴に関するものである。ネイチャーライティングには「『認識論的』側面」と「『政治的』側面」という二つの「側面」があり、両者のあいだには「絶えざる豊かな緊張関係がある」と考えられているとスロヴィックは指摘している。前者は、「世界の本来の姿（ネイチャー）および人間――あるいは自己――と自然とのかかわりを理解しようとする取り組み」を、後者は、「自然環境に対する新しい姿勢を受け容れるよう読者を説得し、それによって獲得されたものを比較的穏健なかたちで具体化するよう読者にはたらきかける努力」を指す。もう一つの軸は、「レトリック」に関するものである。ネイチャーライティングに用いられる「レトリック」には、「自然共感的（自然礼賛的）なレトリック」と「エレミヤ的悲嘆（警告あるいは批判）」のレトリックの二つがあり、作品のなかでいずれかのレトリックが用いられる場合もあれば、両者が混合される場合もあるとしている。

スロヴィックはこの二つの軸を交差させ、「認識論的」側面は自然共感的（自然礼賛的）なレトリックと、「政治的」側面はエレミヤ的悲嘆（現状批判／警告）のレトリックとそれぞれ結びつくとする。「認識論的」側面が自然共感的（自然礼賛的）なレトリックと結びつくのは、何かに「深い関心を抱くこと」は「対象の真価を感受」し、それを「称賛」することにつながるからである。一方、「政治的」側面がエレミヤ的悲嘆のレトリックと結びつくのは、このレトリックの「根本的目標」が「読者の思想的問題点を指摘し、新たな展望を採用するよう説得することにある」ためであるという（一六八―一六九頁）。

ただし、「認識論的」側面が必ずしも自然共感的（自然礼賛的）なレトリックと結びつくとは限らない。たとえば、ヘンリー・ベストンやローレン・アイズリーは、「政治的発言を断続的に『埋め込む』方法を用いることにより、本来の認識論的目標を見失うことなく読者の価値観や態度に目立たないかたちで影響を与えようとしている」という（一六九頁）。つまり、自然共感的（自然礼賛的）なレトリックも「政治的」な性格を帯びる場合があるというのだ。

エレミヤ的悲嘆の大いなる利点――環境をめぐる文脈、政治的文脈いずれの場合であっても――は、たとえ瞬時であれ即座に意識を昂揚させるショック効果にある。しかし、深遠なる認識論的発見に重点をおき、政治的見解が認識論に埋め込まれている作品には、長期的に価値観の変容をもたらすさらに重要な作用が備わっている。（一七七―一七八頁）

このように、読者にいつ、どのような「変容」がもたらされるかは異なるものの、いずれの「レトリック」も読者を「説得」する効果をもつと考えられている。[32]

スロヴィックは、作品の分析を通して、自然共感的なレトリックを好む作家もいればエレミヤ的悲嘆のレトリックを多用する作家もいること、また、同じ作家であっても作品によって（あるいは同じ作品のなかでも）どちらかのレトリックを使い分けていること、さらに、「自らの政治的見解を詩的言語に埋め込む傾向」をもつ作家もいることを明らかにする。そして、ネイチャーライティングについて考える場合には、「認識論的自然礼賛（ラプソディ）とエレミヤ的政治批判を両極に据えた可変動域（スペクトル）」を設定することができると結論づけている（一七九頁）。

「訳者付記」で、「自然をめぐる思索と説得的姿勢が拮抗し錯綜しあうプロセスが孕むダイナミクスに着目する氏の論考は、ネイチャーライティングの政治性の基底を理解する上で重要である」と述べられているように、この論稿のように、「レトリック」の弁論術的な側面に注目される場合、「政治性」をめぐる議論と結びつけられることが多い[33]（一八〇頁）。

6　本書のねらい――環境文学の「反復」を〈読む〉

以上、スロヴィックの論文を取り上げ、環境文学の「レトリック」が「説得」という観点から論じられている例を見た。ここで、野田（二〇〇九、三六頁）が「環境文学・ネイチャーライティング系の環境コミュニケーション」を構成する要素として、「作家・詩人」、「自然／環境」、「読者」の三項を挙げていることを踏まえ、スロヴィックの論文と本書を比較しながら、本書のねらいを改めて明確にしておきたい。

このコミュニケーション・モデルに沿って言えば、スロヴィック論文では、主として「作家・詩人」と「読者」のあいだに生起する「自然／環境」についての「コミュニケーション」に焦点が当てられているということになる。もちろん、人間が自然をどう捉えているか、自然と人間の関係ないし「コミュニケーション」がどのように語られているかという点も多少は論じられてはいるものの、重点的に関心が向けられているのは、あくまで人間と人間のあいだの「コミュニケーション」である。

一方、本書は、文学テクストを介した「作家・詩人」と「読者」の「コミュニケーション」ではなく、「作家・詩人」と「自然／環境」との「コミュニケーション」に目を向け、それがいかに言語化されるかを問う。特に、人間と自然や超自然の存在とのあいだのどのような「コミュニケーション」が「反復」によっていかに描き出されているのかを考察することで、人間はそれらをどのような存在として捉えているのか、「コミュニケーション」をする上で、また、それを表現する上で、言語ないし〈あや〉がどのような役割をもつのかを明らかにすることを目指す。

つまり、スロヴィックの論文も本書も、環境文学の「レトリック」に焦点を当てるという点では共通しているが、前者は人間と人間の「コミュニケーション」における「レトリック」（＝弁論術的側面）に、後者は自然と人間の「コミュニケーション」の表象における「レトリック」（＝修辞学的側面）に注目するという点で異なるのである。

本章冒頭でも述べたように、エコクリティシズム（環境文学研究）の誕生には、地球環境問題への危機感という背景があった。スロヴィックのように、レトリック批評的な視座から環境文学の「レトリック」（＝説得する力）に着目し、「さまざまな文学様式のなかに自然に対する社会の態度を決定する力が潜在している」（スロヴィック、一九九六、一七九頁）ことを示し、その力の諸相を明らかにすることは、人文科学系の学問が地球環境問題にコミットする一つの有力な方法である。そうした研究に対して、文学テクストで用いられることばの〈あや〉を手がかりに、人間が人ならざる存在をどのように認識しているのか、それがどのように言語化されるのか、言葉を通して人びとがどのような自然観をもっているのかを問う本書の試みは、自然環境をめぐる問題とどのように関わるのか、直接的な関連性が見えにくいかもしれない。

しかし、野田（二〇〇九）が、Cox（二〇〇六）を参照しながら、米国で行われている「環境コミュニケーション研究」が、「説得」や「広報」に焦点を当てる「レトリック論的な傾向」を強くもつことを指摘するとともに、「環境コミュニケーション論がより十全なかたちを取り、総合化される」ためには、「広報・説得的アプローチ」だけでなく、「自然／環境との関係、相互性において生起する」「解釈行為」に着目することが不可欠であると述べているように（三七頁）、「自然／環境」と人間がいかに関わっているか、それが言葉で（文学で）どのように描き出されているかも問われる必要がある。何故なら、人間と人間のあいだの自然をめぐる「コミュニケーション」の基盤となるのは、何らかのかたちでの人間と自然の「コミュニケーション」であり、人と、自然を含む人ならざる存在の「コミュニケーション」に着目することで、人間にとって自然とは何か、そして自然にとって人間とは何かを考える手がかりを得ることが期待できるからである。

本書では、レトリックのもつ「説得」という側面に注目することでは十分に明らかにすることのできない、人と人ならざる存在の「コミュニケーション」における言語の役割について、「反復」という〈あや〉に光を当てながら考えていく。ただし、ここでは、レトリックのもつ修辞学的な側面に焦点を絞るため、テクストないし言語のもつ「説得」という働きについては論究することができない。この点については将来的な課題としたい[34]。

以上、本章では、本書の基本的な立場とねらいについて述べた。

次章では、第三章と第四章で梨木と石牟礼のテクストを分析する際に焦点を当てる、「反復」について見ていこう。

第二章　「反復」の諸相——形式・意味・機能

本章では、先行研究を参照し、「反復」がどのような〈あや〉ないしは言語現象なのか、どのような機能をもつと考えられているのかまとめていく。

ここではまず、具体例を交えながら、音、語句、構文という三つのレベルの「反復」について見ていく。そして、ロマン・ヤコブソンの「反復」をめぐる知見と、ヤコブソンの枠組みを援用した坂部恵の哲学、ヤコブソンの理論と親和性をもつと考えられているハラルト・ヴァインリヒの時制論について整理し、分析への足場を固めたい。

1 「反復」という〈あや〉

中村明は、『日本語レトリックの体系』(一九九一年)で、「文章表現の技法」を整理、考察している。中村は、「目的」、「対象」、「手段」という三つの観点(ある文章表現の技法はどのような「効果」を狙ったものなのか(目的)、それは文章のどの部分に用いられるのか(対象)、どのような技法が用いられるのか(手段))から「文章表現の技法」に迫っている(中村、一九九一、三一頁)。

最も多くの紙幅を割いて論じられているのは、「手段」である。これは、「日本語の言語表現、特に近代以降の文学作品の文章に見られる表現技法にはどのようなものがあるかをできるだけ広く見わたし、収集された各種の表現法を言語操作という観点から整理して体系化し、多くの実例による各技法の表現効果の考察を経てその集大成を図った一つの試み」であるという(九三頁)。先にも一度述べたように、中村は、日本語の〈あや〉を「展開のレトリック」=「文章の展開にかかわる修辞的な言語操作」と、「伝達のレトリック」=「伝達の方法に関する表現上の修辞的な言語操作」に二分しており(二二五頁)、「反復」はこの枠組みのなかで前者に含まれる〈あや〉とされている。

それでは、本書で俎上に載せる「反復」について見ていこう。中村は「反復」について論じている第二章の冒頭で、次のように述べている。

修辞的な言語操作の第二として〔反復〕の手段を取りあげる。〔反復〕としてまとめられる表現技法はすべてなんらかの形でのことばの繰り返しなので、結果として文章の展開にかかわる。その意味では第一に取りあげた〔配列〕の言語操作と共通する面もある。が、こちらのほうは、ことばがどのような順序で並ぶかということよりも、同一または類似の表現がある種の規則性を保ってあらわれるという点に主眼を置く技法の一群である。（一三一頁）

そして、どのような要素がくり返されるか、どのような位置に表れるか、どのような表現効果が期待されるかという観点から、「反復」の下位分類と位置づけられている以下の〈あや〉を、主に文学作品からの引用を交えつつ考察している。一つ一つの〈あや〉について見ていくとかなり煩雑になるため、ここでは目次に挙げられている〈あや〉を目次の順序に沿って表にまとめ、全般的な特徴について述べるに留める。

次頁の表の一行目の「** 反復法」とは、「繰り返しの規則性に特色を持つ」〈あや〉の総称である（一三一頁）。「* 押韻」は、「言語表現の音調面にかかわる反復の技法」で、「同種の音を規則的に繰り返すこと」を指し、頭韻以下の技法がその下位分類に当たる（一四九頁）。そして、「等長句」以下が、特定のパターンのくり返しや意味的に連関するユニットの連続といった〈あ

** 反復法
畳語法／畳点法／首句反復・結句反復・回帰反復・前辞反復・連鎖法・尻取り文／反照法／首尾同語／連鎖漸層法／変形反復・同族反復／倒置反復・交差配語・交差的配列／換義・異議復言／同意反復・類語反復・トートロジー／類義累積
おうむ返し
* 押韻
頭韻／脚韻／畳音法／同音集中／リズム／句読法
等長句・同形節反復／並行体・平行法／対偶法・対置法／対句法／逆対句

中村（1991，viii 頁参照。改行およびアスタリスクは引用者によるもの）

や〉に該当する。このように、中村は概ね、語句のくり返しに関わる〈あや〉、音のくり返しに関わる〈あや〉、言語構造のくり返しおよび意味に関わる〈あや〉という順番でそれぞれの〈あや〉の特色について論じている（「ある表現主体のことばを他の表現主体がなぞる言語形式」である「おうむ返し」はその限りではない（一四七頁））。

なお、中村と同じように、佐々木（監修）（二〇〇六）でも、「反復」には、「音の反復」、「語句の反復」、「構成の反復」という三つのレベルがあるとされている。次項から、具体例を挙げながらこの三つのレベルの「反復」の〈あや〉について見ていく。

だが、その前に、「なんらかの形でのことばの繰り返し」という特徴をもつ「反復」を分析する際に留意すべき事柄について触れておきたい。それは、「反復」の成立の基盤となる「類似」という関係が見出されるかどうか、別言すれば、何かと何かが何らかの点で「似ている」という関係をもつか否かは、「状況依存性がきわめて高い」ということである（小山、二〇〇八、四六―四七頁）。

たとえば、ある群集の中で、年齢、見た目、ジェンダーなど、もろもろの点において、最も似ていないと思われる二人の人物も、もしも彼（女）らが人間以外の動物たちの、あるいは火星人たちの、集団の中に投げ込まれれば、一気に、「最も似ている二体である」と見なされるようになることに注意されたい。（小山、同書、四六頁）

小山がこう述べているように、「状況（コンテクスト）により、似ていると見なされるかどうかは、大いに異なってくる」のである（同頁）。たとえば、先ほど見たアビーのテクストの"shake hands with a mountain lion"と"shake paws with it"を例にとれば、この二つの表現が「類似」している（つまり、共通点と差異がある）と見なされるのは、二つの表現の句動詞が同じであり、目的語がともに「マウンテンライオン」を指すことに加え、両者が一つのテクストのなかで比較的隣接した箇所で用いられているという「状況（コンテクスト）」があることによる、ということになる。

ただし、「類似」という関係が成立するのに、必ずしも隣接性や近接性が必要というわけではない。小山が論じているように、「引用、口真似、物まね、憑依」などは「『反復』、つまり、**同じ**、あるいは**類似**したものの再起」であるが、このような出来事においては、「出来事が起こっている『今ここ』の場に近接していない不在の事物をも簡単に指示すること」が可能なのである[1]（四六―四七頁、強調原文）。

さらに、上記のこととも関連するが、「反復（同一性／等価性／類似性）は、認識主体によって構築されるという側面を持ちうる」ということも重要なポイントである（小山、二〇一一、四一頁）。このことに鑑みると、テクストの反復表現を分析する、と言ったときに分析の対象となる反復表現は、あくまで「認識主体」（本書では筆者）によって「認識」され、「構築」されたもの（に過ぎない）ということになる。本書でテクストの反復表現を分析する際には、「類似」という関係が所与のものではなく認識主体によって「創造」されたものであるということに留意し、どのような点でその場面に「反復」が認められると判断できるのかを可能な限り明示的に説明するよう努める。

なお、小山（同頁）が、「反復は、認識主体に認識されることによって創出的に構成されるという側面も含み、よって意識化可能な側面・場合を持つが、他方、認識主体が自らの行為（認識行為を含む）を完全に把握・意識していないかぎり、反復／詩的構造には、認識主体（行為者）によっては半意識的、無意識的にしか把握されないものも含まれる」と述べているように、本書で検討していくテクストの書き手（作者）が、本書で指摘する反復構造を意識的に（意図的に）創り出しているという保証はないし、そのことを確かめる術もない。「類似」に関する上述の小山の知見を援用する本書が、作者の「意図」を再現することを目的とするものではなく、あくまで、テクストから読み取った反復表現をもとにどのような解釈を導くことができるかを探究するものであることに注意を促しておきたい。

それでは、少し前置きが長くなったが具体例を見ていこう。まずは、音の「反復」から。

音の反復

俵万智に次のような短歌がある（俵、一九八九［一九八七］、一一八頁）。

サ行音ふるわすように降る雨の中遠ざかりゆく君の傘(2)

この短歌に、「ふるわす」と「降る」という同じ音をもつ言葉が用いられていることはすぐにお分かりだろう。だがこの歌で注目すべきは、冒頭の「サ行音ふるわすように」という言葉に呼応するように、「サ行」、「ふるわす」、「傘」と、「サ行」の音が含まれた言葉が用いられ、「サ行」の音が三度くり返されているということである。さらに、それに加えて、「遠ざかりゆく」という言葉に「サ」の濁音である「ざ」という音も用いられていることも指摘できる。「しとしと」、「ザーザー」などといったオノマトペを想起させる「サ行」（および「ざ」）の音は、この短歌に歌われている〈雨の音〉を表していると考えることができよう。さらに想像をたくましくすれば、真ん中の句である三句にだけ「サ行」の音が欠落していることは、この歌の登場人物が傘のなかにおり、そこだけ雨音（＝「サ行」（「ざ」）の音）がしていないことを表しているとも言えるかもしれない。また、この歌では、三句、四句、五句には、「中」、「遠ざかり」、「ゆく」、「君」、「傘」と、「サ行」の隣の「カ行」の音が頻出していることも指摘できる。この音の「反復」に、「遠ざかりゆく君」の靴音を聴くことは、深読みに過ぎるだろうか。ともあれ、この歌のいたるところに類似性をもつ要素がくり返されていること、くり返された音の特徴に注目することでこの歌の解釈の可能性が広がることが指摘できる。

語句の反復

次に、語句の反復について。ここでは、代表的な〈あや〉である「同一語句反復」（佐々木〈監修〉、二〇〇六、四六頁）と「交差反復」（四九―五〇頁）について見ていこう。まず、前者の〈あや〉が用いられている谷川俊太郎の詩から。

ベートーベン

ちびだった
金はなかった
かっこわるかった

つんぼになった
女にふられた
かっこわるかった
遺書を書いた
死ななかった
かっこわるかった
さんざんだった
ひどいもんだった
なんともかっこわるい運命だった

かっこよすぎるカラヤン

（谷川、二〇一三［一九六八］、九四―九五頁）

「かっこわるかった」という同一の語句がくり返され、ベートーベンの〈かっこわるさ〉が強調されている。さらに、このくり返しがあるからこそ、最後の一行でスマートに語られる「かっこよすぎるカラヤン」――ここには頭韻も看取できる（強調引用者）――とのコントラストが、鮮やかに浮かび上がると言える。

続いて、交差反復について。これは、二種類の語句をＡＢＢＡのパターンで反復させる〈あや〉である（前章で分析したネルソンのテクストでも用いられていたことを思い出されたい）。

蛇

あなたが私のしっぽを呑みこみ
私があなたのしっぽに食らいつき
私たちは輪になった二匹の蛇　身動きができない
輪の中に何を閉じこめたのかも知らぬまま

（谷川、二〇一二［一九九一］、六二頁）

はじめの二行に、「あなた」（A）と「私」（B）という二つの語がABBAの順で配置されており、ここに交差反復の〈あや〉があることが分かる。冒頭のこの二行は、三行目の「私たちは輪になった二匹の蛇」という状態、つまり、「あなた」と「私」が循環するという状態――AはBになり再びAに戻る――という関係を表していると考えられる。ここでは、そうした円環する状態が、「あなた」と「私」を交差反復の配置にすることで、つまり、言葉の〈かたち〉によって（も）表現されていると解釈できるのである。

なお、この「交差反復」は語句のレベルの反復であるが、「二つの構文単位」をABBAと反転させて配置する〈あや〉もあり、これは「交差並行」と呼ばれている（佐々木（監修）、二〇

○六、五五頁)。

構成の反復

最後に、構成の反復について見ていく。構成の反復の基本的な〈あや〉は、「並行(パラレリズム)」であり、これは、「同じかたち、もしくはパターンの繰り返し」(佐々木(監修)、二〇〇六、五五頁)を特徴とする〈あや〉である。上で見た「蛇」という詩の冒頭の二行でも使われていたように、詩で用いられることが多いが、もちろん散文で用いられることもある。ここでは加藤幸子の小説から例をとる。

孫娘が読書をしているあいだ、祖父と祖母は二階に上がって昼寝をした。祖父は久しぶりのボート漕ぎの体力を貯えるために。祖母は暑熱のために重苦しい胸を落ちつかせるために。隣りあったベッドで横になっていると、まるでゆるやかにロープでつながった二本の丸太みたいな気がしてくる。それぞれの丸太は別の岸の景色を眺めているのに、それでも同じ方向に流れていくのだ。

(加藤、二〇〇七[二〇〇三]、一四八頁)

祖父は久しぶりのボート漕ぎの体力を貯えるために。
祖母は暑熱のために重苦しい胸を落ちつかせるために。

「同形節反復」	類似した構造の句の繰り返し　（62頁）
「対句」	二つの句の繰り返し　（62頁）
「名詞文反復」	一語文の繰り返し　（64頁）
「パロモイオーシス（一端同一）」	冒頭もしくは末尾の音が等しいもの（66頁）
「主語述語並行／一部分共通並行」	幾つもの対象を列挙するとき、そのそれぞれに対して与えられる形容（動詞、副詞、形容詞、補語、従属節など）を配列して、文の並行関係を作ること　（68頁）
「三連節」	三回の並行　（72頁）

こうして併記すると一目瞭然のように、この二つの文には、「祖父は〜ために」、「祖母は〜ために」という共通するパターンがあることが分かる。ここでは、同じ「型」を用いて夫婦を描くことで、二人の類似性（「まるでゆるやかにロープでつながった二本の丸太みたいな」関係）が表現されていると言える。

また、佐々木（監修）（二〇〇六）では、「並行」には上の表にまとめたような下位分類もあるとされている（例は省略し、その特徴を箇条書きで示した。なお、ページ数は佐々木（監修）（同書）の掲載箇所である）。

以上、「反復」という〈あや〉について、具体例も挙げつつ概観した。

「反復」という〈あや〉の概要が明らかになったところで、言語現象としての「反復」について洞察に満ちたさまざまな知見を遺したロマン・ヤコブソン(3)の言語論を見ていきたい。以下では本書と関連する概念に焦点を絞り、「等価性」、「類像性」、「詩的機能」、「交話的機能」についてまとめていく。

2　「反復」の〈かたち〉と〈意味〉

「等価性の原理」

詩においては、くり返される音が〈意味〉の次元とも関連する場合がある。そのように考えたヤコブソンは、次のように言う。「押韻を音の観点からのみ扱うのは不健全な過度単純化であろう。押韻は押韻し合う単位〔……〕のあいだの意味上の関係を必然的に包含する」と（一九七三、二〇六頁）。

たとえば、寺山修司の「ひとり」という詩（寺山、二〇〇三、一二六頁）。

ひとり

いろんなとりがいます
あおいとり
あかいとり
わたりどり
こまどり　むくどり　もず　つぐみ

でも
ぼくがいつまでも
わすれられないのは
ひとり
という名のとりです

「いろんなとりがいます」と、「鳥」を列挙する第一連。だが、「ぼく」が忘れることができないのは、動物の「鳥」ではなく、「ひとり／という名のとり」であると言う。「ひとり」が、「鳥」ではなく人を指していることは、改めて指摘するまでもないだろう。

もちろん、「鳥」と「ひとり」に同じ音が含まれていることは、単なる偶然に過ぎない。しかし、「あおいとり」、「あかいとり」、「わたりどり」という言葉の群れに「ひとり」という言葉が交じるとき、「ひとり」という言葉が想起させる孤独な人の姿に、鳥のイメージが——群れることなくたった一羽で空を舞う鳥のイメージが——重ね合わせられる。

ヤコブソンは、このように、同じ音をもつ言葉が並置され、両者が等価な要素と認められるとき、〈音の次元〉で等価と見なされた要素が〈意味の次元〉でも関連性をもつと考えた。ヤコブソンがいみじくも言うように、「詩にあっては音の顕著な類似はすべて、意味の類似および／または相違との関連において評価される」のである（一九七三、二一三頁）。

ただし、言葉の〈かたち〉の上での等価性が、意味の等価性を創り出すということは、音の次元だけに当てはまるわけではない。このことを確認するために、寺山修司の別の言葉を見てみよう。

時計の針が
前にすすむと「時間」になります
後にすすむと「思い出」になります
（寺山、一九九七［一九八二］、二二六頁）

私たちがこのアフォリズムから「時間」と「思い出」に対比的な意味を読み取ることができるのは、ここで「並行」という〈あや〉が用いられ、この二つの語が〈かたち〉の上で等価な位置に置かれているからに他ならない。このように、「並行」という〈あや〉が、対比的な意味を創り出す上で重要な役割を果たすことがあるのである（前章で見た、「対比」と「並行」に関する佐藤の指摘も想起されたい）。赤羽は以上のことを次のようにまとめている。

ヤコブソンらの構造主義的詩学は、文学の形式を問題にしたが、そこでの形式は内容と対立し、意味とは関わらない装飾的な形式ではない。詩の形式は、たんに形式の美として、すなわち音の響きの美しさとか諧調とかといったかたちで意味から切り離されてはいない。詩において形式が重要だとしても、それは意味に関わる効果を生み出しうるかぎりなのである。ここで、形式は内容と不可分な関係にあることがはっきりと認められ、たとえば詩の音韻構造を意味の問題として考える道が開かれたのである。（赤羽、一九九八、四九頁）

以上、ヤコブソンが、言語の形式が意味と密接に結びつく場合があることを指摘していることを見た。(4) このことを確認した上で、これがいわゆる詩だけでなく文学的散文にも当てはまる場合もあるということを、梨木香歩の『冬虫夏草』という小説の一場面を分析しながら見ていこう。文学的散文において〈かたち〉と意味はどのように結びついているのか、そうした結びつきに注目することで、どのような解釈が可能になるのだろうか。

『冬虫夏草』「ヤマユリ」の「反復」

梨木香歩の小説、『冬虫夏草』（二〇一三年）は、『家守奇譚』（二〇〇四年）の続編である。今からおよそ一〇〇年前の日本を舞台に、文筆を生業とする綿貫征四郎が、今は亡き親友、高堂の家に住み、家の守をする物語である。死んだはずの高堂がたびたび綿貫のもとを訪れたり、河童や小鬼など、超自然の存在との交流が描かれたり、その題名の通り、じつにさまざまな奇譚に満ちた物語である。『家守奇譚』が、綿貫が家に住みつき、犬のゴローを飼い始めるなどして徐々に生活に馴染んでいく物語であるのに対して、その続編の『冬虫夏草』は、家に馴染んだ綿貫が、行方知れずになったゴローを探すために、そして、イワナの夫婦が切り盛りしている宿を探すために、家を離れて鈴鹿の山を旅する物語である。
その『冬虫夏草』に、「ヤマユリ」という章がある。前半部、まだ犬のゴローを探しに旅に出る前のエピソードである。綿貫は、ある日、家の庭にあるサルスベリの木の枝にモリアオガエルの卵塊が生みつけられているのを見つける。その数週間後、隣町から汽車に乗って自宅に戻る途中、綿貫は「強い香水の匂い」をまとった「洋装のご婦人」と乗り合わせる。綿貫は、真向かいに座ったその女性が手にする「六角形の蓋を持つ、美しい箱」に施された「ヤマユリの絵の象嵌」に思わず見入ってしまう（梨木、二〇一三b、三九―四〇頁）。

ヤマユリの向こうには山水があり、月が出ている。よく見ると山の中腹に家がある。人がいる。それに気づくともう目が離せない。人は畑にいるようである。真ん中に木が一本あるのは柿の木か。それから……、と失礼も省みず、じっと細工に見入っていると、白魚のような指が蓋の取っ手を取り、もう片方の手の指が金具を外し、蓋を明けた［原文ママ］。突然天が開いたように爽快な気がした。そして中から何かをつまみだした。つまみだしたのは飴のようだ、とぼんやり見る間にその細い指がすっと私の口元まで伸ばされた。一瞬のことであった。思わず反射的に口を開けた。断髪のご婦人はにっこり笑っている。私は思いもかけない事態に内心目を白黒させながらも、思わず、

——や、どうも。
と軽く会釈した。飴をもらったときは礼を云う、という体にしみついた幼い頃のしつけが、幾星霜を経てよみがえったのであった。突然の、このような扱われ方を、不快に思うべきなのか、うれしく思ってもいいものなのか、とっさのことで判断に窮した。飴は外出の疲れがそのまま溶け去るような、甘い味がした。私がじろじろ見ているのに気づき、意地悪くからかうつもりだったのだろうか。馬鹿にされたのだろうか。それとも単なる好意だったのだろうか。

それからすぐ、私の降りる駅が来たので、ぎこちなく会釈して別れた。家にたどりついてからもしばらく飴は口中にあった。うれしいのか不快なのか、未だにわからず、戸惑っていた。

（梨木、同書、四〇―四一頁）

一心に絵を見つめる綿貫は、いつしか女性に見つめられ、飴までもらってしまう。「ぼんやり見る間に」、「思わず反射的に口を開けた」、「思わず、／——や、どうも。／と軽く会釈した」という一連の表現から、ここで綿貫が絵に集中するあまり、一種の「脱自」の状態になっていることが分かる（「思わず」という表現が比較的近接した箇所でくり返されていることにも注目）。「飴をもらったときは礼を云う、という体にしみついた幼い頃のしつけが、幾星霜を経てよみがえった」も同じである。「幼い頃のしつけ」は、綿貫の意志を超えて自動的に「よみがえった」のであって、綿貫がしようとしてしたのではない。まるで魂が絵の世界に吸い込まれてしまったかのように、これらのふるまいは綿貫の意志とは無関係に行われているのである。ここに描かれているのはすべて、「する」という主体的な（能動的な）行為ではなく、「なる」という中動相的な出来事であると言える[5]（木村／坂部、二〇〇九、二五頁、池上、一九八一参照）。

自分が自分でなくなってしまったような感覚が消えないまま、気もそぞろに帰宅した綿貫は、庭に出てモリアオガエルの卵を見、孵化が間近に迫っていることに気がつく。その後、原稿に向かい、銭湯へ行った帰り際、もう一度卵塊の様子を見てから食事を済ませ、「満月が中空にさしかかる頃」、庭へと出る（四二頁）。

月明かりで、庭の様子は昼間のようによくわかった。すると池の水面に何やら動くものを見つけた。目を凝らすと、それはイモリであった。かなりの数のイモリが、無心に口をあけて空を仰いでいる。そうか、と腑に落ちた。モリアオガエルのおたまじゃくしが、サルスベリの枝先の卵塊から池に落ちるのを待ち受けているのである。水面に落下する寸前を、取って食おうというのだ。モリアオガエルにとってはむごいことだ。この世に生まれ出た次の瞬間には暗黒の世界に戻されるのだから。だが、その可能性も考えてこのように無数の卵が産卵されるのであろうから、これも自然の摂理というものであろう。イモリもよくその孵化の気配を嗅ぎ取ってこうして集結したことだ。それに斯くも清らかな月光を総身に浴びつつ空中を落下する、その一瞬が一生のすべて、というのが、モリアオガエルにとって、本当に不幸なことなのかどうかわからないではないか。

それはだれにもわからない。その一生の充実は、長さだけでは測れない。

月は皓皓と照っている。

隣のおかみさんの家の屋根瓦が白く光っている。

やがて卵塊の先が液状となって滴り、それと同時に小さなおたまじゃくしが数匹落下した。それはイモリたちの間に落ちた。一瞬ざわめきが走って、若干のイモリたちが水中に落ちたおたまじゃくしを探していた。しばらくしてまた、今度は一匹のみが落ち、それは前回の探索に加わらず相変わらず静かに口を開けて待っていたイモリのその口中にすっと落ち込んだ。その瞬間イモリは口と目を同時に閉じ、うっとりと得も云われぬ至福の表情を見せた。

そのとき私は、口中に白魚のような指で飴を入れられた瞬間、自分の総身がその甘みを悦んだことをまざまざと思いだした。やはりうれしかったのだと、ここでようやく認知することであった。

（四二―四三頁）

イモリとおたまじゃくしが繰り広げる、生と死のドラマ。それをじっと観察していた綿貫は、イモリの姿に魅入られる。まるで、汽車のなかで女性のもつ美しい箱に目を奪われたように。

一匹のおたまじゃくしが卵から孵り、イモリの口にすべりこむ。綿貫は、そのイモリの表情を見ることで、汽車のなかで女性に飴をもらった直後には識ることのできなかった自分の身体感覚や感情に気づく(6)。すでに見たように、綿貫は女性に飴をもらったときには既に一種の脱自の状態になっており、家に辿り着いてからも、見知らぬ女性に飴をもらうという出来事を自分のなかにどのように収めていいのか分かっていなかった。そのような状態に陥っていた綿貫はイモリの表情を見ることで、目の前のイモリの体験と過去の自分の体験を結びつけ、言うなれば、「自分」を取り戻した。イモリと自分を重ね合わせることよって、数時間前の自分の「情動」が明らかに**なった**のである。さらにつけ加えれば、そのことを敢えて「**認知する**ことであった」(強調引用者)と表現しているところに、綿貫が「脱自」の状態から恢復したことが——つまり、主体性を取り戻したことが——暗示されていると解釈することもできる。

さて、この場面で特に注目したいのは、イモリの様子と綿貫の様子が描き出されている最後の箇所である。

> イモリのその**口中**にすっと落ち**込**んだ。その**瞬間**イモリは口と目を同時に閉じ、うっとりと得も云われぬ至福の表情を見せた。
> そのとき私は、**口中**に白魚のような指で飴を**入**れられた**瞬間**、自分の総身がその甘みを悦んだことをまざまざと思いだした。

このように強調しながら並置するとただちに明らかなように、イモリの「口中」には一匹のおたまじゃくしが「落ち込み」、綿貫の「口中」には飴が「入れられ」、イモリは「その瞬間」、「至福の表情を見せ」、綿貫はあの「瞬間」、「自分の総身がその甘みを悦んだ」ことを思い出す、というように、ここでは同一あるいは類似の表現が同じ順序で配置され、「口中」、「込」、「瞬間」と、「口中」、「入」、「瞬間」という極めて類似性の高いユニットが創り出されている。さらに言えば、イモリの記述における「口中」、「込」、「瞬間」に続く「イモリは口と目を同時に閉じ、うっとりと得も云われぬ至福の表情を見せた」と、綿貫の記述における「口中」、「入」、「瞬間」に続く「自分の総身がその甘みを悦んだ」が等価の位置にあることから、これらが意味的にも等価の関係にあると解釈することができる。[7]

このように、イモリと綿貫の等価性（この場合、類似性）は、言葉の〈かたち〉、「並行」という〈あや〉によっても表現されているのである。

「回顧的錯覚」と「反復」

イモリの姿を目にし、過去の自分の体験を「理解」する。綿貫の身に起きたこの一連の出来事は、アンリ・ベルクソンの言う「回顧的錯覚」の一種と考えることができるように思われる。木田によると、「回顧的錯覚」とは、「現在の出来事が過去にその影を投射し、その過去にそれがもともともっていなかった意味を与え」ることだという（木田、二〇〇一、一二頁）。木田は『思想と動くもの』に記されたベルクソンの次の言葉を引いている。[8]

> 簡単な例を引こう。われわれが今日、十九世紀のロマン主義を古典主義作家のうちにすでにあったロマン主義的なこころに結びつけるのはいっこうに差しつかえない。だが、古典主義のもつロマン主義的な側面がそんなふうに取り出されたのは、あるとき出現したロマン主義の遡行的効果によってでしかない。ルソー、シャトーブリアン、ヴィニー、ヴィクトール・ユゴーといったたぐいの人が現われなかったなら、かつての古典主義作家のうちにロマン主義が感じられるということがなかっただけではなく、そんなものは実際になかったことになる。というのも、古典主義作家のロマン主義が実在化されるのは、それらの人の作品のなかからある面を切りとることによるのであるが、その切りとりの独特な形が、ロマン主義の出現に先立って古典主義の文学に実在していたわけではないことは、流れゆく雲のなかに芸術家が、その空想力のおもむくままに無定形な塊を整えながら見いだすおもしろい意匠（デッサン）が、その雲のなかに実在するわけでないのと同様である。芸術家のその意匠（デッサン）がこの雲に対するのと同じように、ロマン主義は古典主義に対して遡行的にはたらきかけたのだ。ロマン主義は遡行して過去のうちに自分自身の先駆形態をつくり出し、先行者たちによって自分自身を説明しようとしているのである。
>
> （木田、同書、一一三頁、強調原文）

時系列的には、古典主義は、ロマン主義に先行する。しかし、だからと言って、古典主義のなかにロマン主義的な要素がもともと存在していたと考えることはできない、とベルクソンは言う。ロマン主義が現れ、古典主義（過去）を振り返ったときにはじめて、古典主義のなかにロマン主義的側面が「発見」されるのである。

　時間的に後に生起した出来事が、その前に起きた出来事を意味づける。この構図は、綿貫とイモリの関係にもほとんどそのまま当てはまる。綿貫は、おたまじゃくしを口にし、至福に浸るイモリの姿を見て、過去の自分の情況を理解した。イモリの姿を見なければ、飴を口にした綿貫の「悦び」は、「実際になかったこと」になっていたかもしれない（現に、綿貫はイモリを見るまで「うれしかった」ことを「認知」していなかった）。ロマン主義が古典主義のある一面を切りとったように、イモリの姿が汽車のなかで綿貫の身に起きた出来事に「意味を与えた」のである。

　ただし、上記引用箇所の最後の一文、「ロマン主義は遡行して過去のうちに自分自身の先駆形態をつくり出し、先行者たちによって自分自身を説明しようとしているのである」という点はこのケースには当てはまらない。くり返しになるが、綿貫に汽車のなかでの出来事を理解させたのはイモリの姿であった。つまり、この場合、綿貫は、過去に遡行して「自分自身の先駆形態をつくり出し、先行者たちによって自分自身を説明しよう」としたのではなく、過去の自分をイモリの「先駆形態」と見なすことで、自身の体験を理解したのである。別言すると、ロマン主義が古典主義に「遡及的にはたらきかけ」るのと同じことがイモリと汽車のなかの綿貫のあいだにも起きてはいるが、前者が「他」を見ることで「自」を説明しようとしているのに対し、後者は「他」を見ることで〈今の自分〉ではなく〈過去の自分〉を説明しようとしているという違いがある。ともあれ、この一連の出来事は、回顧的錯覚と同種の出来事であると言えよう。

ところで、この回顧的錯覚の概念は、「反復」という現象のもっとも基本的な性質とは何かを再確認させてもくれる。

> たとえば舞台上で一人の人間が行っている時恣意的に見えた動きが、二人同時に同じ動きをしてみせる時予め決められた振付に従っていることが明らかとなり、その動きが「型」として見えてくることがある。また舞踊家が一人でも、同じ動きを反復して見せる時、それは無意味偶然の動きではなく「型」として見えてくる。「反復」は「型」の存在を示す。というより「反復」によって「型」が切り出されるのである。（尼ヶ崎、一九八八、七三頁）

「同じ動き」をしてはじめて「反復」が成立する。尼ヶ崎も上記の引用文の前後で述べているように、これが身体（行為）の次元だけでなく、言語の次元にも当てはまることは言うまでもない。たとえば、モリニエ（一九九四、一二三頁）は、「第一回目の出現が往々にして気づかれずに終わってしまうような言語規定が、その存在そのものをはっきり示すのは、［その事実の］二回目の出現が知覚されることによってであり、またそれが知覚されることによってのみである。反復はしたがって、一つの構築でもある」と述べている。[9]

このように、ある出来事が、その出来事に先行する出来事の「意味」を決定するという点で、「反復」が成立する原理と回顧的錯覚は同じ発想に基づいていると言うことができる。このことに鑑みても、梨木のテクストで用いられていた「並行」（＝「反復」）に着目することによって、先に引用した場面で描かれていたことが「回顧的錯覚」と同じ原理に基づいていることが浮き彫りになる。

とともに、イモリの身に起きた出来事と綿貫の身に起きた出来事のあいだの類似性が言葉の〈かたち〉を通して表現されていることも分かる。イモリと、過去の自分とのあいだに類似性を読みとる綿貫の「認識」は、言葉の〈かたち〉によって象られるのである。

3　「類像性」

類像性の概念

ここまで、ヤコブソンの言語論――詩学も含む[10]――において、言語の形式と内容（〈かたち〉と〈意味〉）は、音、語句、構成というさまざまなレベルで結びつく、あるいは響き合う可能性をもつと考えられていることを見てきた。そして、具体例として、梨木の小説『冬虫夏草』で綿貫とイモリが邂逅する場面を分析し、綿貫に関する記述とイモリに関する記述が類似性をもち、その表現形式、すなわち、〈かたち〉の上での類似性が、綿貫とイモリの類似性（「内容」の類似性）を表現しているという解釈を導くことができることを論じた。

ところで、記号とそれが指す対象との類似性は、ヤコブソンも自身の言語研究に取り入れていたチャールズ・パースの記号論では、「類像性（iconicity）」と呼ばれている（Peirce, 一九五五［一九〇二］、ヤーコブソン、一九七八）。文学テクストにおいて「反復」という〈あや〉がどのような意味を創り出しうるのか、私たちはそれをどのように解釈することができるのか、という問題に迫る上で、パースに淵源をもつこの枠組みは示唆に富む。以下、パースの記号論における類像性の概念について、先行研究を参照しながら概観し、それが、本書が注目する「反復」という〈あや〉をめぐる議論とどのように結びつくかを論じていく。

パースは、「記号」を「その対象との関係において分析し」、「類似記号（icon）」、「指標記号（index）」、「象徴記号（symbol）」の三つに分類している（米盛、一九八一、一四三―一四四頁）。類似記号とは、記号の性質とそれが対象とするものの性質の類似性によって機能する記号とされる（たとえば、似顔絵など）。一方、指標記号は、記号と対象とのあいだの隣接性、近接性、連続性によって機能する記号である（たとえば、指さしや矢印など）。象徴記号は、記号とその対象とのあいだに、類似性も、隣接性や連続性もないにも関わらず記号として機能するものを言う（たとえば、平和を意味する鳩など）（米盛、一九八一、一四三―一五九頁、小山、二〇〇八、四一―五〇頁参照）。

パースの記号論では、類似記号は記号と対象との類似の仕方によってさらに三つに分類されている。すなわち、「表象（image）」、「図式（diagram）」、「隠喩（metaphor）」である（平賀、二〇〇三、一三二―一三三頁）。表象は記号と対象のあいだに「直接的」な類似性があり、記号を見たり聞いたりすることでその対象のイメージが浮かぶものを指す（たとえば、肖像画）。図式は、記号と対象のあいだに「構造的な類似性」があるもので、設計図や地図などが当てはまる。隠喩は、「ある媒介項を介して記号とその対象の間に並行的あるいは位相的類似関係があるもの」を指す。隠喩や直喩、科学的類推などがこれに当たるとされている（米盛、一九八一、一五〇―一五一頁参照）。

ソシュール（一九八六）以来、言語は象徴的な記号、すなわち、記号（シニフィアン）と記号内容（シニフィエ）のあいだに恣意的な関係をもつ記号と考えられることが主流であり、言語における類像性の問題は（ヤコブソンらによって探究されてきたものの）言語学では周縁的な扱いを受けてきた（Tabakowska, 二〇〇九）。しかし、類像的な側面は、言語のそこここに――いわゆる「日常言語」においても、形式と内容が緊密に関係することの多い「詩的言語」にも――看取できる（大堀、一九九二、平賀、二〇〇三）。

そのような特徴をもつ言語現象としてよく知られているのはオノマトペであるが、記号と記号内容のあいだにはオノマトペのような「直接的」でない類似性が認められる場合もある。たとえば、単数形よりも複数形の方がより大きな形をしていることと、後者が前者よりもより多くの量を指していることの結びつき（たとえば、星と星々、bookとbooksの違いなどを想起）や、先に言われたことが時間的に先行する出来事であると認識されやすいこと（たとえば、シーザーの言葉、"Veni, vidi, vici"（来た、見た、勝った）が有名である）などが、記号そのものの形式とその内容のあいだに「構造的な」類似関係が認められる「図式」の例としてしばしば挙げられる（Fischer & Nänny, 一九九九、ヤーコブソン、一九七八、大堀、一九九二）。

Tabakowska（二〇〇九）は、言語における類像性の基本的な三原則として、「連続性の原則（the principle of sequentiality）」、「近接性の原則（the principle of proximity）」、「量の原則（the principle of quantity）」を挙げているが、これはいずれも図式に関わる原則である（一三四―一三六頁、日本語訳引用者）。単数形よりも複数形の方が大きな形式をもつということは、量の多寡とそれを表す記号の多寡は呼応関係にあるという「量の原則」に、言葉の配列が言われている内容の順番と呼応することは「連続性の原則」に、それぞれ基づいていると言える。なお、Tabakowskaは「近接性の原則」の例として、Radden（一九九二）による"the famous delicious Italian pepperoni pizza"を挙げている。この例では、"famous"、"delicious"、"Italian"、"pepperoni"が"pizza"の属性を表す修飾語として機能するが、"pepperoni"がこの例文における"pizza"に本来備わっている属性であるのに対し、"famous"と"delicious"はあくまで主観的な属性であり可変的であるという違いがあるとされる。こうした語順（構造）になっているのは、概念上、結びつきが強い要素ほど近くに、それが相対的に弱いほど遠くに配置されるという原則が働いているからだと考えられているのである。

反復と類像性

「類像性」が、記号とその対象とのあいだの類似性を指す概念であることを見たところで、『冬虫夏草』の例に立ち返ってみよう。

イモリのその口中にすっと落ち込んだ。その瞬間イモリは口と目を同時に閉じ、うっとりと得も云われぬ至福の表情を見せた。

そのとき私は、口中に白魚のような指で飴を入れられた瞬間、自分の総身がその甘みを悦んだことをまざまざと思いだした。

イモリと綿貫の類似関係を描いているこの箇所は、類像性の観点から見たときにどのように分析することができるのだろうか。

先にも述べたように、ここでは形式的な類似性によって意味の上での類似性が示唆されている。とすると、ここで創り出されているいるのはあくまでイモリについての記述と綿貫についての記述の類似関係であって、"Veni, vidi, vici" のように、記号（そのものの性質）とその対象が類似していわけではないということになる。形式と内容が結びつくと言っても、ここまで見てきた類像性の議論とはややズレがあると言わざるをえない。

類像性を、記号とその対象との間の類似性に限定した場合、イモリと綿貫のケースや、ヤコブソンが注目していた押韻によって生み出される形式と意味の響き合いも、類像性の観点からは扱うことができないということになろう。しかし、近年の類像性をめぐる研究では、記号と記号（形式と形式）の類似関係も類像性の観点から捉えようとする立場が提起されている。

Nöth（二〇〇一、二一―二四頁）は、類像性には“form miming meaning”だけでなく、“form miming form”という側面もあるとし、前者を“exophoric iconicity”、後者を“endophoric iconicity”と呼んでいる。“exo-”が「外部」、“endo-”が「内部」を表す接頭辞であることから予想できるように、前者は言語記号と対象の間の類像性を、後者は言語記号と言語記号の間の類像性を指す概念である。なお、Nöthの論稿にも言及しているTabakowska（二〇〇九）は、両者を、“interlinguistic iconicity”と“intralinguistic iconicity”と呼んで区別している[11]（一三七頁、強調引用者）。

Nöthによると、endophoric iconicityには、二つの側面があるという。一つは連辞軸上の類像性、もう一つは、範列軸上の類像性である。前者は、反復（repetition）、並行（parallelism）、頭韻（alliteration）、脚韻（rhyme）、韻律（meter）のように、テクストのなかに現れるくり返しから生まれる類像性である。後者は、言語体系のなかの類像性で、ほとんどの場合、「図式」的なものであるとされる。たとえば、“cat”と“cats”に見られるような単数と複数の対立は、形態論上の規則によって規定されたルール（複数形には -s を接続するという形式的なルール）が、他の幾多の名詞に適応されるのと同じように、類像的に写像（mapping）されたものと捉えられている（二三頁、日本語訳引用者）。

このように、類像性の概念に、endophoric な側面、すなわち、言語記号同士のそれを含めるとすれば、本書で焦点を当てるさまざまなレベルの「反復」の〈あや〉を類像性の観点から論じることができる（上述したように、実際 Nöth の論稿でも言及されている）。

なお、言語記号と言語記号の類似性を類像性の議論に取り入れるという立場は、Hiraga（一九九四、二〇〇五）によってもとられている。Hiraga は、図式を "structural diagram" と "relational diagram" の二つに分類し、前者は言語の形式上の構造と内容の構造の対応関係を、後者は記号同士の類似性／非類似性が、内容の類似性／非類似性を表すとしている（二〇〇五、四三頁）。Hiraga は前者の例として "Veni, vidi, vici" を挙げ、後者の例としては、"able" という形態素をもつ単語（たとえば、"acceptable"、"readable"、"replaceable"）が「可能」という意味を共通してもつこと、"gl" という象徴素（phonestheme）を語頭に含む語（たとえば、"gleam"、"glance"、"glare"、"glitter"）が "vision"（「視覚」）に関わる意味を共通してもつことを挙げている（四三頁）。

Nöth と Hiarga は互いの論文について言及しているわけではないが、いずれも記号同士の類像性を認める立場に立っているのである。

「ヤマユリ」における二種類の類像性

以上の議論を踏まえると、「ヤマユリ」のラストシーンで、おたまじゃくしを食し悦に入るイモリの姿と、汽車のなかで飴をもらった綿貫の姿が並行の〈あや〉で描き出され、私たちがそこから両者の類似性を読み取ることができるのは、言語記号と言語記号の間に類像性（relational diagram）が認められるからだということになる。

ところで、イモリと綿貫のエピソードには、類像性の観点から解釈することのできる箇所がもう一箇所ある。それは、孵化の場面である。以下に再掲する箇所では、無数のイモリたちがモリアオガエルの卵が孵るのを今や遅しと待ち受けている。

> やがて卵塊の先が液状となって滴り、それと同時に小さなおたまじゃくしが数匹落下した。それはイモリたちの間に落ちた。一瞬ざわめきが走って、若干のイモリたちが水中に落ちたおたまじゃくしを探していた。しばらくしてまた、今度は一匹のみが落ち、それは前回の探索に加わらず相変わらず静かに口を開けて待っていたイモリのその口中にすっと落ち込んだ。その瞬間イモリは口と目を同時に閉じ、うっとりと得も云われぬ至福の表情を見せた。
>
> （梨木、二〇一三b、四二一—四二三頁）

孵化したおたまじゃくしとイモリの命のやりとりが描き出されているこの箇所で、おたまじゃくしの「落下」は二度起きている。ここでは、「おたまじゃくし」と「イモリ」という語のくり返しによって表現されているということに着目してテクストを分析していきたい。

まず、一度目の落下について。数匹のおたまじゃくしと数匹のイモリの関係は、以下のように、「おたまじゃくし」と「イモリ」という言葉をＡＢＢＡの順で配置することで、つまり、交差反復の〈あや〉を用いて描き出されていることが指摘できる（傍線部）。

おたまじゃくし	イモリ	イモリ	おたまじゃくし
Ａ	Ｂ	Ｂ	Ａ

この直後に描かれた二度目の落下も、これと似た配置になっている（傍点部）。しかしながら、一匹のおたまじゃくしと一匹のイモリの場合には、二度目のＡの位置にあるはずの「おたまじゃくし」が消えているという違いがある。

一匹	イモリ	イモリ	―
Ａ	Ｂ	Ｂ	―

この〈かたち〉は、何を表しているのだろうか。この〈かたち〉に着目することで、この場面はどのように解釈することができるだろうか。

まず、一つ目の交差反復を、structural diagram と見なすと、このＡＢＢＡという〈かたち〉は記号内容、すなわち、おたまじゃくしとイモリの関係を表していると考えることができる。

Nänny は、交差反復（キアスムス（chiasmus））が表しうる類像的な「意味」について次のようにまとめている。

> A pattern that has been employed for various iconic purposes is chiasmus, or the sequence *abba* of textual elements, be they of a phonetic, semantic, syntactic or narrative nature. Now the chiastic series *abba* may be interpreted in different ways, depending on whether it is seen as a dynamic sequence or a static scheme.
>
> (Nänny, 1986, p. 206. イタリック原文)

このように、キアスムスが言語のさまざまなレベルで成立することを指摘した上で、それが“dynamic sequence”（動態的連鎖）と見なされ解釈される場合と、“static scheme”（静態的構成）と見なされ解釈される場合があるとする（日本語訳引用者）。

Considered as a dynamic or temporal sequence which reverses its order in the second half, the chiasmus *abba* may be used as an icon of reversal or inversions generally. Furthermore, the return to the initial element *a* at the end of the chiastic sequence may also suggest circularity or non-progressive stasis. But seen as a spatial pattern, *abba* may be viewed as a symmetrical arrangement of elements which stand in a relationship of balance, opposition, reciprocity or mirroring. However, the first and last elements *a* of the chiasmus *abba* may as well be looked upon as framing, centring or enclosing the inner elements *bb*.

（p. 206. イタリック原文）

動態的連鎖（時間ないし継起性に関わるもの）としてキアスムスが用いられた場合、ＡＢの後にＢＡが続くことは、反転や逆転（reversal or inversion）を表す。また、ＡがＢＢの後で再び現れるということに着目すれば、循環（circularity）や、停滞し発展しない状態（non-progressive stasis）を表すとも述べられている。一方、静態的構成（空間に関わるもの）としてキアスムスが捉えられるとき、ＡＢＢＡは、ＡとＢが対称的に配置されたものと見なされ、均衡（balance）、対立（opposition）、相互関係（reciprocity）、鏡像性（mirroring）といった関係を表すものと解釈されうる。だが、ＡＢＢＡをＡがＢを挟んでいると見た場合、ＢがＡの内部にある、ＡがＢを囲っているとも解釈できる。上記の引用箇所は、このようにまとめることができよう。

structural diagram としてのキアスムスが表す意味について見たところで、一度目の落下の場面について考えてみよう。

まず、「池の水面に何やら動くものを見つけた」という一節があることから、このとき、おたまじゃくしとイモリが池の上におり、両者の姿が池の水面に――反転して――映し出されていることが想像できる。ここから、キアスムス前半の「おたまじゃくし―イモリ」は実際のおたまじゃくしとイモリを、後半の「イモリ―おたまじゃくし」は上下逆さまになって水面に映った両者の鏡像を表していると解釈することができる。つまり、〈おたまじゃくしとイモリの姿が、池の水面に鏡のように映し出されている〉という内容が、「おたまじゃくし」（A）と「イモリ」（B）の対称的な配置という形式によって描き出されているということである。

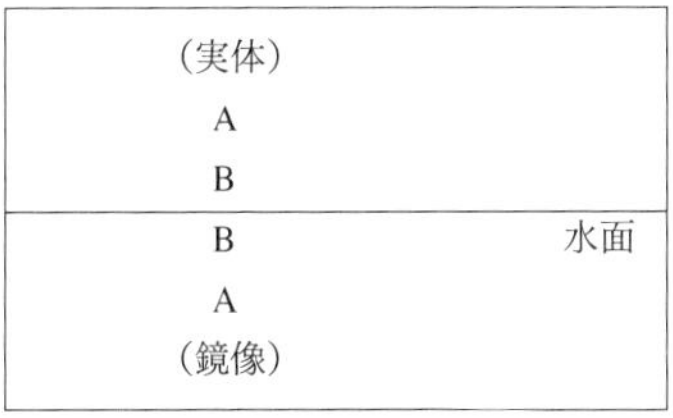

（実体） A B	
B A （鏡像）	水面

一度目の落下におけるおたまじゃくしとイモリの関係（鏡像）

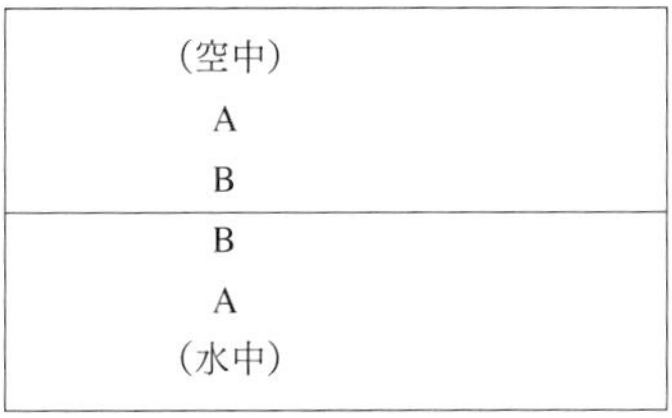

（空中） A B
B A （水中）

一度目の落下におけるおたまじゃくしとイモリの関係（逃亡）

あるいは、この構図を踏襲しつつもう少し別の角度から見て、前半のABが空中の様子に、後半のBAが水中の様子に相当すると考えると、この〈かたち〉は、空中から落下したおたまじゃくしがイモリの手（口）を逃れ、水中に逃げおおせた様を表していると解釈できるかもしれない。

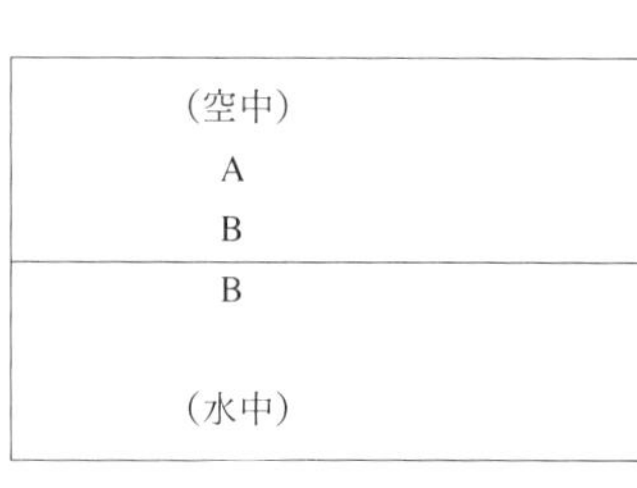

二度目の落下におけるおたまじゃくしとイモリの関係（消失）

では、二度目の落下の場合はどうか。この〈かたち〉は何を表しているのだろうか。先にも指摘したように、二度目の落下は、キアスムスの形を成してはおらず、二度目に来るはずのおたまじゃくしが消えている［ＡＢＢ　］。ここまでの考察をもとに考えると、おたまじゃくしの消失は、二度目の落下の際にはおたまじゃくしは水中に達することができず、イモリの口の中に消えていったということを表していると読むこともできよう。

　さて、ここで注意しておきたいのは、二度目の落下が描かれた箇所を解釈する際に、一度目の落下を描いた箇所を参照していたということである。一度目の落下を描いた箇所でキアスムスが成立しているからこそ、二度目の落下を描出した箇所がキアスムスを成していないと言うことができるのだ。直前にキアスムスがあるからこそ、再び〈おたまじゃくし〉、〈イモリ〉、〈イモリ〉という類似のパターンが現れる（反復する）と、その次に〈おたまじゃくし〉が続くことを予想することができる。それはつまり、言葉と言葉（記号と記号）を比較しながらテクストを読むという営みに他ならない。

　このことは、次のように言い換えることもできる。一度目の落下が記述された箇所と二度目の落下が記述された箇所は似ている（が、同じではない）。一度目の落下と二度目の落下の類似と差異は、言葉の〈かたち〉、すなわち、語の配置にも表れている。ここでは、キアスムスの形式が、両者をrelational diagramとして関係づける役割を果たしていると。

くり返しを厭わずにここまでの議論をまとめると、一度目の落下のキアスムスは、structural diagramとしておたまじゃくしとイモリの関係を構造的に表すとともに、二度目の落下を描くキアスムスとペアをなし、relational diagramを構成する一要素となることで、一度目の落下と二度目の落下に類似と差異があることを示しているのである。

このように、この場面では、〈かたち〉と意味が、そして、〈かたち〉と〈かたち〉が響きあいながら、イモリとおたまじゃくしのあいだで繰り広げられる生と死のドラマが描き出されているのである。

作品の主題を語るキアスムス

次に、第一章でも取り上げたリチャード・ネルソンの『内なる島』から、作品全体の主題を表すためにキアスムスが用いられていると解釈できる箇所を見ていこう。表題と同じ章題をもつ第九章に、ネルソンが森のなかで「小ぶりの雄鹿」(ネルソン、一九九九、三四八頁)と遭遇する場面がある。

「いつかこの〈島〉で大人の鹿にさわってみたい」という夢を抱いていたネルソンは、もう少しで手を触れることができそうなほどの距離で、親とはぐれた様子の一頭の小鹿と見つめ合う。小鹿が森のなかへと逃げ込み、その姿を見失った後も興奮冷めやらぬネルソンは、「高揚感であたりの森が輝いて見える」ことに気がつく（三四八―三四九頁）。

森全体が生き生きと精気に満ちて、秋が休眠と死の季節でなく誕生の季節に一変したかのようだ。鹿の消えた木立ちを見透かすと、まだらになったハンノキのくすんだ緑、ブルーベリーとツリガネツツジの黄褐色の雲、葉の厚いスゲの原、枯れ残ったイワイチョウと野生のスズランの茂みなどが、覆いかぶさる枝や葉の影でまばゆいばかりのモザイク模様をつくっている。そのとき、いままで頭でわかっていただけのことが一つ、ふいに理解できた。これらはすべて大地が生き物の形をとって自己表現した姿であり、それ以上でも以下でもない。内から伸びふくらんだ大地が、木や草の葉という姿をまとっているのだ、と。（三四九頁）

ネルソンは、あらゆる生命が――植物も動物も、みな――それぞれ異なる姿かたちをしていても、それが「大地」が姿を変えたものなのだということに思い至る。

そして彼は、自分自身もまた、「大地」によって形づくられていることを知る。

植物や動物についての黙想から、次にぼく自身に思いいたった。自分の呼吸をはっきりと意識する。ひんやりと爽やかな感覚が胸の中へ流れこみ、息を吐くにつれて、今度は温かく湿った空気が顔にかかる。突然、とびきりの理解が体を駆け抜けた。ぼくの吸うひと息ひと

息は、大地の透きとおった体を自分の体内へ招き入れ、ぼくの体に休みなく微粒子の流れを出入りさせているのだ。〔……〕

そしてハンノキやトウヒ、ヒグマやクロミヤコドリ、ミンクやオオミミズクと同じく、ぼくも大地を食べ物として自分の中へ取り入れる。この〈島〉の岩盤が土となり、ミズバショウやリュウキンカを育てると、それが鹿の骨となり肉となって、やがてぼくになる。嵐に運ばれて湿原の苔の下へ滲みこんだ雨水が沢となり、ぼくが飲むことによって、それはぼくになる。ゼンマイもザルガイも、アナメもハックルベリーも、オショロコマも浜辺の海草も、みなそうしてぼくになった。ぼくはこの島の幸を食べ、この海の幸を食べる。〈島〉と海がぼくの中を流れていく。

ぼくの中で大地すなわち地球に由来しないものなど何一つありはしない。一瞬たりとも分離はなく、周囲とぼくとの間には微塵の隔たりもない。ぼくはまさしく大地、地球そのもの。川はぼくの血管を流れ、風はぼくの息となって出入りし、土がぼくの肉体をつくり、太陽の熱がぼくの中でたぎる。地球に降りかかる病や傷は、ぼく自身に降りかかるもの。地球を通り抜ける分子が汚れていれば、それはぼく自身を通り抜け、地球が清らかで滋養豊かなら、その清らかさはぼく自身に滲みわたる。地球の生命（いのち）はぼく自身の生命（いのち）。ぼくの目は、地球が自らを見つめる目だ。（★）

ぼくは〈島〉であり、〈島〉はぼくである。

（三五〇―三五二頁）

深く思索に沈んでいたネルソンは、ワタリガラスの声で我にかえる。そして、先ほど遭遇した小鹿のことを思い出し、あの小鹿と自分が「同じ」であることに思いを馳せる。そして、〈島〉が創り出す生命を食すことが、〈島〉を自分のなかに取り入れることを意味するということに再び思いを巡らす（以下は、右に引用した箇所の（★）の一部である。訳書では省略されているため原文と拙訳を記載する）。

I remember the orphan deer, and think: there are no boundaries; there is no separation; each of us is the other. I am the deer and the deer is me.

Recognizing this, I see a compelling reason to live as much as possible not only on the island but also *from* it — the meat and fish and fruit it provides. In this way, I can bring the island inside me, binding my body and my soul more closely with this place. Turning away from the artificial boundaries of physical separateness, I can strive to become a part of the island's life, just as it has become the center of mine.

Living from wild nature joins me with the island as no disconnected love ever could. The earth and sea flow in my blood; the free wind breathes through me; the clear sky gazes out from within my eyes. These eyes that see the island are also made from it; these hands that write of the island are also made from it; and the heart that loves the island has something of the island's heart inside. When I touch myself, I touch a part of the island. It lives within me as it also gives me life.

I am the island and the island is me.

(pp. 249-250. イタリック原文)

ぼくは親と逸れたあの小鹿のことを思い出し、そしてこう考えた。そこにはいかなる境界もない。そこにはいかなる分離もない。ぼくらはお互いが相手でもある。ぼくは小鹿であり、小鹿はぼくなのだ。

このことに思い至り、ぼくはこの〈島〉の上で生きるだけでなく、できる限りこの〈島〉によって——島が与えてくれる肉や魚や果実によって——生かされていくということに対する動かし難い理由を見つけた。食べることによって、ぼくはぼくの内側に〈島〉をとり込むことができる。ぼくの身体と魂を、この場所と一層固く繋ぎ合わせることができるのだ。人間が勝手に決めた物理的な違いなど取っ払って、ぼくは〈島〉の生命(いのち)の一部になりたいと切に願う。〈島〉がぼくの内側で、その核となったように。

野生の自然の恵みに生かされることが、ぼくを〈島〉に結びつける。かつて体験したこともない激しい愛のように。大地と海が、ぼくの血管に流れ込む。自由な風が、ぼくを通して呼吸する。澄み切った空が、ぼくの両の眼から外を見つめる。この〈島〉を見る目は、この〈島〉によってつくり出されたものでもある。この〈島〉について綴る手は、この〈島〉

I eat from this island;	The island and ocean flow through me.
I eat from this ocean.	
A B	B A

によってつくり出されたものでもある。そしてこの〈島〉を愛する心は、〈島〉の心を宿している。ぼくがぼく自身に触れるとき、ぼくは〈島〉の一部に触れる。ぼくに命を与えるとともに、〈島〉はぼくのなかに息づいている。

ぼくは〈島〉であり、〈島〉はぼくである。[12]

〈島〉とのあいだに決して断ち切ることのできない結びつきを感じたネルソンは、〈島〉が自分に生命を与えてくれるだけでなく、自分のなかに確かに息づいているということを痛感する。

この一連の場面には、『内なる島』(The island within) と題されたこの傑出したネイチャーライティングの主題が表現されている。注目したいのは、この場面に、キアスムスが用いられた箇所が少なくとも三箇所は存在するということだ。

まず、「ぼくはこの島の幸を食べ、この海の幸を食べる。〈島〉と海がぼくの中を流れていく。」という一節。原文は、“I eat from this island; I eat from this ocean. The island and ocean flow through me.”(二四九頁)である。ここには、やや込み入ったかたちではあるものの、キアスムスの配列が認められる。このキ

I	deer	deer	me
A	B	B	A

I	the island	the island	me
A	B	B	A

アスムスをA－BB－Aと分節すると、ここでは、島と海の恵みを口にすることによって、「〈島〉と海がぼくの中を流れていく」という内容が、「島」と「海」を「ぼく」の内側に配置するという言語形式によって表現されていると解釈することができる。

また、"I am the deer and the deer is me."という一文にも、キアスムスが看取される。ここでは、ともに〈島〉に生かされ、かたち作られているという点で、「ぼく」と小鹿が鏡に映したように似ているということが表されていると考えられる。なお、この解釈は、AB－BAと分節化することで導かれる（前章第三節の分析も想起）。

そして、"I am the island and the island is me."という一文。ここにはこの作品の主題が凝縮されている。「ぼく」と「ぼく」の内側に〈島〉を配置する（A－BB－A）。この作品の主題――The island within（内なる島）――を表すのに、これ以上の〈かたち〉はないだろう。

ネルソンはこのようにキアスムスという〈あや〉を極めて巧みに用いながら、自然と人間の関係性を描き出しているのである。

以上、「反復」と類像性の関係について、環境文学テクストの分析も交えながら論じてきた。続いて、「反復」が「コミュニケーション」においてどのような役割を果たすと考えられているか、ヤコブソンのコミュニケーション論の知見を見ていこう（ヤーコブソン、一九七三、ヤコブソン、一九八四、小山、二〇〇八、二〇一二）。

梨木と石牟礼が描く、人と人ならざる存在の「コミュニケーション」を分析する上で、ヤコブソンのコミュニケーション論およびその理論を発展的に継承した研究は、きわめて有益な示唆を与えてくれる。

4 「反復」と「コミュニケーション」――「六機能モデル」

ここではまず、「六機能モデル」として知られる、ヤコブソンのコミュニケーション・モデルの概要について述べる。ヤコブソンは、言語には「何かについて何かを言う」という機能――〈言及指示的機能〉――以外にもさまざまな働きがあるという立場をとる。[13]

言語（コミュニケーション）の「多機能性」（小山、二〇一二、一四一頁）に注目するヤコブソンは、まず、コミュニケーションが少なくとも〈送り手〉、〈受け手〉、〈言及指示対象〉、〈解釈コード〉、〈接触回路〉、〈メッセージ〉という六つの要素で構成されることを同定する。この六つの要素は以下のように関係し合う（ヤーコブソン、一九七三）。まず、〈送り手〉と〈受け手〉が〈メッセージ〉のやりとりをする。両者のあいだでやりとりされる〈メッセージ〉には、何らかの〈言及指示対象〉（あるいは「言及内容」）がある。〈受け手〉が〈送り手〉の〈メッセージ〉を解釈するためには、両者のあいだで語の意味や文法などの知識（〈解釈コード〉）が共有されている必要がある（日本語の〈解釈コード〉しか知らない人とドイツ語の〈解釈コード〉しか知らない人のあいだでの言語によるコミュニケーションが著しく困難であることを想起されたい）。また、〈送り手〉が〈受け手〉に〈メッセージ〉を送るためには媒体（メディア）がなければならず、これは〈接触回路〉と呼ばれている。

このコミュニケーション・モデルでは、上述した六つの要素それぞれを「指向」する機能があると考えられている。〈言及内容〉に焦点化する機能は〈言及指示的機能〉と呼ばれている。「言われていること」を指向するこの機能は、言語のもつ無標の機能と考えられることが多い（ウォー、一九九五、二四八頁）。〈送り手〉（そのアイデンティティや態度・心情）に焦点化する機能は〈表出的機能〉と呼ばれる。一方、命令や呼びかけなどによって〈受け手〉に働きかけ、〈受け手〉に焦点化する機能は〈動能的機能〉と呼ばれる。〈解釈コード〉に焦点化する機能は〈メタ言語的機能〉、〈接触回路〉に焦点化する機能は〈交話的機能〉、そして、〈メッセージ〉に焦点化する機能が〈詩的機能〉と呼ばれている（ヤーコブソン、一九七三）。

なお、ヤコブソンが強調しているように、実際のコミュニケーションでは六つの機能のなかのいずれか一つが働くというわけではない。ある機能が特別強く働く場合にも、他の機能が同時に（相対的に弱く）働くということに留意されたい。

これら六つの要因の一つ一つが、それぞれ異なる言語機能を規定する。ただし、このようにして言語の六つの基本的な相を区別しても、そのうちのただ一つの機能しか果たさないような言語メッセージを発見することは、まず不可能であろう。多様性はこれら機能のいずれか一つの専制のうちにあるのではなく、それら相互の階層的順位の異なりのうちにあるのである。

（ヤーコブソン、同書、一八八頁）

このように、いずれかの機能が「支配的」（ヤコブソン、一九八四、一〇二頁）に働くとしても、あくまで「支配的」であるに過ぎないのである。

ヤコブソンのコミュニケーション・モデルについて概観したところで、「反復」によって働く機能である「詩的機能」と「交話的機能」について見ていこう。

5 「詩的機能」

詩的機能のメカニズム

まず「詩的機能」から。詩的機能とは、メッセージの「送り手」や「受け手」、「接触回路」、「コード」、「言及指示対象」ではなく、「メッセージ（そのもの）」を指向する言語の機能である。

たとえば、"Only is not Lonely."（糸井、二〇〇七、二四五頁）という言葉を例にとると、この言葉が私たちの耳目を（そして心を）とらえやすいのは、同一の音（/óʊnli/）がくり返されているからである。この例のように、同一性、類似性、対照性をもつと見なされる要素が反復するとき、私たちは、（第一章第三節で見たイーグルトンの言葉を借りれば）「何が言われているのか」よりも「どのように言われているか」に、より多くの注意を向ける傾向にある（このことは、この言葉とほぼ同一の言及内容をもつ、「ひとりであるということは、孤独を意味しない。」（糸井、同頁）と比較すれば、どちらが記憶に残りやすいか、どちらがその言い回しに注意を向けやすいかは明らかだろう）。詩的機能とは、このように、等価な要素（音、語句、構文など）の反復によってメッセージそのものに焦点化する働きを言う。

ヤコブソンが「詩的機能は等価の原理を選択の軸から結合の軸へ投影する」（ヤーコブソン、一九七三、一九四頁）と定義しているように、詩的機能は、言語（使用）は「選択」と「結合」という二つの働きで成り立つという言語理論に基づいて構想されている。私たちがある言語メッセージを組み立てるときのことを思い起こしてみよう。たとえば、日本語には一人称代名詞が数多く存在するが（私、ぼく、オレ、わし、あたしなど）、私たちは文をつくるとき、それらのなかから意識的に、あるいは無意識にどれか一つを選択する。そして、同じようにさまざまな言葉のなかから選択した他の言葉と連結する。このように、等価性、すなわち、類似性、同一性、対照性などによって構成される選択の軸から言葉を〈選ぶ〉という操作と、連続性を特徴とする結合の軸の上で言葉を〈つなぐ〉という操作によって、メッセージが産出されるの

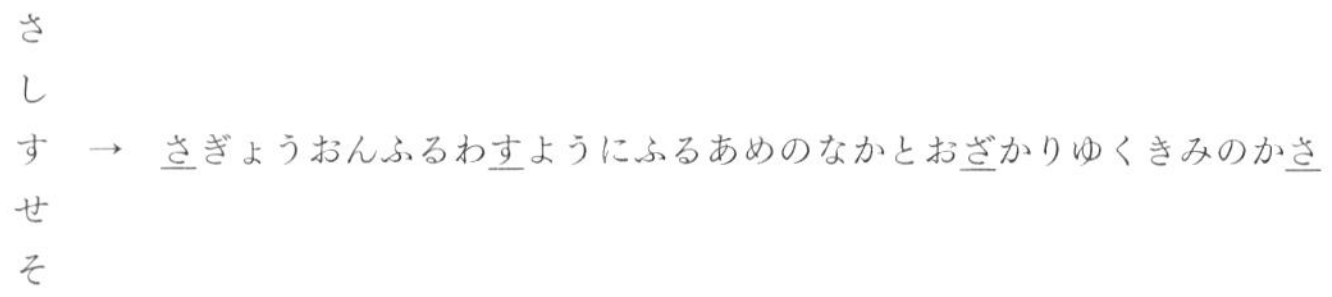

さしすせそ → さぎょうおんふるわすようにふるあめのなかとおざかりゆくきみのかさ

である。

上述したヤコブソンの定義によると、詩的機能は、結合の軸の上に、選択の軸を構成する等価な要素が連続して現れることで働くとされている。この点については、先にも取り上げた、俵万智の短歌「サ行音ふるわすように降る雨の中遠ざかりゆく君の傘」を例に説明しよう。前述したように、この歌には、「サ行音」（および「ざ」の音）という同一のカテゴリーに含まれる（と見なされる）音が連続している。このことを、選択の軸を縦軸、結合の軸を横軸にして図式的に示すと上の図のようになる[14]。

このように、等価な要素が連続して（つまり、くり返し）現れるとき、反復する要素はそれ以外の部分から浮き立ち、前景化した部分として認識されるのである。換言すれば、反復された箇所が、「コンテクスト」（地）から、「テクスト」[15]（図）として浮かび上がるのである（小山、二〇〇八、二一八—二一九頁）。このようにして詩的機能が強く働くとき、前述の糸井の言葉のように、メッセージそのものに注意が向けられることになる。別言すれば、「何が言われているか」（だけ）ではなく、「どのように言われているか」に焦点化されるのである。

もちろん、この短歌には、「ふる」という言葉、「カ行」の音、五拍（モーラ）のユニットと七拍（モーラ）のユニットの反復などもあり、「サ行音」以外のくり返しもまたこの歌の詩的機能を強めるのに貢献している。また、このことに関連してつけ加えると、先に、等価な要素の連続によって詩的機能が強く働くと述べたが、結合軸上に現れた要素が等価性をもつかどうか、また、どの要素が等価性をもつかは予め決まっているわけではない[16]。詩的機能は、結合の軸に現れた要素が等価なものとして扱われることによってはじめて働くという側面ももつことに注意されたい（平賀、二〇〇三）。

もう一つ重要なのは、ヤコブソンも強調しているように、「詩的」と銘打たれていても、詩的機能はいわゆる「詩」だけに働くわけではないということである。

> 詩的機能を詩の世界だけに局限しようとしたり、もしくは詩を詩的機能だけに限定しようとしたりする試みはすべて、誤った過度の単純化に堕することになろう。詩的機能は言語芸術の唯一の機能ではなく、ただその支配的、決定的な機能であり、反面、他の言語活動においては副次的、付随的な成分として活動する。この機能は記号の触知性を高めることによって記号と対象との間の根本的な二分関係を深化する。だから詩的機能を扱う際に、言語学は詩の領域だけにとどまることはできないのである。
>
> （ヤーコブソン、一九七三、一九二―一九三頁）

実際、言語人類学では、日常会話、散文、日常行為、儀礼などにおける詩的機能の働きに注目されている（小山、二〇〇八、四七頁）。

ここで、社会記号論系の言語人類学において、詩的機能がメッセージを「コンテクスト」（「グラウンド（地）」）から「フィギュア（図）」として浮かび上がらせる働きをもつと考えられていることを見ておこう（同書、二一八―二一九頁）。小山は、反復によって「コンテクスト」から「テクスト」が生成される「過程」について次のように説明している。

このような過程を最も顕著に示すものの一例としては、いわゆる「韻文」、古典的な「詩」があり、そこでは頭韻、脚韻、あるいはストレス（強勢）やシラブル（音節）やモーラの型（格調）など、韻律的なユニットやパターンが反復して現れることにより、比較的はっきりした始まり（開始部）、終わり（結部）、内的構造（階層性など）を持ったものとして、つまり明瞭に境界づけられ、構造化されたテクストとして、言葉が、それを取り巻くコンテクストから分離され、内的な秩序（自律性）を持った「もの」（いわば作品）として現れる。

（小山、二〇〇九、一九一頁）

つまり、音、語句、構文の反復は、ある特定の部分をそれ以外の箇所から「明瞭に境界づけ」、そこに「内的な秩序（自律性）」を生むのである。小山の言うように、このような特徴をもつ韻文および詩的機能の働きは、小説や日常会話などの「散文」に（韻文と比べて）「明瞭な反復構造」が観察されないこと、また、散文の言葉が「言葉の外部にあるもの、コンテクスト、つまり話者や聞き手などが属する『現実』、『今ここの世界』を志向する傾向」を強くもつことと比較したとき明らかになる（同頁）。ただし、「詩的機能は言語芸術の唯一の機能ではなく、ただその文配的、決定的な機能であり、反面、他の言語活動においては副次的、付随的な成分として活動する」という先述したヤコブソンの言葉が示すように、散文においても韻文よりもいくぶん緩いかたちではあるものの「詩的構造」があること、詩的機能が働いていることにも注意されたい[17]（一九四頁）。

詩的機能を手がかりに——二つの時空

ヤコブソンはまた、詩的機能が言及指示的機能よりも強く働く場合、言及内容、送り手、受け手が「曖昧」になることを指摘している。ヤコブソン自身の言葉を引けば、「関説的機能〔引用者註、言及指示的機能〕に対する詩的機能の優越は、関説性を消去するのではなく、曖昧に」し、「メッセージ自体のみならず発信者と受信者も曖昧になる」と述べている（一九七三、二二一頁）。

詩的機能のもつこの効果に着目する研究の一つに、ハラルト・ヴァインリヒの言語理論（時制論）を援用し、〈かたり〉という言語行為について考察している坂部恵の研究がある。坂部（二〇〇八［一九九〇］、二〇〇七d）は、ヤコブソンの詩的機能の考えと、ヴァインリヒの言語理論が強い親和性もつことを指摘している。以下、まず坂部（二〇〇八［一九九〇］）の論の概要について見た上で、詩的機能と通底する考え方が見出せるというヴァインリヒの言語理論、とくに、「〈かたり〉の発話態度における発話の〈有効性の制限〉」（一二五頁）についてまとめていく。その後で、それがヤコブソンの見方とどのように関連するのか整理する。

まず、坂部の提示する〈かたり〉について。第三章と第四章でも詳しく見ていくが、坂部は、〈はなし〉と〈うた〉という言語行為および、〈ふるまい〉、〈ふり〉、〈まい〉という（身体的な）行為との関係のなかで、〈かたり〉について考察している。[18] そして、言語行為の次元においては、〈はなし〉→〈かたり〉→〈うた〉の順番で日常性が低くなるという特徴をもつことを明らかにしている。さらに、これらの言語行為がそれぞれ、〈はなし〉は〈ふるまい〉と、〈かたり〉は〈ふり〉と、〈うた〉は〈まい〉と対応すること、〈はなし〉→〈かたり〉→〈うた〉の順で日常性が低くなっていくのと同じように、〈ふるまい〉→〈ふり〉→〈まい〉という順番で非日常性が高まることを指摘している。

坂部のこの議論は、私たちが二つの時間・空間（世界）を生きるという前提に基づいている。坂部が想定している二つの世界とは、一つは「日常目前の生活世界の時空」、もう一つは「記憶や想像力や歴史」が関わる時空である。前者は「水平の時空」、後者は「垂直の時空」と呼ばれている（五二―五三頁）。

日常性の高い〈はなし〉や〈ふるまい〉は、「目前の利害・効用に直結する」水平の時空に関わるのに対し、〈かたり〉、〈ふり〉、〈うた〉、〈まい〉は、垂直の時空と関わる。別言すれば、〈かたり〉や〈ふり〉、〈うた〉や〈まい〉は、「日常目前の生活世界の時空」に、「記憶や想像力や歴史の垂直の時間・空間」を顕現させる行為なのである（五二頁）。

〈かたり〉や〈ふり〉の世界は、目前日常の効用の世界を離れ超出して、いわばその水平の次元を二重化・多重化し裏打ちする記憶と想像力と歴史の垂直の世界の奥行に参入する分だけ、夢の世界に似、一方、それは、つい身近な日常世界の記憶から、ときに通常の記憶を絶した〈インメモリアル〉のはるかな時間の記憶までを凝集するその度合いにおいて、目前日常の効用の世界にしばられた生活により深く奥行のある生命の彩りと味わいを加え、ときにまた、記憶と想像力の範型（パラダイム）の膨大な貯蔵庫から、あれこれの目前の行動や決断への指針と素材を提供するものとしてはたらくことにもなるだろう。（五三―五四頁）

坂部は、〈かたり〉や〈うた〉、〈ふり〉や〈まい〉が、私たちを「垂直の時空」に誘うと考え、そこからさらにもう一歩進んで、私たちを「垂直の時空」に誘う〈かたり〉や〈うた〉を特徴づける表現形式ないし言語的指標を探ろうとする。そしてその手がかりを、ヴァインリヒの言語論に求めるのである。

以下、坂部の論稿も参照しながら、ヴァインリヒの言う「〈かたり〉の発話態度」と、「発話の

〈有効性の制限〉」について概観し、詩的機能とどのように関連するのか見ていこう。

ヴァインリヒの時制論

坂部が簡明にまとめているように、ヴァインリヒ（一九八二）は、「時制」の問題を、「過去―現在―未来という一般に常識としておこなわれる時間のありかたについての観念」とは切り離し、「人間の言語行為の場に考察の焦点を据えて」考えようとしている。もう少し具体的に言えば、「発話態度」という視座から「時制」を論じるところに、その独創性がある（坂部、二〇〇八［一九九〇］、六九頁）。

ヴァインリヒ（同書、三七頁）は、「発話」には、「緊張した発話」と「緊張緩和の発話」という二種類の発話があり、聞き手には、発話のなかで、「あるときは緊張して、あるときは緊張をゆるめながら話し手の調子に合わせて聞くようにと信号が送られている」と考える。そして、時制を、この二つの「発話態度」を表す合図として機能するものと位置づけている。別言すれば、時制によって異なる発話態度が示されるということになる。

ヴァインリヒによると、「緊張した発話」では「はなしの時制」の、「緊張緩和の発話」では「かたりの時制」のそれぞれ優位な使用が認められるという。[19]

ヴァインリヒは、はなしの時制が主導的に用いられるジャンルとして、「戯曲中の対話、政治家の覚書、社説、遺言状、科学的な報告、哲学的エッセイ、法律上の注釈、さらにはあらゆる種類の儀礼的、形式的な遂行的発話」を挙げている。そして、「この種の陳述にさいしては、話し手は緊張し、その発言は鋭さを増している。つまりそこで問題になっている事柄は、話し手と直接かかわりをもっているものであり、聞き手の方でも他人事ではないという身構えで受けとめてほしいからである。話し手と聞き手は互いに関わりをもっている。彼らは働きかけ、またそれに反応しなければならない」と述べている（四一頁）。

一方、かたりの時制が主導的な位置を占めるジャンルとしては、「青春時代の話、狩猟冒険談、自分で創作した童話、敬虔な聖人伝、極めて芸術的な短編、歴史記述あるいは小説。さらには政治的会議の経過についての新聞記事」が挙げられている（四二頁）。ヴァインリヒの言葉を借りれば、こうしたテクストで「問題になっている事柄は、話し手と直接かかわりをもって」おらず、「聞き手の方でも他人事」、つまり、自分に関わりをもたないこととして聞くことが求められている。また、話し手と聞き手についても、両者は「互いに関わりをもって」いないものとしてふるまうことが期待されているという（四一頁）。

坂部は、以下の二つの英文を例に、はなしの時制とかたりの時制のニュアンスの違いについて具体的に説明している（二〇〇八［一九九〇］、七一―七二頁）。

(a) There has been a great earthquake here recently.

(b) There was a great earthquake here recently.

前者にははなしの時制（現在完了）が、後者にはかたりの時制（過去形）がそれぞれ用いられている。ヴァインリヒの枠組みに沿って言えば、はなしの時制が用いられた（a）は、聞き手に対して、この発話は緊張して聞くべきだという情報を送り、かたりの時制が用いられた（b）では、この発話は緊張して聞く必要はないという情報を送っているということになる。つまり、この場合、前者で用いられているはなしの時制は、最近あった大きな地震が、いまこの発話を聞いている聞き手（あなた）にとっても何らかの影響をもつ出来事であることを伝えているということになる（たとえば、余震があるかもしれないから今も注意が必要だ、など）。一方、後者で用いられているかたりの時制は、最近あった大きな地震は、「近い過去のこととはいえ、すでにある意味で〈むかし〉の〈お話〉なので」、いまここでこの発話を聞いているあなたにただちに何の影響も及ぼさないという「合図」が送られているということになるという。

つまり、はなしの時制は、「目前の行動・効用・利害関心にかかわる場面にたいする注意を喚起し、聞き手を緊張」させ、かたりの時制は、「現在聞き手にさしむけられている言語行為が、さしあたって当面の行動状況や利害関心とは無関係であり、そのかぎり単なる〈お話〉として聞いてもらってさしつかえがない」という合図となり、聞き手の緊張を緩和させるという働きをもつのである（七〇―七一頁）。

坂部によると、このような発話態度の違いは、日本語では「はなし」と「かたり」という二つの言葉の用法に如実に表れているという。坂部は次の二つの文を比較しながら、このことを明らかにしている（七二—七三頁、いずれも強調原文）。

「災害復旧の具体策について当局者とはなし合う」
「学生時代の思い出について夜を徹してかたり合う」

この二つの例から、「はなし合い」が目前の事態に関わるやりとりであること、また、「かたり合い」が「目前の行動状況や利害関心からはなれた」やりとりであることが分かる。坂部が言うように、もし二つの文の「はなし」と「かたり」を入れ替えたとすると、多くの日本語母語話者にとってかなり違和感のある文となる。そう感じさせるのは、この二つの言葉は言及指示の次元ではほとんど同一であっても、それぞれの言葉が用いられるときに聞き手に期待される発話態度が異なるからなのである（七三頁）。

坂部が別の論稿でまとめているように、「はなし」が「（時によりさまざまの時間幅と切迫度、非切迫度をもった）目前の現実の状況にたいする対応にかかわ」るのに対し、「かたり」は、「これとは反対に、目前の現実の状況をひとたびいわば括弧に入れて回想や想像の世界に遊ぶ『発話態度』」だということになる（坂部、二〇〇七d、三七八頁）。

以上からも示唆されるように、坂部の言う「水平の時空」はヴァインリヒの言う「はなしの時制」の使用による「緊張」と、また、「垂直の時空」は「かたりの時制」の使用による「緊張緩和」と、それぞれ関連してもいるのである。

「〈有効性の制限〉」

続いて、「〈かたり〉の発話態度における発話の〈有効性の制限〉」(坂部、二〇〇八［一九九〇］、一二五頁)について見ていこう。このことを説明するためには、まず、ヴァインリヒ(一九八二、七五頁)が、時制のありかたを探るために提唱した、「発話の方向」という概念について見ていく必要がある。

発話の方向とは、ある情報を遡及的に捉えている(＝「回顧」している)のか、あるいは、ある情報を先取りしている(＝「予見」している)のか、あるいはそのどちらでもないかという観点から「時制」を分類する枠組みである(前述したように、ヴァインリヒは「過去―現在―未来」という時間に関する観念と、時制の問題を切り離して考えていることに注意)。ヴァインリヒは、回顧時制、ゼロ段階、予見時制という「時制ないし時間の表現」は、はなしの時制とかたりの時制それぞれにあると考えている。以下、坂部にならい、ヴァインリヒ(同書、四九八頁)の付録としてまとめられている、「発話の方向」の違いによって分類された英語、ドイツ語、フランス語の時制の表(一部改変を加えた[20])を次頁に引く(坂部、二〇〇八［一九九〇］、八五―八六頁)。

		回顧時制	ゼロ段階	予見時制
英・独	はなしの時制	現在完了	現在	未来, 未来完了
	かたりの時制	過去完了	過去	
仏	はなしの時制	複合過去	現在	未来Ⅰ, 未来Ⅱ
	かたりの時制	大過去, 前過去	半過去, 単純過去	条件法Ⅰ, 条件法Ⅱ

たとえば、英語の時制を例にとると、緊張した発話(はなし)でゼロ段階のことを表すときには「現在」を使い、回顧するときには「現在完了」を、予見するときには「未来」や「未来完了」を使うということになる。同じように、緊張緩和の発話(かたり)において、ゼロ段階のことに言及するときには「過去」を、回顧するときには「過去完了」をそれぞれ用いると考えられているのである。

ヴァインリヒは、時制をこのように分類した上で、「時制間の移行」に着目し、「さまざまな異質な時制間の移行が、〈はなし〉や〈かたり〉の表現的ないし遂行的効果におよぼす影響を検討」している(坂部、二〇〇八[一九九〇]、九三頁)。この枠組みに基づくと、たとえば、ある英語のテクストで、現在が過去に変わることは、〈はなし〉が〈かたり〉に移行すること、つまり、発話態度が緊張から緊張緩和に変わる合図であるということになる。[21]

さて、坂部が詩的機能と共通する特徴をもつと考える「有効性の制限」とは、〈はなしの時制・ゼロ段階〉から〈かたりの時制・予見時制〉へという二度の時制の移行によって生み出される機能である(二度の時制の移行は、「時制転移」(坂部訳)、訳書では「時制暗喩」(ヴァインリヒ、一

		回顧時制	ゼロ段階	予見時制
仏	はなしの時制	複合過去	**現在**	未来 I，未来 II
	かたりの時制	大過去，前過去	半過去，単純過去	<u>条件法 I，条件法 II</u>

九八二、二七九頁）と呼ばれている。ここでは坂部の訳語を用いる）。上の表は、「有効性の制限」という効果を生む時制の移行を分かりやすく示すために、坂部（二〇〇八［一九九〇］、八六頁）の表をもとに筆者が作成したものである。

ヴァインリヒが、はなしの時制がかたりの時制に変わり、さらに、ゼロ段階が予見時制に変わる例として挙げているのは、ある医学書の一節である。このテクストで基本的に用いられている時制は**現在**であるが、条件法（や助動詞）が用いられている箇所もある（表の下線）。この移行は、この本の筆者が「自分の方法論の観察に、ある程度制限を加えようとするとき」に生起するとされている（ヴァインリヒ、同書、二八一頁）。このように、時制の移行によって「話者の主張の効力に一定の制限を加える」働きが、「有効性の制限」と呼ばれている（坂部、二〇〇八［一九九〇］、一〇〇頁）。

何故こうしたことが起きるのか。それは、時制の移行が二度起き、二つの移行それぞれが生み出す効果が「相乗効果」を発揮しているからである（一〇四―一〇五頁）。くり返しになるが、ここには、一つ目の移行として、〈はなしの時制からかたりの時制へ〉の移行がある（上の表における垂直軸の移行）。坂部が日本語の「はなし」と「かたり」という言葉を比較していたのを見た際に言及したように、〈はなし〉（ないしその内容）は目前の状況と結びついているのに対し、

〈かたり〉（ないしその内容）は目前の状況とはある意味で切り離されたものである。〈はなしの時制〉から〈かたりの時制〉へと時制が移るとき、発話が起きているコンテクストとその発話の結びつきが弱まるのである。坂部はこのことを、ヴァインリヒの言葉を用いて、『語りの世界に特有の拘束性の少なさ』という効果を生む」と述べている（坂部、二〇〇八［一九九〇］、一〇五頁、ヴァインリヒ、一九八二、二八一頁参照）。二つ目の移行としては、〈ゼロ段階から予見時制へ〉の移行がある（右頁の表における水平軸の移行）。ヴァインリヒ（同書）が言うように、「予見」とは「情報を先取り」することであるため（七四頁）、「予見時制」で表されることには必然的に「不確実性」が伴う（二八一頁）。この二段階の時制の移行によって生まれた二つの効果が相俟って、「有効性の制限」（同頁）、すなわち、坂部の言葉で言う「話者の主張の効力に一定の制限を加える」という働きが生じると考えられているのである。

坂部の白眉は、ヴァインリヒの言う「有効性」の「基準」に目を向け、次のように論じている点にある。坂部は、時制転移に伴って変化するとされる有効性の基準が、「もっぱら、〈緊張〉をその性格規定とする〈はなし〉の発話態度のかかわる現在目前の日常効用の世界の行動に照らしての有効ないし無効という点におかれていること」を明らかにしている（二〇〇八［一九九〇］、一五〇頁）。つまり、ヴァインリヒの枠組みでは、「現在目前の日常効用の世界の行動」との結びつきが強いほど「有効性」があると見なされ、逆に、それが弱いほど「有効性」は「制限」されると考えられているのだ。

坂部はしかし、この「基準」は絶対的なものではないと主張する。何故なら、〈はなし〉の発話態度を基準にするのではなく、〈かたり〉の発話態度を基準にした場合、先に見た時間転移によって生じるとされた「有効性の制限」は、まったく異なる意味合いをもつからである。

先述したように、はなしの時制からかたりの時制に移行することによって、「語りの世界に特有の拘束性の少なさ」が生じるとヴァインリヒは述べている。が、坂部は、拘束性が少なくなるということは、「キュービズムにも比せられる仕方で複数の視点を導入して、現在と過去を、あるいはさらには、現実の世界と想像の世界を、自由自在に往き来」する余地が生まれることだと捉えることもできると言う。そして、このように考えたとき、現在から条件法への時制転移（かたりの時制への移行）は、「目前の効用というその時々の一つの視点のみに拘束され、当面の必要の〈緊張〉にしばられた〈はなし〉の発話よりも、見方によって、当然、よりひろい有効性をもつ、あるいは、いいかえれば、〈有効性の拡大〉の効果をもつと見なされうる」と明言する（一五一頁、強調原文）。坂部はさらに、有効性の拡大が、複数の時間や空間を往還する可能性をもつことを指すのみならず、「人称」の移行、つまり、「語り手の二重化ないし多重化」にも当てはまるとも述べている（一五二頁）。以上について、坂部は先述した医学書の例を引き、次のように言う。

たとえば、クロード・ベルナール〔引用者註、医学書の著者〕が、「彼自身の定義ではなく、他の作者のもの」をあげて、条件法による時制転移によってそれを語り出させるとき、それは、自己の見方の端的な主張・提唱という観点からは、ヴァインリヒのいうようにひとつの〈有効性の制限〉と見なされることになるだろうが、一方、それは、自他をふくめた複数の視点の採用とむき出しの自己主張の留保、という柔軟な姿勢のあらわれという観点からすれば、まぎれもない、発話の〈有効性の拡大〉の事態にかかわるということになるだろう。

（同頁、強調原文）

蛇足を承知で言い添えれば、「目前の効用というその時々の一つの視点のみに拘束され、当面の必要の〈緊張〉にしばられた〈はなし〉の発話」とは、坂部の言う「水平の時空」を指向する（あるいはそれに根差した）発話であり、そこでは、「垂直の時空」に関わる発話（〈かたり〉や〈うた〉）においてはむしろ常態とされる「複数の視点の採用」や多義性を帯びたメッセージは、基本的には排除されているということになる。

ヤコブソンとヴァインリヒ

坂部はさらに、右で見たヴァインリヒの論とヤコブソンの言語研究の知見を接続することを試みる。坂部は、先にも一度引用したヤコブソンの言葉、「関説的機能〔引用者註、言及指示的機能〕に対する詩的機能の優越は、関説性を消去するのではなく、曖昧に」し、「メッセージ自体のみならず発信者と受信者も曖昧になる」という一節を俎上に載せる（一九七三、二一一頁）。ヤコブソンは詩的機能がもたらすこの効果について、次の例を挙げて説明している。

多義性は自己に焦点を置くメッセージのすべてに内在する排除不可能な特質である。〔……〕メッセージ自体のみならず発信者と受信者も曖昧になる。作者と読者の他に、抒情詩の主人公や架空の語り手としての〝私〟が、また劇的独白・歎願・書簡などの仮想の受信者としての〝あなた〟や〝汝〟がある。たとえば〝力くらべするヤコブ Wrestling Jacob〟という詩は題名になっている主人公から救世主への呼びかけであり、同時に詩人チャールズ・ウェズレー Charles Wesley から読者への主観的メッセージでもある。（同頁）

坂部が指摘しているように、「力くらべするヤコブ」という詩が「呼びかけ」であると同時に「主観的メッセージでもある」というヤコブソンの言葉から、詩的機能が強く働く場合、そこで言われることが「多重性」をもつと考えられていることが分かる。また、この詩の発信者は「作者」と「主人公」、受信者は「読者」と「救世主」であるとも述べられていることから、メッセージの言及対象と場合と同じように、発信者と受信者も「多重化」されると考えられていることは明白である（坂部、二〇〇八［一九九〇］、一二六―一二七頁）。なお、ヤコブソンが「二義的メッセージは、分裂した発信者、分裂した受信者、そしてさらに分裂した関説行為のうちに対応して現われ、これは種々の民族のお伽話で前置きとして強調されるとおりで、たとえばマジョルカ島の物語の語り手がふつう使う前置きのごときである：〝Aixo era y no era そうだったし、そうでもなかった。〟」（ヤーコブソン、一九七三、二一一頁）と言うように、詩的機能が支配的に働くお伽話などの「物語」――〈かたり〉――でも、詩と同じように、言及内容、送り手、受け手が「多重化」されるという特徴をもつとされている。

このことを踏まえた上で、坂部は、詩的機能のもつこうした働きを、ヴァインリヒがかたりの時制が用いられた際に生じると考えた「緊張緩和」や、時制転移による有効性の制限／拡大と共通するものと位置づけるのである。

ここで、ここまでの議論をいま一度整理しよう。まず、等価な要素の「反復」によって強く働くと考えられているヤコブソンの詩的機能は、「テクスト化」と、メッセージの言及対象、送り手、受け手の「多重化」という二つの効果をもたらすと考えられていることを見た。一方、緊張と緊張緩和という二つの発話態度を設定し、はなしの時制が優位を占める緊張した発話と、かたりの時制が優位を占める緊張緩和の発話があると考えるヴァインリヒの時制論では、時制転移と呼ばれる二度の時制の移行によって、詩的機能が言及内容、送り手、受け手というコミュニケーションの構成要素にもたらす「多重化」ないし曖昧化と同様の効果が生まれるとされていた。

坂部は、私たちが「日常目前の生活世界の時空」である「水平の時空」と「記憶や想像力や歴史」に関わる「垂直の時空」という二つの次元を生きるという立場から、〈かたり〉という言語行為について考察するなかで、上述したヤコブソンとヴァインリヒの理論を援用している。坂部は、両者の理論を比較しながら、垂直の時空が言語化されるときにどのような表現形式が用いられるか、本書の議論に引き寄せて言えば、どのような「レトリック」によって垂直の時空が水平の時空に顕現されるのかを明らかにしようと試みる。そして、これまでの論述から明らかなように、坂部はヤコブソンとヴァインリヒの論稿から、垂直の時空の創出において、詩的機能の働きの鍵となる「反復」と「時制(の変化)」が重要な役割を果たしていることを導き出すのである。環境文学作品の「反復」の働きに焦点を当てる本書にとって示唆的なのは、坂部が、「反復」を特徴とする言語行為ないし身体的な行為である〈かたり〉と〈ふり〉(もちろん〈うた〉と〈まい〉も)によって垂直の世界が立ち現れると述べている点である。修辞学的なレトリック論の射程の外にある「反復」のもつこのような働きについては、梨木と石牟礼のテクストを分析しながらさらに詳しく見ていく。

6 「交話的機能」

ここまで、レトリック論、類像性、詩的機能の観点から「反復」という言語現象について見てきた。これまで検討してきた「反復」は、主に小説やエッセイの地の文に出現するくり返し、言い換えれば、モノローグ的な言語使用における「反復」だったが、「反復」はダイアローグにおいても重要な役割を果たす。

たとえば、夏目漱石の「二百十日」（一九〇六年）という短編小説に、次のような会話が描かれている。


「僕の小供の時住んでた町の真中に、一軒豆腐屋があってね」

「豆腐屋があって？」

「豆腐屋があって、その豆腐屋の角から一丁ばかり爪先上がりに上がると寒磬寺と云う御寺があってね」

「寒磬寺と云う御寺がある？」

「ある。今でもあるだろう。門前から見ると只大竹藪ばかり見えて、本堂も庫裏もない様だ。その御寺で毎朝四時頃になると、誰だか鉦を敲く」

「誰だか鉦を敲くって、坊主が敲くんだろう」


（夏目、二〇〇四［一九〇六］、一一―一二頁）

ここでは、相手の言葉の最後の部分が自分の言葉に取り入れられている。中村（一九九一）は、こうした「反復」を「おうむ返し」と呼び、次のように述べている。

普通、「反復」というと、一定の話し手なり書き手なりの発話や文章の中で繰り返される場合を指すが、丁度、会話で相手の発言をそのまま繰り返す形で応ずることがあるように、ある表現主体のことばを他の表現主体がなぞる言語形式で展開する場合もある。

（一四七頁、強調引用者）

強調した部分から、中村が「一定の話し手なり書き手なりの発話や文章の中で繰り返される場合」を無標の「反復」、「おうむ返し」を有標な「反復」と捉えていることが分かる。ここから、中村が「コミュニケーション」における「レトリック」ないしことばの〈あや〉の働きにあまり重きを置いていないことが読み取れるが、本書では中村がやや等閑視している、やりとりのなかの「反復」にも着目していく。

第四章で考察していく石牟礼道子の作品には、「二百十日」で展開されていたようなやりとりが随所に描かれている。たとえば、幼少期の石牟礼がモデルだという幼女「みっちん」が、水俣病におかされる以前の水俣を舞台に、社会の周縁に生きる人びとや超自然の存在と交流・交感するさまが描かれた児童文学作品『あやとりの記』には、そうした場面がとくに多く見受けられる。具体的な例をいくつか見てみよう。以下に引用するのは、「火葬場の隠亡」の「岩殿爺さま」の竈小屋に、「赤子の死人さん」がやってくるという日に交わされたやりとりの一部である。みっちんはこれから「赤子の死人さん」がやってくるという話を聞いた後、爺さまにそっと尋ねる。

「あのなあ、爺さま」、「うん、なんじゃ」、「赤ちゃんはみんな、海やら、川やらから、流れてくるちゅうのは、ほんと?」と。爺さまはしばらく黙ったあとで、「とてもやさしい目つきになって」、「そうじゃのう、ああいう海から、いのちちゅうのは、来たかもしれん」と答える（石牟礼、二〇〇五c［一九八三］、一二六—一二七頁）。するとみっちんは、爺さまに次々と質問を浴びせる。


「ひとりで?」

「ひとりじゃとも」

「赤子のとき?」

「うんと、うんと、赤子のときじゃ」

「舟に乗って?」

「舟に乗ってじゃ」

「川を流れて?」

「うん、川をも下るぞ」

「難儀なこっちゃなあ」

　斧を杖にして立ったまんま、爺さまはのけぞるようにして、大笑いしました。

「この世に来るのは、おたがい、難儀なこっちゃ、大仕事じゃ」

爺さまはふっとまじめそうな顔になりました。

「みっちんや、お前も、よう来たのう、遠かところから」

「爺さまもなあ」

「おお、爺さまもなあ、爺さまもなあ、そうじゃとも」


（一二七―一二八頁、強調引用者）

爺さまはみっちんの言葉をくり返しながらみっちんの問いに答えてゆき、みっちんが質問を終えた後も、「難儀なこっちゃ」、「爺さまもなあ」と、みっちんの言葉をくり返す（傍点）。わざわざ反復しなくても、質問に答え、相槌を打つこともできたはずだ。にもかかわらず、くり返す。それは一体どうしてなのだろうか。

こうしたやりとりは枚挙に暇がない。たとえば、みっちんと「一本足の仙造やん」（一五六頁）とのやりとりにも看取できる。次に引くのは、川で馬を洗い、水浴びをしていた仙造やんとみっちんの会話である。


「小父さん、ダクマエビは、どげんして捕りよると？　網も持たずに」

「このエビかえ。なあん、網はいらんぞ」

「いらんと？」

「いらんとも」

「なして」

「なしてちゅうて、小父さんの脛の髭に、エビどもが来て、下がっとるわい」

「ほんと！」

「ほら、この髭にもじゃ」

そういいながら、仙造やんは、水にぬれた顎鬚を抱えてみせました。

みっちんは、ほんとうに驚いてしまいました。

「なあ、小父さん、たずねてもよかろか」

「ほう、何ば訊ぬるかな」

「あの、小父さんは」

「うん、小父さんは」

「川のあの衆たちの精の人かな」

（一六二―一六三頁、強調引用者）

同じ場面からもう一箇所。みっちんの草履が川に流されてしまったときの会話。

「草履は、いらんと」

「いらんと?」

「いらんと、川にあげた」

「川にさしあげなした？」

「川の、くわえて引きなはったけん」

「川のなあ」

　みっちんはこっくりしました。

「……草履でよかった、さしあげて。みじょか草履じゃったけん」

（一七一―一七二頁、傍点原文、傍線引用者）


いずれの場面でも、仙造やんは岩殿爺さまと同じように、みっちんの言葉をくり返している。

　みっちんと話しをする大人たちがみっちんの言葉をくり返すのは、彼女がまだ幼く、彼らが幼いみっちんを気遣って、みっちんの言葉をくり返しているという可能性も十分考えられる。だが、『あやとりの記』では、大人同士の会話でも、相手の言葉がくり返されることがままある。

　以下は、「ヒロム兄やん」と、からいも掘りをしている「婆さま」とのやりとりの冒頭である。なお、ここで話題に上っている「ぽんぽんしゃら殿」とは、『あやとりの記』に登場する「勧進さん」の一人である。(22)


「小母やん」

　土手の脇の畠で、からいもを掘っていた婆さまに兄やんは声をかけました。

「小母やん、ぽんぽんしゃら殿の、賑わいよらすなあ」

いつもの挨拶を抜きにして、いきなり相槌を求めるようにヒロム兄やんがいったものですから、婆さまも鍬の手をちょっと休め、やはり挨拶ぬきで返事しました。

「いかにもなあ、ぽんぽんしゃら殿じゃ」

兄やんは重ねていいました。

「今日はまたとくべつ、ぽんぽんしゃら殿の、機嫌のよかと見ゆるばい」

「いかにも、そうかもしれん」

「ぽんぽんしゃら殿のように、賑うておれば、世の中に、苦というもんは無かろうてなあ、小母やん」

「いかにも。あのひとたちのように賑おうておれば、世の中に、苦というもんは無かろが、ヒロム兄やんにも、苦があるかい」

「そりゃなあ小母やん、無かともかぎらんよ」


（一八八―一八九頁、強調引用者）


ヒロム兄やんに話しかけられた婆さまは、傍点で強調したように、ヒロム兄やんの言葉をほとんどそのまままくり返している。これまで指摘されることはなかったが、石牟礼文学では、こうしたやりとりがそこここに紡がれているのである。

こうしたやりとりは、冗長に見えるかもしれない。確かに、情報の伝達という観点からすると、相手の言葉をくり返すことは無駄であると言えなくもない。[23] しかし、私たちはこのような一見「無駄」にも見えるコミュニケーションを日常的に行っている。「こんにちは」「こんにちは」、「さようなら」「さようなら」のようにコミュニケーションを始めたり終わらせたりする挨拶や、相手の話を聞いているということを相手に伝える相槌や、「もしもし、聞こえますか?」「はい、聞こえますよ」といった電話口でのやりとりのように、情報伝達を目的としないコミュニケーションを行うことがある（Laver, 一九七五参照）。

こうした言語の機能を、ヤコブソンは「交話的機能[24]」と呼んでいる（接触回路[25]を指向する機能と定義されている）。交話的機能とは、コミュニケーションが成立しているということそのものに焦点を当てる機能であり、上で挙げた挨拶や相槌、相手の言葉をくり返すことなどが、この機能がドミナントなコミュニケーションの典型例とされている[26]（ヤーコブソン、一九七三、一九一頁、小山、二〇一二、一四三—一四五頁）。

本節で俎上に載せている、相手の言葉をくり返すという言語行為もまた交話的機能に焦点化したコミュニケーションの一つである。というのも、内田が指摘するように、それが「相手のことばが自分に届きましたよということを相手に示すいちばん効果的な方法」（二〇〇四、八四頁）という側面をもつからである。

さて、ここで、相手の言葉をくり返すこと、あるいは、相手と言葉を交わしあうということそのこと自体が、コミュニケーションにおいていかに重要なことであるかを見るために、文化人類学者の菅原和孝がある論文で言及している、菅原と彼の長男ゆっくんとのやりとりを参照したい（菅原、一九九八）。菅原は、「自閉症」のゆっくんが、「『ねえ、××って言って』と相手に呼びかけ『××』ということばが単純に返ってくるのを喜」んだり、「意味のとりがたい語句を並べ、それに対する『適切な』回答を要求する」ような、「〈反響〉と〈反復〉に基礎をお」くやりとりを好むことを綴っている（一〇六頁、一一五頁）。そして、自分の発した言葉と同じ言葉を相手に言ってもらうこと、あるいは、相手に問いかけ、自分が期待したとおりの答えが返ってくること。そうしたやりとりこそ、ゆっくんにとっての「他者とかかわりをつくるための第一の手段」であり、また、こうした「『呼びかわし』こそが、親と子のあいだのひそやかな〈つながり〉をかたちづくっているように思われる」と菅原は言う（一〇六―一〇七頁）。

　私たちは、言葉を交わしあったり、相手の言葉をくり返したりすることで、〈わたし〉と〈あなた〉のあいだでコミュニケーションが成立しているということを、〈あなた〉の言葉を〈わたし〉は確かに受けとったということを確かめ合う。菅原が「交感の儀式」（一〇七頁）と呼ぶコミュニケーション、つまり、コミュニケーションをしているということを伝え合うやりとり。それは、「情報の伝達とその解読」（一一五頁）の基層にある、より根源的なコミュニケーションなのである（水谷、一九九七参照）。そして、前述した内田（二〇〇四）も指摘していたように、相手の言葉の「反復」は交話的機能に焦点化したコミュニケーションを成り立たせる上で、きわめて重要な役割を担う[27]。とすれば、上で引用した石牟礼のテクストでは、そのような「儀式」としてのやりとりが行われ、そうしたやりとりのなかで人と人の「〈つながり〉」が構築されていたということになろう。

第四章では、石牟礼の作品の随所にこのようなコミュニケーションが描かれていることを示すとともに、そうしたやりとりが、先に見たような人と人との相互行為だけでなく、人と人ならざる存在との「コミュニケーション」成立の要となっている場合もあることを論じていく。なお、これも石牟礼のテクストを論じる際に詳しく見ていくが、相手の言葉をくり返すことには、相手と同じふるまいをするということ、相手を真似るという側面もある。この点に目を向けると、「反復」というテーマは、〈別の何かに「なる」〉こと、〈変身〉の問題にも繋がっていく。相手の言葉の「反復」のもつこうした側面については後ほど検討したい。

＊

本章では、まず、テクストのなかの「反復」を分析する際に留意すべき点について確認し、「反復」という〈あや〉が、少なくとも、音、語句、構文という三つのレベルで成立することを見た。そして、「反復」が類像的な意味を表す場合があることを確認し、さらに、ヤコブソンのコミュニケーション論の概念を梃子に、「反復」が垂直の時空の創出や、〈変身〉の問題とも繋がりうるということを示した。

以上で理論的な整理を終える。第三章と第四章では、これまで見てきた概念を援用しつつ、梨木香歩と石牟礼道子のテクストをそれぞれ分析していく。

第三章　梨木香歩の「反復」

本章では、梨木香歩の作品から、人と人ならざる存在とのあいだの「コミュニケーション」を「反復」という〈あや〉を用いて描き出している箇所を抽出し、それぞれのテクストで「反復」がどのような役割を担っているか考察していく。

なお、ここで取り上げる作品は、『西の魔女が死んだ』(一九九四年)、『ぐるりのこと』(二〇〇四年)、『蟹塚縁起』(二〇〇三年)、『エストニア紀行』(二〇一二年)、『渡りの足跡』(二〇一〇年)の五作品である。

1　自然から人間への〈言葉〉、死者から生者への〈言葉〉

『西の魔女が死んだ』

はじめに取り上げるのは、梨木香歩のデビュー作『西の魔女が死んだ』(一九九四年)である[1]。

この物語の主人公、「まい」は、父親と母親の三人家族。父は単身赴任をしており、母親と二人で暮らしている。中学校に進学してすぐにクラス内でいじめにあい、五月頃から学校に行けなくなってしまった彼女は、しばらくのあいだ学校を休み、母方の「おばあちゃん」——若き日にイギリスから語学教師として来日し、まいの祖父にあたる日本人男性と結婚し、長く日本に住んでいる「西の魔女」——と、自然豊かなおばあちゃんの家で二人で一緒に暮らすことになる。

おばあちゃんの家での暮らしが始まった日の夜、おばあちゃんはまいに、まいの高祖母が、予知や透視など、超自然的な力をもつ「魔女」だったという話をする(梨木、二〇〇一a［一九九四］、五一—五九頁)。翌日、まいは自分にも「魔女の血が流れている」のであれば、高祖母のように「超能力」をもてるかもしれない、そうすれば、「もう学校のことでこんなにつらい思いをしなくてもすむんじゃないだろうか。すいすいと、まるで水の中を泳ぐ魚のように様々な障害を避けながら、スムーズに生きていけるようになるんじゃないかしら」と思い、おばあちゃんに相談する。自分も「超能力」をもちたいと言うまいに、おばあちゃんは「魔女」になるためには、規則正しい生活を送り、精神を鍛えるという「基礎トレーニング」をすることが必要だと答える

（六五―七〇頁）。魔女になるために何よりも必要なのは、「意志の力。自分で決める力、自分で決めたことをやり遂げる力」（七〇頁）だと言うおばあちゃんの言葉に、まいは「魔女の修行」（九五頁）をする決心を固め、家事を手伝ったり、自分で決めた時間割に沿って勉強をしたりしながら日々を送る。そうした毎日を過ごすうちに、まいは少しずつ変化していく。この作品の大部分を占める、まいとおばあちゃんの二人暮らしは、まいの母が仕事を辞め、まいが学校を転校し、父の住む町で家族三人で暮らすことが決まるまでの一か月ほどの出来事である。

物語はそれから二年後、新しい学校で楽しい毎日を送っていたまいに、おばあちゃんが亡くなったという知らせが入る場面から始まる。この物語は、母と二人、車でおばあちゃんの家に向かうその道中で、まいが二人で暮らした日々を回想するという構造になっている。そして、二年ぶりにおばあちゃんの家を訪れたまいが、ある不思議な体験をするところで物語は終わる。

植物たちの〈言葉〉

ここではまず、まいがおばあちゃんの家で暮らし始めて三週間ほど過ぎた頃に起きた、ある事件を取り上げたい。まいは毎朝、鶏小屋に卵をとりに行くのを日課にしてたが、ある朝、その鶏小屋が何者かに襲われ、鶏が全滅している様子を目にしてしまう。

散乱した羽。とさかの付いた頭部。白い眼。筋ばった足。そして羽の付いた肉塊。

一瞬呼吸を忘れ、それから自分自身をその場から遠ざけるかのように、あらんかぎりの悲鳴を上げた。そして大急ぎで走って逃げた。びっくりしたおばあちゃんが台所のドアから飛び出してきた。

「どうしたのっ?」

「鶏が……」

まいは顔を手で覆った。だめだ、わたしはパニックになる、と、どこかで冷静に成り行きを見つめている眼があった。

「ああ」

おばあちゃんは、すべてを合点したようだった。

「中へお入り」

まいは逃げ込むように中へ入ると、ちらっとガス台へ眼を遣った。フライパンの火は消してある。よし。さすがおばあちゃん。それではこの事態の収拾に専念しなければ……どこか遠いところで、そういう呟きが聞こえた。

(一〇三―一〇四頁)

このときのまいが平常の精神状態ではないことは、第三者的な視点からことの成り行きを見守るまなざしをもっていることから窺うことができる。おばあちゃんが鶏小屋の後始末をして、ひとまずその場は収まる。

その午後、何も手につかないまいは気持ちを落ち着けようと、裏山にあるお気に入りの「場所」へ行く。そして、「いつもの切り株に腰を下ろ」す（一一〇頁）。

これでようやく少しは慰められると、まいは思っていたが、そのうちあたりの様子がいつもと少し違うのに気がついた。

最初、それは、ただの意味をもたない雑多の音の集合のようだった。葉と葉の擦れ合う音や小枝や葉の落ちる音、遠く車の走る微かな音などの。けれども、まいの敏感になっているアンテナが、まい自身の制御からわずかに外れて、その雑音の中から勝手に何かの意味を拾おうとした。

そのとたん、木の幹のゴツゴツとした楠や、その向こうの枯れかけた竹、葛の葉の覆っている藪などがひそひそざわざわささやいているような気が、まいにはしてきたのだ。それはこんなふうにも聞き取れた。

——ゆうべの、ゆうべの、あの惨劇。

——闇を切り裂く断末魔。

——ああ、厭わしい、厭わしい。

——肉を持つ身は厭わしい。

突然、空が暗くなり、風がさっと吹いて木々は一斉に白い葉裏を見せた。びゅ、びゅ、び

ゅ、びゅ、と、烏がまいのすぐ上を羽ばたきして通過する力強い音も聞こえた。まいは急に
恐ろしくなって、一目散におばあちゃんの台所へ走って帰った。　（一一〇―一一一頁）

藤本（二〇〇九、四八頁）は、この場面について、「木々のざわめきが声として聞こえる、というのは一種の妄想であるのだが、この瞬間まいは危機的な心理状態に陥っている」と述べている。確かに、この場面からまいが「危機的な心理状態に陥っている」ことを読み取ることができるが、本書では藤本が深く追究していない、「木々のざわめきが声として聞こえる」という点について、掘り下げてみたい。

「まいの敏感になっているアンテナ」が、「ただの意味をもたない雑多の音の集合」のなかから「勝手に何かの意味を拾おうとした」結果、植物たちの「雑音」が〈意味〉をもった「声」として解釈される。改めて指摘するまでもないかもしれないが、ここには、「ゆうべの」、「厭わしい」という語句がくり返されている。しかし、このテクストに含まれている「反復」は「語句の反復」だけではない。

　音に着目すると、これが七五調のリズムが優位なテクストであり、まるで歌舞伎や文楽の科白のような印象を与えることが分かる。

――ゆうべの[4]、　ゆうべの[4]、　あの惨劇[6]。

——闇を切り裂く[7]　断末魔。[5]
——ああ、厭わしい、[7]　厭わしい。[5]
——肉を持つ身は[7]　厭わしい。[5]

「ゆうべの、ゆうべの、あの惨劇」は、七五調ではないが、同じ言葉が反復しており、リズミカルである。それに続く箇所が七五調になっていることは、上記の通りである。ヤコブソンの術語を使えば、ここでは音と語句の「反復」によって詩的機能が強く働いていると言える。

まいに「声」として聞こえてきた「木々のざわめき」は、何故このような形式的特徴をもつのだろうか。次節以降、梨木の他の作品を分析しながら、この問いへの答えを探っていく。だが、その前に、上記の〈言葉〉と同じような特徴をもつ〈言葉〉を『西の魔女が死んだ』からもう一つ見ておきたい。

おばあちゃんの言葉

まいは、この出来事が起きる前、おばあちゃんから、「よく訓練された魔女」のもつ「素晴らしい力」とは、「見たいと思うものが見え」、「聴きたいと思うことが聞こえる。物事の流れに沿った正しい願いが光となって実現していく」ことだと教わっていた。「自分で見ようともしないのに何かが見えたり、聞こえたりするのはとても危険ですし、不快なことですし、一流の魔女にあるまじきことです」、と(梨木、前掲書、九六―九七頁)。つまり、鶏の死体を目撃してしまったまいに、植物たちの声が聞こえるという超越的な体験は、おばあちゃんの言う「素晴らしい力」とは似て非なるものなのである。まいが、事件のあった夜、寝る前におばあちゃんに昼間の体験のことを話すと、おばあちゃんはきっぱりと、「その声は、まいが心から聞きたいと願ったものではなかった」のだから、ただ「無視」すればよいと言い切る(一一二頁)。「見たいと思うものが見え」、「聴きたいと思うことが聞こえる」。おばあちゃんのこの言葉を、まいはこの後、何度も反芻することになる。たとえば、鶏小屋が襲われたのとは別の日に、まいが再びお気に入りの場所を訪れたときのことが綴られた箇所。

あれから一度あの場所にも行ってみたが、以前と同じようにこぢんまりとして居心地が良かった。あそこではいつも自分に好意的な、暖かく包み込んでくれるような「場所の意志」というようなものが感じられて、まいは安心しきっていたのだ。あのとき感じた得体の知れない不気味さは、きっと何かの間違いだろう。まいはそう思おうとした。
おばあちゃんは、自分が心から聞きたいと願った声でない声が聞こえたときは、即座に無視するのだと言っていたけれど、わたしが何かの声を、心から聞きたいと思うことなんかあるのかしら。そんなうす気味の悪いことをわたしが願うことがあるなんて思えないけれど……。でもそういう能力もないと、本当の魔女は目指せないのかしら……。(一三二頁)

あるいは、別の日に家の近くの林の中を歩いているとき、蓮の花のような花が「霧の中で夢のように咲いている」のに魅了された場面では、「引かれる気持ちが強すぎて、まいは怖くなった。例の、『自分が心から聞きたいと願ったわけではない声』が、また聞こえてきそうな気がしてきた。」（一七四―一七五頁）と記されている。

このように、作中で何度もくり返されるこのモチーフは、藤本（二〇〇九、四八頁）も指摘するように、この物語のラストシーンで重要な意味をもつ。

先述したように、まいが新しい学校に転校し、家族三人で暮らすことが決まったのを機に、まいはおばあちゃんの家を離れることになる。別れの時が近づくなか、まいは、前々からあまり快く思っていなかった隣家に住む「ゲンジさん」という男性の悪口を言う。おばあちゃんがまいの頬を打ち、強く叱責したことをきっかけに、二人のあいだに溝ができてしまう。この一件以来、二人がことあるごとに交わしていた、「おばあちゃん、大好き」、「アイ・ノウ」という「パターン化されたやりとり」（梨木、前掲書、一六―一七頁）をすることもなく、気まずい雰囲気のまま、まいはおばあちゃんの家を出る。(2)

最後に車に乗っておばあちゃんにさようならを言うとき、まいは泣きたかった。おばあちゃんとの別れが悲しいというより、自分の心にあるしこりの重さがつらかった。おばあちゃんは、心配そうな悲しそうな顔でまいを見つめた。まいには分かっていた。おばあちゃんはまいに言ってほしいのだ。あの事件以前のように、「おばあちゃん、大好き」と。けれど、まいには言えなかった。

車が発進し、門を出て、小道を曲がり、見えなくなっても、まだまいはおばあちゃんの訴えるような視線を感じていた。(一八〇―一八一頁)

そして結局、これがまいとおばあちゃんの最後の別れになってしまうのだ。

おばあちゃんからの〈言葉〉

鶏小屋が襲われた日の夜、まいはおばあちゃんに、「死」について尋ねる。それは、「まいがもう何年もの間、ずっと考え続け、恐れ続けてきたこと」だという(一一三頁)。まいの問いかけに、おばあちゃんは「おばあちゃんの信じている死後のこと」を語って聞かせる。おばあちゃんは、「人は身体と魂が合わさってできて」おり、身体に宿っていた魂は、身体が滅びた後も「旅」を続け、また新しい身体に宿るのだと言う[3]。おばあちゃんの話を聞いたまいは、腑に落ちたとは言えないものの、「長年心にあって苦しんできた重石がようやく取り除かれて、別のドアが開かれたような、明るい気分」になる(一一六―一二〇頁)。

翌朝、おばあちゃんはまいにある約束をする。それは、おばあちゃんが死んだら、まいにそのことを知らせるという約束である。「まいを怖がらせない方法を選んで、本当に魂が身体から離れましたよって、証拠を見せる」というのだ(一二四頁)。

それから二年後、おばあちゃんの家を訪れたまいは、おばあちゃんがその約束を守ってくれたことを知る。

以下に引用するのは、この物語のラストシーンである。


まいはおばあちゃんがしていたように一輪差しに銀龍草を生け、おじいちゃんの写真の前に飾った。

それから、あの懐かしいヒメワスレナグサにも水をやりに台所ドアの間に行き、腰をかがめ、何げなくあの汚れたガラスに目を遣った。そのとたん、電流に打たれたようなショックを感じてそこに座り込んでしまった。

その汚れたガラスには、小さな子がよくやるように、指か何かでなぞった跡があったのだ。

ニシノマジョ　カラ　ヒガシノマジョ　へ
オバアチャン　ノ　タマシイ、ダッシュツ、ダイセイコウ

さっきはなかった、とまいは思った。さっき、ゲンジさんが来たときは。それとも、やっぱりあったのだろうか。気づかなかっただけなのだろうか。

ああ、やっぱりおばあちゃんは、おばあちゃんは、覚えていたのだ。あの、約束。

まいはその瞬間、おばあちゃんのあふれんばかりの愛を、降り注ぐ光のように身体中で実感した。その圧倒的な光が、繭を溶かし去り、封印されていた感覚がすべて甦ったようだった。そして同時に、おばあちゃんが確かに死んだという事実も。嬉しいのか悲しいのか分からなかった。

まいは目を閉じた。打たれたように拳を固く握った。堪えきれずに叫んだ。

「おばあちゃん、大好き」

涙が後から後から流れた。

そして、そのとき、まいは確かに聞いたのだった。

まいが今こそ心の底から聞きたいと願うその声が、まいの心と台所いっぱいにあの暖かい微笑みのように響くのを。

「アイ・ノウ」

と。

（一八九―一九二頁、強調原文）[4]

二年前には言えなかったあの言葉。いつもの二人のやりとりが、再び二人のあいだで交わされる。

二年間、おばあちゃんのもとを離れてからも、自分なりに「魔女修行」を続けていたまいは、[5] いつしか魔女のもつ「素晴らしい力」を手に入れていた。だからこそ、「心の底から聞きたいと願うその声」を聴くことができたのである（藤本、二〇〇九、五九頁）。

　ところで、この胸に迫るラストシーンに描かれていた、おばあちゃんからまいへのメッセージの音に着目すると、以下に示すような構造になっていることが分かる。

ニシノマジョ[7]　カラ　　ヒガシノマジョ[7]　へ
オバアチャン[6]　ノ　　タマシイ[4]、　ダッシュツ[4]、　ダイセイコウ[6]

このように、一行目には七拍に、二行目には六拍と四拍に分節できる要素が、それぞれくり返されているのである（前者がA－A、後者がA－B－B－Aの構造になっていることにも注意されたい）。さらに、それに加えて、（1）「ダッシュツ、ダイセイコウ」に「ダ」という同一の音が反復していること、（2）「ニシノマジョ」と「ヒガシノマジョ」という対になる言葉が用いられていることも指摘できる。[6] こうした形式的特徴があることからも、おばあちゃんからのこのメッセージに詩的機能が強く働いていることが分かる。

何故、聞こえるはずのない植物たちの〈言葉〉が、詩的機能が強く働く言葉で紡がれているのだろうか。何故、届くはずのないおばあちゃんの〈言葉〉もまた、同じように詩的機能を強く働かせる、「反復」という〈あや〉を用いて描き出されているのだろうか。

ここではまだその問いに答えることはせず、以下の二点を指摘するに留めておく。二つのメッセージがいずれも言葉をもたない（はずの）存在――自然と死者――からの〈言葉〉であることを、そして、ここでは自然／死者と現世に生きる者との「コミュニケーション」が、「反復」を伴う〈言葉〉によって創造／想像されていることを。

以上、本節ではまず、人ならざる存在から人に送られたメッセージがどのような〈かたち〉で描き出されているかを見た。次節では、人から人ならざる存在に向けられたメッセージについて見てみよう。

2　人間から自然への言葉（1）――『ぐるりのこと』「物語を」の「反復」

夢想を語る言葉

『ぐるりのこと』（二〇〇四年）というエッセイ集がある。その最終章の結尾に、白い露草をめぐるエピソードが綴られている。以前住んでいた家の近くに、夏になると白い露草が生い茂る野原があった。犬の散歩でよくその場所を通りかかっていた梨木は、その珍しい露草との出会いを毎年楽しみにしていたという（梨木、二〇〇七b［二〇〇四］、二一〇頁）。しかし――。

あるときブルドーザーが入り、野原だった場所に新しい住宅地が出現した。それがあれよあれよという間の、しかも冬の出来事で、私が白い露草のことを思い出したとしても、そのときはすでに遅かった。救出しようにも、冬場は露草の影も形も見えないのだ。

（同頁、強調引用者）

「とりかえしのつかない損失を被ったような気がして、しばらくはその前の道を行くたびに胸が痛んだ」と、梨木はひどく落胆する（二一〇―二一一頁）。

①新しい家々が建ち始め、新しい夏を迎える頃、私はようやく、だんだんにこの事態に慣れてきた。②そして夢想した。③新しい家の、新しい庭に、ある夏突然、白い露草が現れる。④たとえば若い奥さんが洗濯物を干しているとき。⑤子どもが三輪車で遊んでいるとき。⑥そのとき、その家の人たちは、それが珍しい白い露草だと、わかってくれるだろうか。⑦どうして突然、そんなものが現れたのだと訝るだろうか。⑧私の夢想は続く。⑨その人たちは、誰かこのわけを教えてくれませんか、と「問い」を立てる。⑩そこで私はおずおずと出ていって語るのだ。⑪あなた方の住んでいる土地は、灌木の茂みと、栗の木と、立派な櫟の木の生えていた、野原だったのだ、と。⑫その土地はかつて、ススキの穂並みがそよぎ、甘い栗の花が匂い、白い露草の咲いていた土地だったのだと。⑬風が木々の葉をささやかせ、雨

が草木を恍惚とさせた。⑭山から吹き下ろす風や、盆地から抜けてゆく風、土地の傾く方角、様々な条件が、白い露草にその場所を選ばせた。⑮そして何代も何代も繰り返し、そこに根を張ってきた。⑯あなたがたが毎晩眠り、夢を見て、そして笑い合い愛し合っている場所は、そういう毎日を育んできた土地なのだ、どうか誇りに思ってください、と。

犬と散歩をしながら、そういうことを夢想し、そして私はそれが私の本当にしたい仕事なのだと切実に思った。

物語を語りたい。
そこに人が存在する、その大地の由来を。

（二一一―二一二頁、番号は引用者によるもの）

夢想のなかで、土地にまつわる「物語」を語る。そして、「そこに人が存在する、その大地の由来」を語ることが、「本当にしたい仕事」であることを確信する。

梨木にそのような「気づき」をもたらした「夢想」が語られた①〜⑯の段落。それは、どのように描かれているのだろうか。動詞の時制の変化に着目すると、この段落は以下のように分節することができる。

（1）①新しい家々が建ち始め、新しい夏を迎える頃、私はようやく、だんだんにこの事態に慣れてきた。②そして夢想した。

（2）③新しい家の、新しい庭に、ある夏突然、白い露草が現れる。④たとえば若い奥さんが洗濯物を干しているとき。⑤子どもが三輪車で遊んでいるとき。⑥そのとき、その家の人たちは、それが珍しい白い露草だと、わかってくれるだろうか。⑦どうして突然、そんなものが現れたのだと訝るだろうか。⑧私の夢想は続く。⑨その人たちは、誰かこのわけを教えてくれませんか、と「問い」を立てる。⑩そこで私はおずおずと出ていって語るのだ。

（3）⑪あなた方の住んでいる土地は、灌木の茂みと、栗の木と、立派な櫟の木の生えていた、野原だったのだ、と。⑫その土地はかつて、ススキの穂並みがそよぎ、甘い栗の花が匂い、白い露草の咲いていた土地だったのだと。⑬風が木々の葉をささやかせ、雨が草木を恍惚とさせた。⑭山から吹き下ろす風や、盆地から抜けてゆく風、土地の傾く方角、様々な条件が、白い露草にその場所を選ばせた。⑮そして何代も何代も繰り返し、そこに根を張ってきた。⑯あなたがたが毎晩眠り、夢を見て、そして笑い合い愛し合っている場所は、そういう毎日を育んできた土地なのだ、どうか誇りに思ってください、と。

(Ⅰ)	①	［1］
	②そして夢想した。	
(Ⅱ)	③〜⑦	［2］
	⑧私の夢想は続く。	
(Ⅲ)	⑨〜⑯	［3］

（1）ではタ形が、（2）ではル形が、そして（3）ではタ形が、それぞれ主として用いられている。このように分節した上で内容面に目を向けると、（1）では、季節が変わり、野原が失われたことに慣れ始めた梨木が夢想をしたことが語られ、（2）では夢想の内容が、（3）では夢想のなかで梨木が仮構の一家に語ったかつての土地のあり様が、それぞれ綴られていることが分かる。このように、時制が変化するタイミングと、トピックが変わるタイミングが連動していることが読み取れる。

　また、時制の変化ではなく内容の移り変わりに着目すると、上の図のように分節することもできる。この分節でポイントになるのは②と⑧である。この二つの文はいずれもその後に続く内容を予告している。別の言い方をすれば、（Ⅰ）と（Ⅱ）および（Ⅱ）と（Ⅲ）を、それぞれ境界づける役割を果たしているとも言える（ゆえに②と⑧はどちらにも属していない）。いずれにせよ、この段落は、［1］導入、［2］夢想、［3］夢想のなかのやりとり、という三つのパートで構成されていると見ていいだろう[7]。

　さて、このことを確認した上で、前章で見たヴァインリヒの言語論の時制論の基本的な考え方、すなわち、テクストは「緊張」と「緊張緩和」という二つの枠組みで分類できるとする見方を参照すると、この段落は以下のように分析することができる。

まず、［1］から［2］への変化は、緊張から緊張緩和への移行であると考えられる。何故なら、ここで語られる「夢想」は、ヴァインリヒが「語られた世界の談話状況」（一九八二、四二頁）の例として挙げていた、「青春時代の話」、「自分で創作した童話」、「歴史記述あるいは小説」に類するものだからである。さらに、②の「そして夢想した」という一文は、これから述べることがあくまで夢想に過ぎないということを聞き手に知らせる合図（緊張緩和の合図）として機能しているからである（これは、昔話やお伽話が始まるときのあの決まり文句「むかしむかしあるところに」と同じ働きをもつと言える）。

それでは、［2］から［3］への移行はどうだろうか。［3］も、夢想（［2］）の一部なのだから、［3］も「語られた世界の談話状況」だとも言えそうである。しかし、ここには、聞き手を緊張緩和から緊張へと誘う合図が含まれていると考えられる。

まず、［3］が、夢想のなかのやりとりであるという点に注目したい。ヴァインリヒが、はなしの時制が主導的に用いられるジャンルの一つに「戯曲中の対話」（四一頁）を挙げていることを踏まえると、夢想という架空の世界のなかでのやりとりである［3］（とくに（3）⑪〜⑯）は、これと同種のものだと言って差し支えないように思われる。

また、⑪には「あなた方」、⑯には「あなたがた」と、ここでは聞き手に呼びかける表現が使われている。もちろん、これらの人称代名詞は仮構の一家を指しているのだが、周知のようにダイクシスが何を指すかはコンテクストに依存するため（小泉、二〇〇一）、指示対象が「曖昧」になることがままある。よって、「あなた方」あるいは「あなたがた」という表現が、読者に、自分が呼びかけられているような錯覚を覚えさせる可能性は、ゼロではないと言えよう。

先に、夢想は「語られた世界の談話状況」であると述べたが、このように見ていくと、［3］では緊張を促す合図が出されていると考えることもできそうである。これは一体どういうことなのだろうか。再びヴァインリヒの言葉に耳を傾けてみよう。

ヴァインリヒは、「一般的に物語というのは『わくわくさせるような話』である。つまり物語には、そもそも緊張させるようなものであることが望まれていたり、求められているものである」ということを認めている。[8] そして、次のように続ける。「これに反してわれわれの考察では、まさにこの物語に、受容のあり方として緊張緩和の性格があてがわれた。けれどもこのことは互いに許容しあい、そしてわれわれの考察と矛盾するどころか、それの正しさを証明してくれるのである」と（前掲書、四三頁）。

ヴァインリヒはこの点について、次のように説明している。たしかに、「物語」には、緊張緩和の態度で聞くことを要求する言語的指標（「かたりの時制」など）が多く用いられ、聞き手にもそうした態度で聞くことが求められる。しかし、たとえば、昔話や童話を語る場面を想起すれば直ちに明らかなように、語り手は物語を語るとき、聞き手を物語の世界に没入させようともする。「語り手は読者を『とりこに』し、それによって語りのなかに本来ある緊張緩和の特性を、結果的にではあるが部分的にとり消すような、また子供の場合にはときに全面的にとり消すような、そうした受容態度を読者に強制する」ために「効果的な素材の選択および緊張を生み出す文体上の信号の配置」を用いる、と。ヴァインリヒは、そうした「緊張を生み出す文体上の信号」の例として、「直接話法」と「歴史的現在」を挙げている（四四頁）。

このことを踏まえ、梨木のテクストの［3］に戻ろう。［3］のなかの（3）を見ると、ここでは直接引用的に夢想のなかの発話が語られている。もちろん、ヨーロッパ諸語とは異なり、日本語では直接引用を行う話法と間接引用を行う話法の違いは明確に文法化されていないため（山口、二〇〇九、一八九頁）、梨木のテクストにヴァインリヒの指摘はそのまま当てはまらない可能性もあるが、[9] 本書では⑪〜⑯で直接引用が行われていると考え、ヴァインリヒがヨーロッパ諸語の直接話法が創出すると考えたのと同様の効果が生まれているという見方をとる。[10] ヴァインリヒがいみじくも言うように、梨木はここで「まるで**説明しているかのように**語る」ことで、読者を緊張へと誘い、夢想の世界に引き込もうとしているのだ、と（前掲書、四四頁、強調原文）。

夢想の反復、反復と夢想

夢想が描かれた段落の全体像について見たところで、次に、この段落に反復表現が多用されていることに注目したい。具体的にどのような「反復」が看取できるか、以下にまとめていこう。

まず、夢想の世界が語り出される冒頭部。①と③には「新しい」という形容詞が二回ずつつくり返され、④〜⑦の文末には同一の表現が用いられている。まるで詩の脚韻のように（④⑤では「いるとき」が、⑥⑦では「だろうか」がそれぞれ反復している）。

仮構の一家に土地のかつての様子を語る⑪〜⑯にも反復が認められる。[11] まず、夢想のなかの「私」の語りの最初と最後の一文である⑪と⑯の文末には、「、と。」という同一の表現が用いられており、語りがどこで始まりどこで終わったのかが明瞭にマークされている。⑪と⑫には、「土地は○○○だったのだ（、）と」という〈かたち〉が共通している。もう少し詳細に言えば、⑪の○○○には名詞句（「灌木の茂みと、栗の木と、立派な櫟の木」）が、⑫の○○○には名詞と動詞で構成されるユニット（「ススキの穂並みがそよぎ、甘い栗の花が匂い、白い露草の咲いていた」）が、それぞれ反復している。ここでは、○○○に、野原に生えていた植物を三つずつ列挙するというパターンも共通しているのである。また、⑬の二つの節では「AがBを〜サセル」という使役表現が、⑭の冒頭では「Cから〜スル風」という表現がくり返されている。ともに、⑭の文末でも⑬と同じく使役表現が用いられている。⑮では、「何代も何代も」と言葉を重ねることで、白い露草が「繰り返し、そこに根を張ってきた」ことが強調されている。

過去、現在、未来という三つの〈時〉について語る⑯には、内容面での反復が看取できる。「あなたがたが毎晩眠り、夢を見て、そして笑い合い愛し合っている場所」では④⑤の内容が、「そういう毎日を育んできた土地なのだ」では⑪〜⑮の内容が、それぞれ言い換えられている。梨木は最後にもう一度、夢想のなかの「現在」と土地の来歴について語った上で、その土地に住むことを「どうか誇りに思ってください」と願うのだ。

このように、梨木の夢想はかくも多くの反復表現を伴い言語化されているのであるが、こうした描き方がなされているのは一体どうしてなのだろうか。

前章で見たように、社会記号論系の言語人類学では、等価な要素の反復によって働く詩的機能は、メッセージを「コンテクスト」(「グラウンド(地)」)から「フィギュア(図)」として浮かび上がらせる働きをもつと考えられている(小山、二〇〇八、二一八—二一九頁)。この知見を、この段落に当てはめれば、夢想を描いた③〜⑯は、語句や構文の反復によってそれ以外の箇所から「明瞭に境界づけられ」、そこに「内的な秩序(自律性)」が生まれているということになる(小山、二〇〇九、一九一頁)。

さらに、これも前章で述べたように、坂部は、詩的機能は「目前日常の効用の世界」である「水平の時空」から、「記憶と想像力と歴史の垂直の世界」へと「超出」する働きをもつと考えていた(坂部、二〇〇八[一九九〇]、五三—五四頁)。このことに鑑みると、「反復」という〈あや〉は、梨木の夢想——土地にまつわる「記憶」ないしは「歴史」と、新しい家に住む人びとに思いを馳せるという「想像力」によって創り出された垂直の世界——を、(梨木がいみじくも言うように)「物語」として「語る」上で、きわめて重要な役割を果たしていると言える。

つまり、この一連の場面では、「反復」が、夢想が夢想であることを、すなわち、それが現実とは異質な出来事であるということを、さらにはこのテクストが「物語」であることを非明示的に表す役割を担っているのである。別言すれば、この段落の③〜⑯が夢想であるということは、②「そして夢想した」や⑧「私の夢想は続く」という、このテクストのジャンルについて言及する言葉によってのみならず、「反復」という言葉の〈かたち〉によっても表現されているのである。小山（二〇一一、三九頁）の言葉を借りて言えば、「コミュニケーション出来事自体の有り様、その形態的有り様」が「コミュニケーション出来事の意味の『決定』に貢献する」（この場合、「夢想」や「物語」であると解釈する重要な手がかりとなる）のである（強調引用者）。

ところで、この段落で「反復」を多用しながら描かれていることが垂直の時空であることを確認した上で、先にも一度引用した坂部の次の言葉を見ると、梨木が夢想をすることによってショックから立ち直り、自分の仕事の向かう場所を見定めることができたその理由が、よりいっそう明らかになると思われる。

〈かたり〉や〈ふり〉の世界は、目前日常の効用の世界を離れ超出して、いわばその水平の次元を二重化・多重化し裏打ちする記憶と想像力と歴史の垂直の世界の奥行に参入する分だけ、夢の世界に似、一方、それは、つい身近な日常世界の記憶から、ときに通常の記憶を絶した〈インメモリアル〉のはるかな時間の記憶までを凝集するその度合いにおいて、目前日常の効用の世界にしばられた生活により深く奥行のある生命の彩りと味わいを加え、ときにまた、記憶と想像力の範型（パラダイム）の膨大な貯蔵庫から、あれこれの目前の行動や決断への指針と素材を提供するものとしてはたらくことにもなるだろう。

（坂部、前掲書、五三―五四頁）

夢想をすることで、梨木は、野原が住宅地に姿を変えてしまったという「目前日常の効用の世界」からひととき離れ、新しい住宅地の未来を、架空の住人とのやりとりを想像する。水平の世界から垂直の世界へのこうした飛翔は、しかし、現実（水平の時空）に生きる梨木に何の影響も及ぼさないというわけではなく、「あれこれの目前の行動や決断への指針と素材を提供する」。だからこそ梨木は、夢想を通して現実を受け入れ、自らの進むべき道を明確に意識することができた――「犬と散歩をしながら、そういうことを夢想し、そして私はそれが私の本当にしたい仕事なのだと切実に思った」――のである。

土地への祈り

さて、ここで再び、夢想のなかに描かれている、「私」と仮構の一家とのあいだの架空のコミュニケーション（3）（⑪〜⑯）に注目したい。

まず、この箇所では、「私」が野原だった土地のかつてのあり様を、反復を駆使し、謳い上げるようにして語るとともに、そこに住む人びとに誇りをもって暮らしてほしいというメッセージを送っているということを確認しておきたい。やや図式的に言えば、ここには、「私」が〈送り手〉として、仮構の一家という〈聞き手〉に〈メッセージ〉を送るという構図を見て取ることができる。加えて、ヤコブソンが「力くらべするヤコブ」という詩を例に説明していたように、この箇所に詩的機能が強く働いているということは、このメッセージの送り手と受け手が多重化されているということ、すなわち、これが「私」から仮構の一家に向けられたものであると同時に、作家である梨木香歩から読者に送られたものであることも意味している。

このことを踏まえた上で、白い露草のエピソードに先行する部分に記された次の一節を読むと、かつて野原だった「場所」もまた、(3)のメッセージの聞き手として想定されていると考えることができるように思われる。

> 現在、地上のあらゆる所にブルドーザーが入り、土地は開発の名の下に蹂躙され、その地霊がほとんど力を失ってきたのと同じように、空しく使い回された言葉たちが急速に力を失ってゆきつつある。地霊も言霊も、およそ霊力というような類の力が、急速に薄れ、陰影のない、薄っぺらの何かに代わられて行きつつある。(梨木、前掲書、二〇一頁、強調引用者)

私たちはここから二つのことを読み取ることができる。一つは、梨木が、土地には「地霊」が、言葉には「言霊」が宿っていると考えているということ。もう一つは、土地の「開発」を、「地霊」の「力」を奪う営為として認識しているということを。

この一節に注目したのは他でもない。傍点で強調したように、ここには本節冒頭で引用した箇所でも用いられていた「ブルドーザーが入り」という表現があるからである。この反復は、意図的なものではないかもしれない。だが、たとえ偶然だったとしても、ともに土地の「開発」という同一のトピックについて言及している二つの箇所でまったく同じ表現が用いられているという事実は、梨木が、「地上のあらゆる所にブルドーザーが入」ることで「その地霊がほとんど力を失って」しまったのと同じことが、白い露草の生えていた野原にも起こったと考えていることを示唆しているように思わせる。

「物語を語りたい。」梨木はそう綴っていた。梨木が「語りたい」と言う「物語」は、いったい誰のための「物語」なのだろうか。それが、人間のための「物語」であるばかりでなく、「土地」や「地霊」のための「物語」であるかもしれないと考えることは、果たして荒唐無稽なことだろうか。思い入れをもっていた場所が変貌してしまったことに「とりかえしのつかない損失を被ったような気がして」と、強い想いを抱いた梨木が、土地にまつわる「物語」を語ることで、その言葉に宿る「言霊」の力で、土地の「地霊」を賦活し、「とりかえしのつかない損失」を少しでもとり返そうとしたとは考えられないだろうか。

ヤコブソンの言うように、「反復」という〈かたち〉がメッセージの発信者と受信者が「多重化」していることを示唆する場合があるのだとすれば、反復構造が顕著に認められるこの夢想を、姿を変えてしまった土地に向けて語られた「物語」、土地への祈りとして読むことも、決して不可能ではないだろう。

ここまで、人と人ならざる存在とのあいだの三つの「コミュニケーション」を分析し、そこでやりとりされるすべてのメッセージに「反復」が用いられていることを見た。以下では、何故こうした「コミュニケーション」において「反復」が重要な役割をもつのかというこれまで保留にしておいた問いについて、『蟹塚縁起』という作品を手がかりに考えてみたい。

3 人間から自然への言葉（2）――『蟹塚縁起』の「反復」

本節で見ていく、短編小説『蟹塚縁起』は、この問題について考える重要な手がかりを与えてくれる。『蟹塚縁起』は、二〇〇一年に雑誌『日本児童文学』（第四七巻、第六号）に発表され、二〇〇三年に理論社から絵本として出版された短編小説である。なお、絵本として出版される際に若干の加筆、修正が加えられている（ここでは後者（梨木・木内、二〇〇三）を底本とした）。

『蟹塚縁起』のあらすじ

以下、あらすじである。[12]

（A）

農民のとうきちは、名主の息子が沢蟹をいじめているのを見つけ、捕えられていた蟹を放してやる。怒った名主は、とうきちの唯一の財産である牛を奪っていく。

次の日の夕方、蟹たちは若い女に化け、とうきちのもとを訪れ、家の掃除や食事をふるまうなどして恩返しをしようとする。

（B）

その夜、眠るとうきちが物音に目を覚まし、外に出ると、蟹の行列が隣の山の沢の方へ向かっている。とうきちは後を追いかけながら、「こういう月夜の山野をこういうふうに、昔、大勢で歩いたことがあるのを思い出」す（三頁）。とうきちは以前、旅の六部から、自分が何千人もの兵を率いていた藪内七右衛門という武将の生まれ変わりであることを聞かされて以来、時おり前世のことを思い出すようになったという。

（C）

とうきちは沢山の蟹とともに名主の家に着く。蟹の行列は二手に分かれ、一方は牛小屋へ、もう一方は井戸の方へと向かっている。はじめに牛小屋を覗いたとうきちは、無数の蟹たちが、とうきちの牛を繋いでいる鉄の輪を切ろうとしては死んでいくのを目にする。

（1）

とうきちはぼうぜんとして、やがて涙が出てきました。

……蟹よ　蟹よ　あればかしのことをおまえたちはいつまでも恩に思って、そんな難儀に身を投じていてくれたのかい。そんなことは、しなくていいのだ、しなくていいのだ。おれはこんな小さいおまえたちから、なにを返してもらおうとも思わないよ。

（一八頁）

（D）

牛小屋を出たとうきちは、別の一群の蟹たちが、井戸の横で七右衛門の愛刀を掘り起こそうとしているのを目にする。朽ちかけたその刀を見た瞬間、とうきちは七右衛門だった頃の自分が人質に取られた家臣を助けるために出陣し、まさにこの場所で戦死したことを思い出す。そこに名主がやってくる。名主の姿を見たとうきちは、名主が、前世で自分を討った敵の大将の生まれ変わりであることを直感する。すると、蟹たちは一斉に名主に向かい、次から次へと名主の体に登っていく。名主の息子は蟹をいじめたことを謝るが、蟹たちは動きを止めない。

とうきちの頭のなかで、「……オマエガソノウラミヲテバナサナイカギリ。」という六部の声が響く。そして、とうきちは目の前にいる蟹たちが、前世で「自分の命令で命を落としていった家来たち」であることを悟る（二六頁）。

（2）

とうきちは蟹たちに声をかけました。

「もういい、もういいのじゃ、終わったのじゃ、もう終わったのじゃ」　（二九頁）

とうきちの言葉に蟹たちは動きを止める。名主は、「許せよ。蟹よ」、「許せよ。とうきち」と呟き、とうきちも「おれも寸時、猛々しい思いがよぎった、許してくだされ」と応じる（二九―三〇頁）。

とうきちと名主が話をしている間に、蟹たちは蛍に姿を変えてあたりを飛び回り、満月に向かって飛んでいく。とうきちは蛍に向かって次のように叫ぶ。

（3）

「おーい、今度は何か、楽しいことをやろうなあ。みなで、思い切り腹を抱えて笑い合うような、楽しいことをやろうなあ」　（三一頁）

すると、蛍たちは家にやってきた若い女の姿になり、深々とお辞儀をし、また月を目指して飛んでいく。

その後、とうきちと名主の息子が大きな塚（蟹塚）をつくって刀を納めたことが語られ、物語は終わる。

以上が、『蟹塚縁起』のやや詳細なあらすじである。

「蟹」というモチーフ

はじめに、七右衛門の家来たちが蟹に転生し、そして蛍に姿を変えた理由について考えていきたい。この物語で家来たちが蟹に転生したのは、日本に、蟹にまつわる次のような伝承があるからだと思われる。

（A）の場面に、とうきちが名主の息子から蟹を助け、助けた蟹が若い女に化けてとうきちに恩返しをするという件があったが、日本各地の昔話を蒐集、整理した『日本昔話大成』によると、報恩する蟹が登場する話はさまざまな地方に見られるという（関、一九七八、一一九―一二五頁）。また、蟹の報恩というモチーフが、平安時代初期に作られたとされる『日本霊異記』（中巻第八縁および中巻第十二縁）に出てくることも知られている（黒沢、一九六八、三浦、二〇一〇）。この物語では、戦いで命を落とした七右衛門の家来たちが蟹に転生しているが、蟹は、恨みを抱いて亡くなった者の生まれ変わりとも考えられてきた（稲田／大島／川端／福田／三原（編）、一九七七、二一六頁）。〈蟹への変身〉で特に有名なのは、小泉八雲（ラフカディオ・ハーン）も関心を寄せていた「平家蟹」の「伝説」だが（鈴木、二〇〇八）、蛸島（二〇一二、一八九頁）によると、平家蟹以外にも、「清経（清常）蟹・武文蟹・島村蟹・長田蟹・治部少輔蟹など、歴史上の人物の名を冠し、その生まれ変わりなどと伝えられる蟹の名称」やそれぞれにまつわる伝承は数多く存在するという。

この物語で蟹というモチーフが選ばれたのは、こうした伝承を踏まえてのことであると推察される。さらに、それに加えて、「蟹」という漢字と「蛍」という漢字が似ていること、また、「蟹」という漢字にこの物語のモチーフが含まれていることも、蟹が登場している理由なのかもしれない。改めて指摘するまでもないが、「蟹」と「蛍」の漢字は、いずれも虫偏を部首としている。ラストシーンで蟹が蛍に変身するのは、日本の古典文学に「螢の光を魂の象徴とみる発想」があるからだとも考えられるが（鈴木、二〇〇七、一〇二頁）、同じ部首をもつこの二つの漢字を比較することによっても、蟹が蛍に姿を変えた理由を探ることができる。[13]

「蟹」が「蛍」に変わるとき、「角」、「刀」、「牛」は消え、「火」が二つ並んだ部位になる（「蛍」の旧漢字は「螢」）。「蟹」という字の構成要素である「刀」と「牛」は、いずれも七右衛門／とうきちの持ち物である。七右衛門の持ち物である刀と、とうきちの持ち物である牛が「蟹」という漢字に含まれていることは、蟹が前世と現世を結びつける存在であるということを表しているとも考えられるし、もう一歩踏み込んで言えば、前者は戦を、後者は名主の親子による逆恨みを、それぞれ換喩的に表しているとも解釈できる。「角」は、一見何の関係もないように見えるが、『字通』によると、この字には「獣の角」の他に「角で争う、あらそう」といった意味もあるという（白川、一九九六、一六〇頁）。こうして見ていくと、この三つの要素はすべて、恨みや争いにまつわるものであることが分かる。

「蟹」が「蛍」に変わるとき、言葉（文字）の上でも、怨憎や争いを連想させる要素が消滅する。前章で見た類像性の概念を参照すると、この変化は次のように解釈することができるだろう。二つの漢字の〈かたち〉もまた、七右衛門の家来たちが蟹から蛍になることで、負の感情や憎しみの連鎖から解き放たれたことを物語っているのだ、と。

「水平の言語行為」と「垂直の言語行為」

日本に古くから伝わる蟹にまつわる伝承とのあいだに、また、物語の内容と「蟹」という漢字のあいだに、上述したような「反復」が認められることに加え、『蟹塚縁起』にはテクスト内部にも「反復」が看取できる。注目したいのは、とうきちが名主の家で、前世で自分の家来だった蟹と蛍に向けている三つの言葉である。

（1）蟹よ　蟹よ〔……〕そんなことは、しなくていいのだ、しなくていいのだ
（2）「もういい、もういいのじゃ、終わったのじゃ、もう終わったのじゃ」
（3）「おーい、今度は何か、楽しいことをやろうなあ。みなで、思い切り腹を抱えて笑い合うような、楽しいことをやろうなあ」

まず指摘できるのは、とうきちのこの三つの言葉に、同一のフレーズが二度くり返されるという共通点があるということである。つまり、ここにも、先に『西の魔女が死んだ』と『ぐるりのこと』から抽出した場面と同じく、人と人ならざる存在とのあいだでやりとりされるメッセージに「反復」が用いられているのである。

ただし、こうした共通点があると同時に、（1）と（2）（3）には差異もある。

既に見たように、（1）の想いを抱いた（C）の場面では、とうきちはまだ蟹の正体を知らない。一方、（2）と（3）の言葉を口にした（D）の場面では、とうきちは蟹たちがかつての自分の家来の生まれ変わりであることに気づいている。私たちはここから、（1）がとうきちから蟹に向けられた言葉であること、（2）と（3）がとうきちから蟹／蛍に送られた言葉であると同時に七右衛門から家来たちに送られた言葉でもあるということを読み取ることができる。端的に言えば、（1）とは異なり、（2）と（3）の発話においては、コミュニケーションを構成する要素は二重性をもつのである。とうきちは〈とうきちであると同時に七右衛門〉であり、とうきちの言葉は〈とうきちとしての言葉であると同時に七右衛門としての言葉〉であり、その言葉の聞き手は〈蟹／蛍であると同時に七右衛門のかつての家来〉でもある、というように。

ここで、詩的機能がメッセージの発信者と受信者を「多重化」させる力を備えているとするヤコブソンの主張を思い起こすと、（2）と（3）における「反復」は、とうきち、蟹、蛍が「多重化」された存在――前世の記憶を背負いつつ現世を生きる存在――であることを非明示的に表すのに一役買っていると言うことができる。

このことと関連してもう一つ付け加えれば、(2)は「現世」と「前世」を、(3)は「現世」と「来世」を、それぞれ指向する言葉であるという点でも「多重化」されていると言える。とうきちが〈いま・ここ〉で口にした言葉は、(2)については現在だけでなく過去にも、(3)については現在だけでなく未来にも向けられているのだ。このことは、とうきちが名主の息子に襲いかかる蟹たちに言った「もういい、もういいのじゃ、終わったのじゃ、もう終わったのじゃ」という言葉が現世の出来事だけでなく前世の出来事のことも暗示していること、とうきちが蛍に向かって叫んだ「今度は何か」という言葉が来世での邂逅と幸福を願うものであるということ、さらに、この二つの言葉が反復という「形式」を伴って言語化されているということから読み取ることができる。

なお、前述したように、(1)の心内表現にも反復表現が看取できるものの、(2)と(3)に見られるような「多重化」が(1)にも起きていることを窺わせる確たる証拠はない。このことから、少なくとも次の二つの解釈を導くことができると思われる。一つ目の解釈は、(1)が他の二つと異なり、「現世」だけを指向する言葉であることを示唆しているというもの。もう一つは、(C)の場面ではとうきちはまだ蟹の正体に気づいていないことになっているが、実はとうきちだけでなく蟹たちもまた「多重化」された存在であるということが、(1)に埋め込まれている反復という〈かたち〉によってこのときすでに読者に暗示されていたという解釈である。このように、（1）と（2）（3）とのあいだに差異を見ることもできるし、三つの言葉のあいだに連続性を見ることもできる。

さて、次に、とうきちの言葉が差し向けられる物理的な方向の違いに注目すると、（1）と（2）が水平軸上で展開するコミュニケーションであるのに対し、（3）は垂直軸上で展開するコミュニケーションであることが分かる。この差異が、蟹が蛍に変身したことに起因することは言うまでもないが、興味深いことに、この転回と呼応するように、（3）の構造は他の二つのそれよりも複雑になっていることが指摘できる。

前述の通り、（1）（2）と同様、（3）にも同一の語句（「楽しいことをやろうなあ」）がくり返されているが、以下に示すように、（3）の二つの文はいずれも三拍で始まり、その後、基本的には五拍と七拍に分節可能なユニットが続くという「形式」になっている（「笑い合うような」は除く）。

おーい、[3]　今度は何か、[7]　楽しいことを[7]　やろうなあ。[5]
みなで、[3]　思い切り[5]　腹を抱えて[7]　笑い合うような、[8]　楽しいことを[7]　やろうなあ[5]

このように、（3）には日本の伝統的な詩歌を形づくる五拍と七拍というユニットが顕著にくり返されているのである。（3）は、三つの言葉のなかで最も強く歌らしさを感じさせる形式的特徴をもつと言っていい。

それでは、地上から夜空を舞う蛍に向かって発せられたとうきちの言葉は、どうして歌と見紛うような〈かたち〉をしているのだろうか。そのように問うことは、これまで見てきた、人と人ならざる存在とのあいだで交されるメッセージにおいて「反復」が用いられる理由を考えるための大きな手がかりを与えてくれる。

（3）を分析するのに、坂部（二〇〇八［一九九〇］、四二―四五頁）が〈うた〉について次のように述べていることを参照するにしくはない。坂部は、〈うたう〉という言語行為は、〈つげる〉、〈のる〉、〈うたう〉、〈となえる〉、〈いのる〉などと同じように、メッセージの送り手と受け手のあいだに「何らかの相互的ならざる関係」が想定されることを「成立の要件」とする言語行為であると言う。「相互的ならざる関係」とは、たとえば、神のお告げ、病名の告知、神仏への祈りなどのように、何らかの意味で上下関係がある間柄のことを指す。坂部はこうした特徴をもつ言語行為を、「垂直の言語行為」と呼び、「原則的に聞き手の自由な反応と応答の余地を予想し聞き手との相互的（reciprocal）で平等な水平的関係とその反復ないし捉え返しの可能性」をもつ「水平の言語行為」と区別している。[14] 坂部はさらに、垂直の言語行為には、「上からの言語行為」と「下からの言語行為」の二種類があり、〈つげる〉と〈のる〉が前者、〈うたう〉、〈となえる〉、〈いのる〉が後者に該当するとしている。[15]

坂部のこの知見を踏まえた上で、（3）が歌のような「形式」をもつこと、それが人間から超自然的な存在に向けられた言葉であること、地上から上空に向かって叫ばれたものであること、以上三つの特徴をもつことから何が見えてくるかを考えてみると、（3）が、形式的な次元でも、メッセージの送り手と受け手の関係性の次元でも、さらには物理的な次元でも、「下からの言語行為」としての性質を備えていることが分かる。つまり、（3）に埋め込まれた五拍と七拍のユニットの反復という「形式」は、とうきちの発話が〈うたう〉（あるいは、〈いのる〉）という「垂直の言語行為」であることをひそかに物語っているのである。

なお、ここまで、（1）（2）と（3）との差異に注目してきたが、前項でも指摘したように、とうきちが蟹と蛍に向けた三つの言葉に同じフレーズが二度くり返されているという共通点があることも重要なポイントである。というのも、蟹への言葉と蛍への言葉が〈かたち〉の上で類似しているからこそ、蟹が蛍に姿を変えるラストシーンで、それまで水平軸上で展開されていたとうきちと〈家来たち〉とのコミュニケーションが垂直的なコミュニケーションへとシフトする、その転回／展開の鮮烈さが、いっそう際立つからである。

人と人ならざる存在の「コミュニケーション」

七右衛門の生まれ変わりであるとうきちが、かつて家来だったものたちに向ける惜別の言葉、来世での約束。それが、言語表現上も、また、行為の次元でも、〈うたう〉という言語行為としての特徴を備えていることを前項で見た。

ところで、坂部は、〈うたう〉という垂直の言語行為について、『かたり』とは別の論稿で次のようにも述べている。〈うたう〉とは、「神をほめたたえる、自然の美しさをうたう、等々、人間の側からする何らか人間の力をこえた超越的なものとのかかわり」を指す、と。ただし、ここで想定されているのは、下から上へという方向であるが、〈うたう〉には上から下への方向——たとえば「神がかりの状態で神話を〈うたう〉」など——も含まれるとされている（坂部、二〇〇七c［一九八五］、一八四頁）。

〈うたう〉という言語行為が、「相互的ならざる関係」をもつ間柄で成立するということ、あるいは、〈うたう〉ことによって、そこに「相互的ならざる関係」が創出されるということ。このことを踏まえた上で、ここで改めて本章で取り上げてきた「コミュニケーション」についてまとめていきたい。

まず、『ぐるりのこと』の最終章に描かれていた夢想のなかの、梨木から野原だった場所（の地霊）へのメッセージは、七五調のような〈うた〉らしさはないものの、『蟹塚縁起』のとうきちの言葉（3）と同様に、人から人ならざる存在へ、すなわち、下から上へと方向づけられているという点で、垂直の言語行為としての特徴をもつと言える。

対して、『西の魔女が死んだ』の二つの事例、すなわち、まいが木々の〈声〉を耳にしたことと、亡くなったおばあちゃんからまいにメッセージが届いたことは、超自然的な存在（自然ならざる「自然」と死者）から人へと向けられた、上から下へと向かう垂直の言語行為に該当する。
なお、既に随所で指摘してきたように、これらの「コミュニケーション」でやりとりされるメッセージにはすべて反復表現が顕著に用いられており、詩的機能が強く働いていた。つまり、形式的にも〈うた〉らしい特徴が備わっていたと言える。本書のテーマに引き寄せて言えば、これらのテクストでは、「反復」は当該の「コミュニケーション」が〈うたう〉という垂直の言語行為であることを指し示す役割を担っているということになる。別の角度から言えば、意識的にせよ無意識にせよ、そこでは垂直の言語行為を描くのに相応しい表現形式が選ばれているのである。

さらにつけ加えれば、こうしたメッセージがやりとりされる時には、「水平の時空」に「垂直の時空」が立ち現れているということになる。それは、ヤコブソンとヴァインリヒの理論を援用しながら坂部が指摘していた、言及内容、送り手、受け手の「多重化」という事態が起きるということをも意味する。実際、『西の魔女が死んだ』の木々の〈声〉は、あくまでまいの耳にそう聞こえたに過ぎないという留保、すなわち、「有効性の制限」（ヴァインリヒ）がつけられている（「それはこんなふうにも聞き取れた」（梨木、二〇〇一a［一九九四］、一一一頁、強調引用者））。また、片仮名で記されたおばあちゃんからのメッセージも、「さっきはなかった、とまいは思った。さっき、ゲンジさんが来たときは。それとも、やっぱりあったのだろうか。気づかなかっただけなのだろうか」（一九一頁）と、その存在そのものが「曖昧」なものと位置づけられている。『ぐるりのこと』の梨木の夢想の（3）のメッセージの送り手と受け手が多重化されているということについては前節で詳しく見たのでそちらを参照されたい。

最後に取り上げた『蟹塚縁起』のなかの、前世で家来だったものたちととうきちとのやりとりについても詳述したのでくり返さないが、この物語は現世と前世という二つの世界の交差をテーマとしているため、言及内容、送り手、受け手の多重化がきわめて明確に描き出されているということにもう一度注意を促しておきたい。とうきちはとうきちであると同時に七右衛門であり、とうきちの言葉はとうきちのそれであると同時に七右衛門の言葉としても受けとめられていること、蟹と蛍は蟹と蛍でありながら七右衛門の家来でもあるということが、この物語の肝になっている。つまり、この物語は、登場人物や生起している出来事がもう一つの次元をもち、二重化されているという基本構造をもつのである（なお、他にも、名主が敵の大将の生まれ変わりであったり、名主に連れていかれたとうきちの牛が前世で敵に人質にとられた家来と同じ役回りを演じていることなども指摘できる）。

4　自然の〈言葉〉を語る〈うた〉（1）――コウノトリの〈言葉〉

前節まで、人ならざる存在から人へのメッセージと、人から人ならざる存在へのメッセージにおける「反復」の役割について考察してきた。本節では、これまでに取り上げてきたのとはやや趣の異なる、人と人ならざる存在との「コミュニケーション」を俎上に載せたい。

『エストニア紀行』

はじめに取り上げるのは、『エストニア紀行――森の苔・庭の木漏れ日・海の葦』(二〇一二年)というエッセイのラストシーンである。タイトルが表しているように、この本は、北欧の国エストニア共和国への旅がもとになっている。[16]

梨木が訪れたエストニア共和国(以下、「エストニア」と表記する)は、面積が約四・五万平方キロメートル、人口は約一三一万人の北欧の国である。[17]南はラトビア、東はロシアと陸続きで国境を接しており、国の北側と西側はバルト海に面している。バルト海を隔てたその先には、フィンランドとスウェーデンが位置している。

エストニアは、今でこそEUにも加盟している独立国家であるが、一九九一年にソ連から独立を果たすまで、長きにわたり被支配者としての立場にあった。分析に先立ち、以下、ここ百年ほどのエストニアの歴史を概観しておきたい(小森(編著)、二〇一二、カセカンプ、二〇一四を参照)。

十八世紀初頭にスウェーデン領からロシア領になったエストニアがロシア帝国から独立を宣言したのは、一九一八年のことである。二年後の一九二〇年、ソヴィエト・ロシアとタルト平和条約を締結し、エストニアの独立が承認される。しかし、一九三九年に独ソ不可侵条約が結ばれ、第二次世界大戦が勃発すると、ソ連軍の駐留が始まり、翌一九四〇年にはソ連に編入/統合される。一九四一年にナチスドイツがソ連に侵攻し、エストニアを占領。一九四四年、ドイツ軍が撤退すると、すぐにソ連軍による再占領が始まり、その後、一九九一年までソ連による支配が続くことになる。

駆け足でエストニア独立に至る経緯についても見ておこう。一九八五年にミハイル・ゴルバチョフがソ連共産党書記長に就任し、翌年、「グラスノスチ」、「ペレストロイカ」が始まり、この頃から緩やかに独立への機運が高まっていく。一九八九年、ベルリンの壁崩壊。一九九一年八月一九日にゴルバチョフが軟禁されると、翌二〇日に共和国最高会議は独立回復に関する決議を採択する。同年九月、ソ連は独立を承認し、エストニアは遂に悲願だった独立を果たすことになる。その後、エストニアは二〇〇四年三月にNATOに、同年五月にはEUに加盟し、二〇一一年からはユーロも導入され、EUを構成する一国としての地位を固めている。

こうした歴史をもつエストニアは、渡り鳥であるコウノトリの営巣地として知られている。ナチュラリストの梨木がそのことを知っていたことは言うまでもなく、『エストニア紀行』には、コウノトリがアフリカへ渡ってしまう前に一目だけでも会いたいと祈るような思いでエストニアを旅する梨木の姿が描かれている。だが、残念ながら、コウノトリたちが例年よりも早く渡りを始めてしまったため、梨木は一度もコウノトリの姿を目にしないまま、エストニアを離れることになる。

コウノトリに会えなかったことを心残りに思いつつ、梨木は帰国の途につく。

のんびりと離陸した小さな飛行機は、それほど高度を上げることなく、遊覧飛行のようにタリンの街の上空を飛んだ。やがて大地が切れ、島が見えてきた。その特徴的な形から、ムフ島とサーレマー島であることがすぐに分かった。昨日ウノさんが飛ばしに飛ばした、あの、ムフ―サーレマー間の道路がはっきりと見える、車が通っているのも分かる。工事現場も、催し物も。人々の日常が、今、眼下で繰り広げられている。思わず目を凝らして見入る。そして気づく。

ああ、これは、あの、アフリカへ渡ったコウノトリたちの視点ではないか。

深々とした森、沼沢地、葦原。車、船、人の営み。そしてきらめく海の向こう、微かに弧を描く水平線。国境などという「線」は、どこにも引かれていない。

彼らには世界がこういう風に見えていたのだ。永遠に連続する海と大地。

祖国は地球。

渡り途中の鳥たちに、もしも出自を訊いたなら、彼らはきっとそう答えるに違いない。

（梨木、二〇一二b、一九〇―一九一頁）

梨木は、上空からエストニアの「海と大地」を見下ろし、ふと気づく。滞在中、会うことのできなかったコウノトリたちが数日前、同じ空を翔けていったであろうことに。自分がいま、コウノトリと同じ視点に立っていることに。旅の終わり、梨木は思わぬかたちでコウノトリとの〈出会い〉を果たす。そして梨木はコウノトリに問いかけ、「渡り途中の鳥たち」の〈言葉〉を忖度する。正確には、もし問いかけたら、と架空のやりとりに思いを馳せる。これが、このエッセイ集のラストシーン[18]である[19]。

鳥の〈ふり〉

「ああ、これは、あの、アフリカへ渡ったコウノトリたちの視点ではないか」、「彼らには世界がこういう風に見えていたのだ」と、如上の場面で、梨木はコウノトリと同じ場所から世界を眺めていることに気づく。かくして梨木は、鳥の立場に立つ契機を得る。ところで、エストニアへと向かう飛行機の機内の様子から語り起こされるこのエッセイ集の冒頭部には、乗り継ぎのために立ち寄ったアムステルダムの空港で梨木がこれと同じようなふるまいをしている様子が描かれている。

飛行機を待つあいだ、空港の書店に立ち寄った梨木はその充実した品揃えに魅かれ、数冊の書籍を購入する[20]。

アムステルダム・スキポール空港はヨーロッパ最大規模のハブ空港なので、空港内の書店もキオスクのようなものではなく、腰を据えて時間が費せる。だが、気をつけないといけないのは、往きのトランジットで本を買い込んでしまうと、その後ずっと荷物について回ることである。〔……〕分かっていたはずなのに、気づけば千五百グラム強、買い込んでいた。しかも旅とは直接関係のないものまで。けれどはからずもそうなってしまった場合の理想が千七百グラム（この数字は、衛星利用の「渡り鳥の追跡調査」時に、渡り鳥に装着してもらうジオロケーターの重量が、その鳥の全体重の四パーセント以下に定められていることから算出した数字である。自分の体重ではどうなるか、その重みを実感しながら旅を続けると、装着させられた鳥の「迷惑度」が体で分かる）まで、だったので、重さだけで言えばまあまあの線だ。

（梨木、二〇一二b、五頁）

梨木は、自分にとっての本の「重み」が渡り鳥にとってのジオロケーターの「重み」に相当することを糸口に、機械を装着された渡り鳥の身体感覚を想像する。この想像は、出発ゲートへ移動することで、はやくも身をもって「実感」されることになる。本を携え出発ゲートまでの長い道のりを歩き、ようやく目的の場所にたどり着いた梨木は次のように綴っている。「なるほど、移動の最中、プラス千五百グラムはちょっと負担だった。タカに襲われている最中にはそれが生死を分ける要因になるかもしれない。このことは考えるたび私を憂鬱にする。だが衛星通信のおか

げで分かったことは測り知れない」と。（六—七頁）
『エストニア紀行』には、このように、鳥の〈ふり〉をするという行為が作品の冒頭とラストシーンに描かれているのである。旅のはじめにこのような想像をし、そのことを思い起こさせるであろう本を持ち運びながら旅をしていたからこそ、梨木は旅の終わりに再び鳥の〈身になり〉、コウノトリとの（想像上の）〈出会い〉を果たすことができたのかもしれない。

歌を歌うということ

鳥の〈ふり〉をするというふるまいが作品の最初と最後の場面に描かれていることを確認したところで、もう一度、『エストニア紀行』のラストシーンに目を向けてみよう。先述したように、ラストシーンでは前項で見た空港の場面と同じように鳥の〈ふり〉をしていたが、その〈ふり〉には、鳥の〈言葉〉を忖度し、その〈言葉〉を語ることが含まれていた。

ここで注目したいのは、先に引用した箇所の最後の二段落、梨木とコウノトリの架空の問答が、それまでの箇所とは異質な文体で描かれているという点である。この二段落の直前まで散文的な文体で綴られていたこのテクストは、最後の二段落になると突然、韻文的な、七五調の文体にシフトする。

祖国は[7]地球。

渡り途中の[7]　鳥たちに、[5]
もしも出自を[7]　訊いたなら、[5]
彼らはきっと[7]　そう答えるに[7]　違いない。[5]

七拍と五拍が、長歌や短歌、俳句など、日本の伝統的な詩歌の基本となる音の単位であることは周知の通りであるが、何故、コウノトリとの問答が始まった途端に、それまでとは異質な文体──非散文的な、「歌」のような文体──に切り替わったのだろうか。

コウノトリの営巣地として知られるエストニアが、世界でも有数の合唱が盛んな国という顔をもつことは、この問題を考える上で一つの手がかりとなるかもしれない。小森（編著）（二〇一二、二五七─二六七頁）によると、エストニアには全国に大小さまざまな無数の合唱団があり、五年に一度、「エストニア全国歌謡祭」というイベントが催されているという（二〇〇九年の歌謡祭では、約二万人の歌い手と、国内外から参集した約二〇万人もの観衆が首都タリンに集った）。二〇〇三年にユネスコの世界無形文化遺産に認定されたこの歌謡祭の起源は古く、十九世紀に遡る。五年毎の開催というかたちが定着したのは、一九二三年以降のことである。第二次世界大戦によって一時中断に追い込まれたものの、一九四七年には再開され、ソ連の支配下にあった時代にも継続して開催されていた。

合唱の盛んなこの国が一九九一年にソ連から独立したことは既に述べたが、独立を勝ち取る上でも、歌はきわめて重要な役割を果たした。『エストニア紀行』でも言及されているように、一九八八年九月一一日、ソ連からの独立を願う三十万人（カセカンプ、二〇一四、二六六頁）によると「二五万人」とされているが、それでも当時のエストニアの人口の約四分の一にあたる）もの人びとが歌謡祭が行われる広場に集まり、合唱しながら独立への気運を高めるという政治集会が開かれた（梨木、二〇一二b、三八―四二頁）。この出来事のインパクトは大きく、エストニアが辿った独立回復への歩みは、「歌う革命」とも呼ばれている。

エストニアが合唱の盛んな国であり、政治を動かす上でも歌が重要な役割を果たしたということ。「歌う」動物である鳥（コウノトリ）とのやりとりが、〈うた〉らしい表現形式で表されていること。そこには、浅からぬ〈つながり〉があるように思われる。

梨木がエッセイの冒頭で「仕事の旅だったが、実はコウノトリの渡りに間に合うようにとも目論んでいた」（四頁）と綴っているように、この旅の目的の一つはコウノトリに会うことだった。これを横糸とするならば、旅を通してエストニアを――国の歴史を、人びとの暮らしを、自然や歌との関係を――知るということは、それと直交するもう一つの糸であると言えよう。コウノトリとの架空のやりとりを〈うた〉で語るラストシーン。そこでは、上述した二つのテーマ――二本の糸――が糾われ、このエッセイのエッセンスが凝縮された一つのテクスト（織物）が生み出されている。前述のラストシーンをこのように解釈することも可能だろう。

「主体の二重化」と〈変身〉

コウノトリとのやりとりが、何故〈うた〉らしい〈かたち〉で描かれているのか、そこから何が読み取れるのかという問いに対し、前項ではテクストとコンテクストを中心に考えてきた。以下では再び、前節まで参照してきた坂部（およびヤコブソン、ヴァインリヒ）の枠組みに基づき、その理由を探っていきたい。

まず、「祖国は地球」という言葉は、一体誰の言葉なのかと問うところから始めよう。梨木のエッセイに綴られているのだから、もちろん梨木の言葉であることは動かない。しかし、これは〈コウノトリの立場に立って紡がれた梨木の言葉〉であるとも言えるはずである。もちろん、梨木の言葉であるが、梨木がコウノトリとして語っている〈言葉〉だとも言えるのである。

ここで、ヤコブソンが、詩的機能が強く働くメッセージでは、言及内容、送り手、受け手が「多重化」（坂部）されると述べていたこと、ヴァインリヒが「有効性の制限」という概念を通して同様の見方を示していたことを思い出そう。五拍と七拍のユニットの反復によって、この一連のテクストに詩的機能が強く働いているとすれば、ここでもこれらのコミュニケーションの構成要素が「曖昧」になる、あるいは、多重化されていると考えることができる。

実際、この場面では、「もしも出自を訊いたなら」、「きっとそう答えるに違いない」（強調引用者）と、言及内容の「有効性」を「制限」するような表現が用いられており、坂部が「キュービズム」の譬えを用いながらこのことを説明していたことを思い起こせば、ここで梨木が「複数の視点」をとっていると言うことができる（坂部、二〇〇八［一九九〇］、一五二頁、強調原文）。つまり、梨木はコウノトリの立場に立ち、自らが発した問いへの答えを探っているのである（このとき梨木が物理的にもコウノトリと同じ視点に立ち、鳥たちと同じ景色を眺めていたことも想起されたい）。

さて、ここで、坂部が、詩的機能が強く働くメッセージを産出する〈かたり〉と〈うた〉という言語行為における「主体」のあり方について次のような重要な指摘をしていることを参照しておきたい。

坂部（二〇〇七c［一九八五］）はまず、〈かたり〉という言語行為は、〈はなし〉と同じく「その発言内容が通常一つの文以上の長さにおよんで一つのまとまりをなす」「発語行為ないし発話行為」であるが、両者のあいだには「その成り立つ場のレベルの差」が認められるとしている[21]（一七八―一七九頁）。その違いは、「〈かたる〉ことは〈語る〉ことであると同時にときに〈騙る〉こと」をも意味する場合があるということに如実に表れていると言う（一八八頁）。たとえば、「AがBを騙って秘密の情報を手に入れる」という場合、このときのAは、〈AでありつつBでもある〉、あるいは、〈AでありつつAではない〉というように、「主体」が「二重化」されている。〈かたり〉に含まれる「他者との間の距離と分裂をみずからのうちにはらみつつ統合する」という事態を、坂部は「主体の二重化」と呼ぶ（一八九頁）。

> 〈かたり〉の主体、あるいは一般にいって〈かたり〉のレベルに対応するほど統合度の高い人格的主体にあっては、つねに、（みずからの過去・未来をも含めたひろい意味での）他者との距離・分裂をみずからのうちにはらみつつ統合するという作為（フィクション）と反復（ないしおのぞみならばミーメーシス）の構造が、その少なくとも一つの本質的な構造契機としてつきまとっている、とここでわれわれはあえていうことができるだろう。（一九〇頁）

坂部は、〈かたり〉と〈はなし〉は、「主体の二重化」の有無によって弁別されると考えているのである。坂部が別の論稿で、〈はなし〉から〈かたり〉へ切り替わるときに「通常・日常の自己からなんらかの意味と程度においてそれならざる自己へのトランスポジション」が起きると述べているように、「通常・日常の自己」は、〈かたり〉においては、「通常・日常の自己」とは異質な「主体」になる（坂部、二〇〇七d、三八四頁）[22]。

坂部によれば、〈かたり〉と同じく〈うた〉にも「主体の二重化」の契機が含まれるという。ただし、〈かたり〉よりも非日常性が高い言語行為である〈うた〉においては、〈かたり〉よりも一段階レベルの高い「トランスポジション」が起きる。端的に言えば、〈うた〉における主体の二重化には、「エクスタシー」や「神懸り」など、超越的な体験が含まれているのである（坂部、同書、三八〇頁、藤井、二〇〇二、二〇〇四参照）。

前章でも言及したように、坂部は三つの言語行為の特徴を見定めた上で、それらを「はなし――かたり――うた」という図式にまとめている（二〇〇八［一九九〇］、四五頁）。とともに、行為一般に関する図式として「ふるまい――ふり――まい」という図式も提示し[23]、両者が対応関係にあることを指摘している[24]（五一頁）（いずれも、上から下に進むほど「主体の二重化」の度合いが高まる。そして、〈ふるまい〉は〈はなし〉と、〈ふり〉は〈かたり〉と、〈まい〉は〈うた〉と関係する）。また、前述したように、〈うた〉および〈まい〉は垂直の行為であるという点で、〈かたり〉、〈はなし〉、〈ふり〉、〈ふるまい〉とは対立する。

坂部の言うように〈かたり〉あるいは〈うた〉によって「主体の二重化」が起きるとすれば、コウノトリの〈言葉〉を忖度し、それを〈うた〉のように語り出すとき、梨木は梨木であると同時にコウノトリでもあるという「二重化」された状態になっているということになろう。つまり、ここでは、「反復」によって〈うた〉らしい言葉が用いられることで、この場面――自然と人間の「コミュニケーション」――において、梨木の主体が「二重化」していることが表されているのである（もちろん、梨木の「主体」が〈うたう〉ことで「二重化」されていると言うことも可能である）。

〈かたり〉や〈うた〉によって「主体」が「二重化」されるという見方は、自然の立場に立つこと、自然の〈言葉〉を忖度することといった、人から自然への〈変身〉と呼べるような「コミュニケーション」について考える上できわめて示唆に富む。

ただし、ここで注意したいのは、「主体の二重化」としての〈変身〉は、相手（自然）になりきることを意味するわけではないという点である。「他者との距離・分裂をみずからのうちにはらみつつ統合する」ということ、つまり、自と他が合一ないしは完全に同化するのではなく（そもそも、そのようなことは不可能である）、それぞれがそれぞれに対する異質性を保ったまま、それをも「はらみつつ」重なり合うということがポイントなのである。

以上のことを押さえた上で、次節では、『エストニア紀行』とは別の作品で鳥への〈変身〉が描かれている場面を見ていこう。

5　自然の〈言葉〉を語る〈うた〉（2）――クビワキンクロの〈言葉〉

本節で取り上げるのは、第六二回（二〇一〇年度）読売文学賞（随筆・紀行賞）を受賞した、鳥の渡りをテーマにしたネイチャーライティング、『渡りの足跡』（二〇一〇年）の一場面である。「コースを違える」という章に描かれている、北海道の千歳川でクビワキンクロと遭遇した体験を綴った箇所を見ていきたい。

梨木によると、クビワキンクロは、アメリカ大陸に生息する渡り鳥であるという。まれに「本来の渡りのコースを外れた個体」が「迷鳥」として日本でも目撃されることがあるらしく、梨木が出逢ったのも、そうした個体のなかの一羽のようだ（梨木、二〇一三a［二〇一〇］、七一頁）。

梨木は、「北極圏に近いコースを迷いながらやってきたのだろう。おそらくはアリューシャン列島を島伝いに」と、その道のりを推し量りながら、「いったいどういう旅をしてきたのか。冬の荒波を、どうしのいできたのか」と、思いを馳せる（七二頁）。

アリューシャン列島を「渡る」ということから連想したのか、梨木は途中で新谷暁生（北海道在住の冒険家）に、シーカヤックで「アリューシャンの島々の間を渡ったときの話」を聞かせてもらったというエピソードを語る（同頁）。そして、新谷と梨木のやりとりを記した後で、次のように言う。

海の流れと大気の動きはよく似ている。このとき千歳川に浮かんでいたクビワキンクロもまた、アリューシャン上空の大気の流れを読み、幸運と不運とを重ねながら、それでも総体的に幸運の量の方が勝り、ここまで辿り着いたのだろう。この鳥が話してくれたら、それはきっと新谷さんに負けないぐらいの冒険譚になるに違いない。いつも北アメリカ大陸の北と南を大群で渡りをするという彼ら。その「自分たち」がいつか「自分」だけになったと自覚した瞬間というのはどんなものだっただろう。なぜ群れを離れたのだろう。偶発的な事故か、それとも自発的な意志か。どちらにしても、持てる感覚、経験知を総動員してその場の状況に応じて全ての判断を自分で下してゆく、きっとそれは「生きている」というリアルな実感そのもの、そしてまたそれを思う私の、そういう抽象概念の、遥か彼方にあるもの。

（七八頁）

海を渡る新谷と、空を渡るクビワキンクロ。同じ場所を渡った経験をもつ両者が、梨木のなかで結びつけられる。

そして、新谷がわくわくするような話を聞かせてくれたように、クビワキンクロにも「冒険譚」を聞かせてほしいと梨木は思う。

> クビワキンクロはきょとんと涼しい顔をしている。餌くれるのかな、と近づいてくるハクチョウたちの向こうで此方を見ている。アリューシャンの海でも、千島の海でも、浮かんでみたの？　風は、どんな風だった？　心の奥で訊いてみる。行ってごらんよ。そういうふうにして、「分かる」種類のことだよ。
>
> 個の体験はどこまでもその内側にたたみ込まれて存在の内奥を穿ってゆく。
>
> （七八―七九頁、強調引用者）

傍点で示したように、ここには、梨木の問いに続いてクビワキンクロの答えと思しき〈言葉〉が綴られている。行ってみなければ、分からない。自分で体験しなければ、「分かる」ものではない、と。注目すべきことに、先に分析したコウノトリとのやりとりと同じように、クビワキンクロとのやりとりもまた、〈歌らしさ〉を感じさせる文体で描き出されていることが分かる。

アリューシャンの[6]　海でも、[4]
千島の[4]　海でも、[4]　浮かんでみたの?[7]
風は、[3]　どんな[3]　風だった?[5]
心の奥で[7]　訊いてみる。[5]　行ってごらんよ。[7]

この一節中の二つの問いの文末、「浮かんでみたの?」と「風だった?」には七拍のリズムと五拍のリズムが、「風だった?」の直後の「心の奥で訊いてみる。行ってごらんよ。」には七・五・七というリズムがそれぞれ看取できる。また、ここには以下に示すように、散文はもちろん詩歌でも頻繁に用いられる「反復」という〈あや〉を使った表現も見られる。「アリューシャンの海でも、千島の海でも、浮かんでみたの?」という問いかけのなかには、「海でも」、「海でも」という同じフレーズのくり返しがあり、さらに、「浮かんでみたの?」にも「う」「み」の音が反復している。その次の「風は、どんな風だった?」に「風」という言葉がくり返されていることは言うまでもない。さらに、「千島の」「海でも」(=四拍)、「風は」「どんな」(=三拍)と、同じ音数で分節可能な表現が連続(=反復)してもいる。

このように、このテクストには、七拍と五拍のユニットの連続や、同じ音や語句のくり返しという、〈歌らしさ〉を創出する〈あや〉が用いられているのである。『エストニア紀行』のラストシーンと同じく、ここにも梨木の「主体」が「二重化」していることを匂わせる〈かたち〉が用いられているとも言い換えられよう。

ところで、この『渡りの足跡』に収められたエッセイの初出は、新潮社が発行する雑誌『考える人』の連載（二〇〇六年夏号〜二〇〇九年冬号）である。発表されたエッセイの一部（すべてではない）をまとめ、二〇一〇年に単行本化されているが、その際にほとんどの章に加筆と修正が加えられている。上記の箇所もその例に漏れない(25)。推敲される前と後のテクストを比較すると、興味深い事実が見えてくる。

以下が同じ箇所の初出時のテクストである。

> クビワキンクロはきょとんと涼しい顔をしている。餌くれるのかな、と近づいてくるハクチョウたちの向こうで此方を見ている。アリューシャンの海でも、千島の海でも、浮かんでみたの？　やっぱり、千島の方が冷たかった？　風は、どんな風だった？　心の奥で訊いてみる。行ってごらんよ。そういうふうにして、「分かる」種類のことだよ。
>
> 個の体験はどこまでもその内側にたたみ込まれて存在の内奥を穿ってゆく。
>
> （梨木、二〇〇七a、九九頁、強調引用者）

傍点部が、単行本および文庫では削除されている箇所である。この一文は、梨木がクビワキンクロに投げかけた三つの質問のうちの一つであるが、推敲によってこの一文だけが削られたのは何故なのだろうか。[26]削除された問いと削除されなかった問いは、一体何が異なっているのだろうか。

散文性の違い。それが、両者を分けたと考えられる。先に述べたように、削除されなかった文には〈歌らしさ〉を感じさせる形式的な特徴が備わっており、散文性が低い。一方、削除された一文には、七拍と五拍のリズムや「反復」といった特徴はなく、他の二つの文に比べて散文性が高い。つまり、推敲が行われることで、散文性の高い一文が消え、散文性が低く〈歌らしさ〉を感じさせる文だけが残り、それらが(散文性の高い文に遮られることなく)連続して現れるようになるのである。このように、二つのテクストを比較することによって、この場面の〈歌らしさ〉が段階を追って高められていったことが浮き彫りになる。もちろん、どのような意図のもとに推敲が行われたかは定かではないが、〈歌らしさ〉をもつテクストが敢えて選び取られたということは注目に値しよう。もう一歩踏み込んで言えば、テクストにこのような修正が加えられているという事実は、梨木が、人と人ならざる存在との「コミュニケーション」を描く際に、〈うた〉らしい形式を好むという傾向をもつことを窺わせる。

ところで、この箇所で気になるのは、「行ってごらんよ。」の直後の、「そういうふうにして、『分かる』種類のことだよ。」という一文である。この一文もクビワキンクロの〈言葉〉であることは、その前の一文と同じ終助詞「よ」が用いられていることから明らかであるが、これは五拍や七拍のユニットに分節することができない。クビワキンクロの〈言葉〉でありながら、〈うた〉らしさを失っている。このことから一体どのような解釈を導くことができるだろうか。

それを考える手がかりは、ここで言われている内容、つまり、問いに対する答えが、梨木が想定していたものではおそらくなかったということにあると思われる。ここでは割愛したが、この場面の前段に描かれている梨木と新谷との対話の場面で、新谷は梨木の質問に対し、その意を汲んで聞かれたことに答えている。[27] このやりとりと比べたとき、「行ってごらんよ。そういうふうにして、『分かる』種類のことだよ。」というクビワキンクロの〈言葉〉は、新谷の回答と鮮やかな対照をなす。

どのような旅をしてきたのかを尋ねても、こちらが知りたかった具体的な答えは返ってこないということ。その〈言葉〉が、五拍と七拍のくり返しという日本の伝統的な詩歌のコード（定型）から逸脱した形式で綴られているということ。これらを併せて鑑みると、この一節にも、次のようなかたちで、形式と内容のあいだに密接な結びつきが生み出されていると考えられる。すなわち、「破格」と見なされるような言葉の〈かたち〉が、鳥という自然が人間の理解の枠組みないしはコードに収まりきらない「他者」であるということを、さらに言えば、自然が人間にとって必ずしも理解可能な存在ではないということを、非明示的に表しているということである（鷲田、二〇〇九、シラネ／小峯／渡辺／野田、二〇一一参照）。

もちろん、「そういうふうにして、『分かる』種類のことだよ。」が、その一文だけで「破格」

となるわけではない。以下に示すように、その前後の箇所で七と五のリズムが顕著にくり返され、そのくり返しが欠落することによって、くり返しが消失した箇所が「図」として、他とは異質な部分として認識されるのである。

心の奥で[7]　訊いてみる。[5]　行ってごらんよ。[7]
そういうふうにして、[?]「分かる」種類のことだよ。
個の体験は[7]　どこまでも[5]　その内側に[7]　たたみ込まれて[7]
存在の[5]　内奥を[5]　穿ってゆく。[6]

前節で分析した『エストニア紀行』のラストシーンでは、「もしも」、「きっと」、「違いない」といった語彙によってコウノトリの理解不可能性が表現されていたが、ここではクビワキンクロの〈言葉〉――その形式と内容――によって、クビワキンクロが梨木の理解を越えた存在であるということが表されているのである。

ここで、前節で見た『エストニア紀行』におけるコウノトリの事例と、本節で見た『渡りの足跡』におけるクビワキンクロの事例に関するこれまでの議論を整理すると、次のようにまとめることができる。すなわち、二つのテクストに描かれる鳥との「コミュニケーション」で用いられる反復表現は、当該の場面で、鳥に問い、鳥の〈答え〉を忖度し、その〈言葉〉を語るという垂直の「コミュニケーション」が行われているということを、また、そこで「主体の二重化」が起きているということを示す合図として解釈することが可能である、と。

このように、梨木のネイチャーライティング作品では、鳥との関わりのなかで梨木の「主体」が「二重化」していること、一種の〈変身〉が起きていることが、言葉の〈かたち〉を通して表されている場合があるのである。

6 「主体の二重化」と交感論

〈交感〉の概念

梨木のテクストを分析する際にここまで参照してきた、坂部の言う「主体の二重化」という概念は、環境文学研究およびエコクリティシズムにおける鍵概念の一つである、〈交感〉について考える上でも示唆するところが大きい。〈交感〉は、自然と人間のあいだの照応、呼応、類似、一体化といった対応関係、またはそのような対応関係を見出す感覚や思考を指す概念で、「人間と自然とのあいだに何らかの対応関係を見いだす感覚あるいは思考」と定義されている（野田、二〇〇七、一五二頁）。

〈交感〉についての学である交感論を精力的に展開する野田によると、この概念は、「古代宇宙論的な概念」（大宇宙（マクロコスモス）と小宇宙（ミクロコスモス）のあいだの「類似と対応の関係」（村井、二〇〇七、一五頁）としても知られているが（ボアズ、一九九〇、フーコー、一九七四）、「近代のヨーロッパ文学では外部世界と内部世界、外面と内面、自然と精神、世界と自己などの対応・相関性をとらえる概念」と考えられているという（野田、二〇〇三、四〇頁）。「近代文学あるいは近代的な感性にとっての〈交感〉という概念の枠組み」（野田、同書、五七頁）の定式化に寄与したとされるのは、十九世紀の米国で活躍したラルフ・W・エマソンと、ヘンリー・D・ソローの二人である。「ロマン主義的交感」と呼ばれる二人の〈交感〉概念について、野田は次のようにまとめている。

外部自然＝風景が、内部＝「自然」と並列的な関係に置かれ、同期的にとらえられる。ここからは、外部は内部であり、内部は外部であるというアナロジーの原理が動き始める。自然は私であるというロマン主義の究極的なテーゼとは、ついに他者としての自然を見失った瞬間の言説である。ロマン主義的交感論は、他者としての自然への目を見開いた瞬間に、その他者を見失うというパラドクスを演じたのである。（野田、二〇〇八、四八―四九頁）

「自然の他者性はどこかで自己へと回収される」（四八頁）。「自然そのもの」＝「外部自然」（＝「現存」）ではなく、「表象」に向かうこと。それがロマン主義的交感の特徴なのだと野田は言う。

一方、二十世紀以降のネイチャーライターたちは、このようなロマン主義的交感に対して批判的なまなざしをむけ、そこから脱却する方法を模索しているとされる。野田は、本書の第一章で取り上げたエドワード・アビーを、そうした志向性をもつ作家の一人と捉え、『砂の楽園』の「川を下る」という章の川下りの場面で描かれる、「自然との合一体験、ある種のエクスタシー（脱自）体験」（野田、二〇〇三、一五五頁）に注目し、それが人間の方に自然を吸収・同化する「ソロー的な」交感「とはまったく逆方向」の「交感体験」を描き出していると指摘する。

> 「水面のような」、「トカゲの皮膚のように」をはじめとして、〈擬人化〉とは正反対のいわば脱擬人化の方向を意図的にたどりながら、「ナマズの匂い」に達するこのレトリカルな試み〔引用者註、自分の姿が「水面」や「トカゲの皮膚」などに変容していく様〕は、自然の人間化ならぬ、人間の自然化をとらえた忘れがたい場面だ。アビーはここに現出する、あるいは記述された世界をいみじくも「間主観性の世界」と名づけている。もしもソローの超越論的表象の世界を脱出する方法があるとすれば、ここにその大きな手がかりが示唆されていることは間違いない。表象の知から現存の知へ、大きく踏み出したといえるこの一節はまさしく二十世紀ネイチャーライティングの課題の一つ、〈エコセントリズム〉の先駆的な〈文体〉を実現している。
> （野田、同書、一五五―一五六頁）

野田が「ポスト・ロマン主義的交感」（二〇〇八、四五頁）と呼ぶ〈交感〉とは、「表象」としての自然ではなく「現存」としての自然と向き合おうとすることを指す。もちろん、そこでは、「自然そのもの」を捉えることなどできるのかという問いが提起され続けることになるが、ポスト・ロマン主義的な交感（論）とは、自然が人間の理解の枠組みからはみ出す存在、人間の理解しえない「他者」であるという〈気づき〉を出発点とし、自然との関係を構築することだと言える。野田がアビーのこのテクストに注目するのは、そこでは、自然を人間にとって理解可能な領域に閉じ込めてしまう交感から脱却する方法として「人間の自然化」を捉え、その可能性と限界を見定めようと試みられているからに他ならない（なお、ここで野田がアビーのテクストから読み取っている「自然の人間化」と「人間の自然化」とは、第一章で見たマウンテンライオンとの遭遇譚における、"shake hands with a mountain lion" と "shake paws with it [a mountain lion]" にそれぞれ相当すると見ていいだろう）。

「人間の自然化」

「〈風景以前〉の発見、もしくは『人間化』と『世界化』」と題された二〇一〇年の野田の論稿では、「人間の自然化」というテーマに焦点が当てられている。一九九〇年代から開始された野田の交感論は、自然と人間の対応関係を捉える交感の思考が、自然の固有性（＝「他者性」）を見失わせる可能性をもつことに対し批判的なまなざしを向けるというスタンスに貫かれており、この論稿もその例外ではない。そこではまず、「自然をとらえる、あるいは接するとき、ひとは対象としての自然を〈人間化〉＝翻訳する指向性があること」（一二二頁）を指摘した上で、「〈私〉にけっして同化されえない、固有の存在という意味での厳然たる他者」（一二三頁）として自然をとらえることはどのようにして可能であるかが考察されている。「自然を〈人間化〉＝翻訳する」ことから逃れるための一つの方法として野田が注目するのは、矢野智司が提唱する「逆擬人法」である（矢野、二〇〇二、二〇〇八）。

矢野は、宮沢賢治の擬人法は、人間中心主義的なそれとは明らかに異なる特徴をもつという。

> 賢治の擬人法は、人間の声だけが語る世界を、多数多様な存在者たちの多声がたがいに響きあう世界に変えてしまう。この技法は賢治によって「心象スケッチ」と名づけられた実験的な生の技法によっている。しかし、それは人間中心主義にたって、世界を主観化＝人間化＝擬人化することではない。反対に、人間の方が世界化＝脱人間化される生の技法と言い換えたほうが適切である。
>
> （矢野、二〇〇二、八二頁）

「動物や異類の存在者がもつ異質性を、理解可能な同質性へと変換させる魔術的な手法」としてしばしば批判される「通常の擬人法」と（八〇頁）、矢野が「逆擬人法」と呼ぶ賢治の擬人法はどのような違いがあるのか。矢野（二〇〇八）を参照しながら、もう少し詳しく見ていこう。

宮沢賢治の作品でも、そこに登場する植物や動物たちは人間のように思考し、かつ言葉を操る。だが、矢野によればそれが通常の擬人法と決定的に異なるのは、人間以外の存在の話す言葉が、私たち人間には「まったく不可解な異言」であり、相手の「考えている内容が全く理解できない」という点においてであると言う。つまり、人間と同じ言語ゲームに属しているように見えながら、その言葉を理解できないことによって、その言葉を発する存在たちが「人間には測り知れない得体のなさ」をもつ「他者」であることが鮮明になる。と同時に、このような経験を経ることで、人間も同じように、「他のすべての存在者にとって『他者』」であり、何の特権ももたない「他のすべての存在者と等価」な存在の一つに過ぎないことが明らかにされるのだ（二〇〇八、一四二頁）。

野田は、通常の擬人法のように「『他』を〈私〉に同化・同致させる」のではなく、「他＝自然に向かってみずからを開く」ことを可能にする「逆擬人法」が、たとえば芥川賞作家加藤幸子が「ジーンとともに」という作品で見せた、作家自身が「鳥の視点に立って鳥の世界を描き出す」という「離れ業」と重なり合うことを指摘している。（野田、二〇一〇、一二三―一二五頁、強調原文）。鳥を「人間化」するのではなく、鳥の内側から世界を眺めようとする「ジーンとともに」が「擬鳥化」小説[28]と呼ばれることも踏まえ、加藤は鳥の立場に立つことによって相手の「他者性」に迫ろうとしたのだと野田は言う。

加藤の「擬鳥化」小説で語られる鳥（「私」）の言葉は、賢治のテクストのように読者にとって理解不可能なものというわけでは決してない。だが、鳥を「人間化」するのではなく、「人が鳥になった」かの如くに描かれているという点で、逆擬人法と同じ「方法」を用いた作品であると位置づけられている。山本（二〇一〇）も指摘するように、この作品では、「人間にとって当然のもの」（二二三頁）が鳥の目には異質なものに映ることを表現するために、人間を「〝二本足〟」と呼ぶなどの工夫がなされている。これも、賢治の作品において「雲になり鹿になりよだかになり火山岩になった眼から、人間の日常を作りだしている原理の異質性が、逆に浮かびあがる」（矢野、二〇〇八、一四二頁）のと同じ効果をもたらすための仕掛けであると言えよう。人間以外の存在を「人間化」するのではなく、人間が人間以外の存在に「なろう」とするための。

このように、「人間の自然化」は、交感論の主要なテーマの一つとして論究されているのである。

「〈見え〉先行方略」

以上の論述からも明らかなように、交感論で俎上に載せられている「自然の人間化」には、「相手の身になる」という契機が含まれている。ところで、「相手の身になる」ということについて、認知科学には次のように考える立場がある。

認知科学の知見の一つに、「〈見え〉先行方略」がある。〈見え〉先行方略とは、「他者の心情を理解するにあたって、まずその他者が彼のまわりの世界についてもっているであろう彼から見た〈見え〉を生成してみる、というやり方」と定義される、他者理解のための方略の一つである

（宮崎／上野、二〇〇八［一九八五］、一三九頁）。これは、自分以外の他者やその心情を直接理解しようとするのではなく、「彼がまわりの世界をどう見ているのかを想像してみて、そこから彼のそのときの心情を、かえって実感的につかんでいこうとする」言わば二段構えの他者理解のプロセスを指す（一四〇頁）。平たく言えば、〈見え〉先行方略とは、「見る」ことによって相手に「なろう」とする試みなのである。よって、理解しようとする相手が人間である場合はその人に「なる」ことを意味し、自然や動物であれば、それらに「なる」ことになる（尼ヶ崎、一九九〇参照）。

〈見え〉先行方略の理論的根拠である、世界の〈見え〉と心情とのあいだに結びつきがあるという発想は、生態心理学のジェームス・ギブソンが提示した、「見る」ことによって得られる情報には、「外界特定情報」と「視点特定情報」の二つがあるとする考え方に基づいている（ギブソン、一九八五）。宮崎／上野（二〇〇八［一九八五］）がまとめているように、前者が対象そのものについての情報を指すのに対し、後者は、「見えやその変化に含まれる自己についての情報」を指す（八一頁）。たとえば、私たちが自分のいる部屋を見渡すことで得られる情報には、部屋についての情報だけでなく、部屋を見渡している自分自身が部屋のどこにいるかという情報も含まれる。部屋の中を移動したときに、同じ部屋の異なる部分が見えてくるだけでなく、見え方の変化を通して、自分がその部屋のどこに移動したかも知ることができる。このように、「見る」ということが、見えている対象についての情報だけでなく、それを見ている当人についての情報をも獲得させるのだ。宮崎／上野は、ギブソンのこの視点特定情報の概念を敷衍し、これを「視点の空間的な位置とその移動を特定するもの」としてだけでなく、「心情など視点の内側のあり方を示唆するもの」としても捉え、相手の〈見え〉を生成することによって相手の内側（心情など）を忖度し、相手に「なる」という〈見え〉先行方略が可能であると考えている（一五〇―一五一頁）。

ただし、相手に「なる」と言ってもそれは容易なことではない。相手に「なる」ということが、相手の「他者性」を剥奪するという暴力的な振る舞いに陥ってしまう可能性を秘めていることも確かである。私たちはいかにして、そのような陥穽から逃れることができるのだろうか。宮崎／上野も参照しているように、佐伯胖の視点論は、この問題を考える上で非常に有益な見方を提供してくれる。以下では、佐伯（一九七八）が提示する二つの擬人化について見ていこう。

佐伯は、「相手の身になる」といっても、そこには二つの大きく異なるパターンがあると言い、それぞれ「エゴ的擬人化」と「ペルソナ的擬人化」と呼んでいる（一一〇頁）。いずれも、「相手の立場になる」ことで自分以外の他者を理解しようとすることに変わりない。だが、「エゴ的擬人化」の場合、『相手になっている自分』は、本質的に、もとの自分と同一」のままであるのに対し（一〇六頁）、「ペルソナ的擬人化」の場合は、自分に見えている世界と相手が見ている世界は異なるという前提に立って「相手の身になる」という違いがある。佐伯は、自分が見えているように相手も見えるはずだという前提に立って相手に「なる」か、それとも、自分に見えている世界と相手が見ている世界は異なるという前提に立った上で理解しようとする相手に「なる」かを区別し、真に相手の〈見え〉を生成するためには、ペルソナ的擬人化が相応しいと述べている。佐伯がいみじくも言うように、「『あなたの立場を理解する』といっても、その『理解する』自己自身がもともと貧弱ならば、所詮、身勝手な解釈にとどまるだけのこと」なのである（一〇七頁）。相手の見えと自己のそれとの違いを捨象しては、相手の〈見え〉を生成することができないということは、宮崎／上野が〈見え〉先行方略とペルソナ的擬人化との親和性について説明する箇所でも言及されている。

〔……〕〈見え〉先行方略で他者を深く理解しようとする際には、私たちは最終的には他者がまわりの世界をどのように見ているのか、という点について知っていかなければならない。見えの〝差異〟という視点特定情報を含んだ適切な見えの生成が、他者の深い理解を可能にするのである。〔……〕佐伯のいうペルゾナ化［原文ママ］を他者理解でおこなうためには、私たちは見えの〝差異〟という視点特定情報を含んだ見えを生成していかなくてはならないのである。

（宮崎／上野、前掲書、一五六頁）

つまり、〈見え〉先行方略とは、相手が自分とは異なる世界を経験する「他者」であるということを受け入れた上で、相手の〈見え〉を自分の身の内に生成しようとする営みなのである。

相手に「なって」分かること

ところで、本書でこれまで何度も取り上げてきたリチャード・ネルソンの『内なる島』には、「人間の自然化」、すなわち、相手に「なる」ことによって動物を、そして自分自身を理解しようとする場面が描き出されており、ネルソンが〈見え〉先行方略を使って自然と関わろうとしていることが読み取れる。以下、文化人類学者でもあるネルソンが、『内なる島』の舞台である〈島〉で数多の動物たちと遭遇する際に、次のようなまなざしを一貫してもちつづけていることを例に、その具体的なありようを見ていきたい。

ぼくは一人の人類学者として、異文化で生まれ育った人の考え方や感じ方を理解するむずかしさを痛感してきた。人類という同族の中でさえこれだけの距離があるのだから、相手がどんなになじみのある動物といえども、その心や感覚に触れることは至難の業だろう。

（ネルソン、一九九九、一五三頁）

自分とは異なる文化をもつ相手を理解することが困難であるように、人間にとっての「異文化」である動物は、私たちにとって謎を秘めた「他者」である。そのことを、ネルソンは常に意識し（ようとし）ている。たとえ長年連れ添った「なじみのある動物」である愛犬のシャンナクであっても、理解し難い存在であることに変わりはない。シャンナクが私の〈見え〉を生成することができないように、ネルソンもまた、シャンナクの世界を経験することは不可能であることを知っているのだ。

自分の目に映る世界と、自分以外の存在の目に映る世界のあいだにある確かな差異に意識的であるがゆえに、ネルソンは、自分以外の生物が世界をどのように捉えているかにたびたび思いを馳せる。トンボを見ては、「あの万華鏡を通して、トンボの眼には何が見えるのだろう」（二九七頁）と思い、産卵を終え、死を待つばかりのサケを見ては、「死に向かう肉のかたまりの狭間から凝視するその目には、まだ何かが見えているのだろうか」（三二七頁）と問う。

以下に引用する場面でも、偶然出くわしたテンの目に見とれながら、テンの目に映る世界を想像している。

> テンは手を伸ばせば届きそうな位置で油断なく神妙にかまえながらも、逃げ出す気配はまったくない。〔……〕一番すごいのはテンの目で、つやつやした漆黒の瞳が奥底のほうから輝いている。あたかも山の熱に溶かされた黒曜石の滴が両の眼窩にはめこまれたときそのままに、燃えさかる生命の気に満ちている。どんなイメージがあのつぶらな眼をよぎり、その奥にある心に記されていくのだろう。相手にはぼくはさぞ巨大で不格好に見えるにちがいない。竹馬のような足にクモのような手、顔はピンクで毛のない胎児めいた体つき、足にはご

わごわしたゴムの殻をつけて、まだらに布きれをまとったとんまなミイラというところか。

（二九四―二九五頁）

テンに「なり」、自分の姿を想像したネルソンは、テンにとっては私たち人間が理解し難い「他者」であることをまざまざと知る。このとき、ネルソンは、佐伯の言葉で言うエゴ的擬人化ではなく、ペルソナ的擬人化によってテンの立場に立っていると見ていいだろう（これは矢野の言う逆擬人法に通じるふるまいであるとも言える）。

以下に抜粋する小鹿との遭遇譚もまた、ネルソンが「見る」ことを通して動物に「なり」、自分自身を相対化するまなざしを獲得するエピソードの一つである。

次の一歩が、ついに警戒心を目覚めさせたようだ。小鹿は体をひねり、いくつもの倒木を跳び越えていく。夕暮れの林床を舞う蛾のように、物音一つたてない跳躍。その脚が屈伸する様子を見ていると、筋肉の動きが伝わってきて、鹿の突然の恐怖が感じとられ、その目に映ったぼくの異様で貪欲な姿まで見えそうな気がする。

（三八頁）

ネルソンは、小鹿の「筋肉の動き」を自らの身体で感じ、相手の〈見え〉を生成する。そうして、相手の目に映ったであろう自分自身の「異様で貪欲な姿」を認めるのだ。禍々しさを湛えた自分の姿を。

どこまで行っても人間であることをまぬかれないネルソンは、動物たちが私たち人間が見ることも知ることもできない世界を生きているということを前提とした上で、ペルソナ的擬人化によって自分とは異なる生物の〈見え〉を生成することで、向こう側に立とうとする[29]（なお、こうしたネルソンの姿勢は、第一章で取り上げた、コハクチョウの傍らに横たわり、「ハクチョウの目に映る世界を眺めよう」（石井、一九九六、三九九頁）としたウィリアムスのふるまいにも通じると見ていいだろう）。

二十世紀のネイチャーライターであるネルソンやウィリアムスは、「人間の自然化」――〈変身〉――を通して、野田が言うところのポスト・ロマン主義的な交感の可能性を追究しているのである。

「主／客を撚り合わせる」ということ

さて、ここで再び野田（二〇一〇）に話を戻そう。矢野が提唱する「逆擬人法」と加藤の作品で試みられている「方法」が同じ指向性をもつことを指摘したこの論稿が本書にとって重要な意味をもつのは、この議論が、本書でも取り上げた『ぐるりのこと』で、梨木が加藤の「文学的手法」を、「他者の視点を、皮膚一枚下の自分の内で同時進行形で起きている世界として、客観的に捉えてゆく感覚」（梨木、二〇〇七b［二〇〇四］、四七頁）と述べたことを出発点としているからである[30]（野田、同書、一二四頁）。野田は、これは「何とも晦渋かつ抽象的な表現」であると言い、次のように続ける。

> 晦渋なのは、通常対立的に切り分けられてしまう主観性と客観性、つまり「皮膚一枚下の自分の内」と「他者の視点」を撚り合わせるようにして、自分を開き、他者に接近しようとする認識＝方法を語ろうとするからである。（同頁、強調原文）

ここで注目すべきは、主観と客観、あるいは〈自〉と〈他〉の関係が「撚り合わせる」という卓抜な表現で描き出されているという点である。二本の糸が、それぞれの色を保ちつつ一本の糸として糾われていくように、一方が他方を支配し、同化するのでなく〈ひとつ〉になること。「撚り合わせる」という言葉が喚起するのは、そのようなイメージに違いない。「撚り合わせる」とき、撚り合わされるものたちは、融合し、溶け合うのではない。あくまで、それぞれの固有性は保たれたまま交りあう。「自分を保ったままで、自分の境界はしっかり保持したままで、違う次元の扉を開いてゆく」という梨木（二〇〇七b［二〇〇四］、四七頁）の言葉とも響き合う「撚り合わせ」という表現は、「たとえ類似性・近似性を見いだしても、自＝他を同一視せず、対象を〔……〕『他』としてあらしめ続ける」（野田、二〇一〇、一二三頁）という、「脱人間中心主義的」な〈交感〉（通常の擬人化のように自然を「人間化」するのではない交感）のありようを見事に言い当てたものであると言えよう。

こうした特徴をもつ「主／客を撚り合わせる」というアイディアと、「他者との間の距離と分裂をみずからのうちにはらみつつ統合する」という「主体の二重化」という概念は（坂部、二〇〇七c［一九八五］、一八九頁）、いずれも、「コミュニケーション」をする二者がズレつつ重なり合うという関係に焦点を当てているという点で親和性をもつ。坂部の言う「主体の二重化」は、（ポスト・ロマン主義的な）〈交感〉における自然と人間の「コミュニケーション」を論じる上で、大きな手がかりとなると言えよう。

ただし、野田の指摘には気になる点もある。野田はここで、「『皮膚一枚下の自分の内』と『他者の視点』を撚り合わせるようにして」（傍点原文、傍線引用者）と述べているが、「他者の視点」と「撚り合わせ」られるのは、果たして「皮膚一枚下の自分の内」なのだろうか。野田は、梨木の原文「皮膚一枚下の自分の内で」を「皮膚一枚下の自分の内と」に変更しているが、もともと「で」という助詞が用いられているのであるから、「皮膚一枚下の自分の内」は「撚り合わせ」が起きる〈場〉と捉えるべきなのではないだろうか。些細な違いのようだが、これは大きな違いである。

この違いについて考えるとき、坂部の論稿「自在・ふるまい・かなしみ」を参照するにしくはない。坂部はまず、「自由自在」という言葉に注目し、この言葉が「自己をとりかこむ状況の変転常ならぬ動きのなかで、自己を失うことなく自己統御し、また自己に根ざしてふるまうことを意味する」のであるならば、そのことは同時に、時には「自己」が失われ、自由自在でないふるまいをしてしまうことがありうるということも含意していると指摘する[31]（二〇〇七a［一九八六］、二九〇頁）（たとえば、「緊張のあまり自分を見失う」、「怒りで我を忘れる」、「茫然自失になる」といった言葉で表されるような事態を想起されたい。第二章で取り上げた『冬虫夏草』の綿貫が陥っていた状態は、まさにこれに当たる）。

そして坂部は、私たちが「自分」を見失ったり、「我」を忘れたりすることから、「自己なるもの」が、「超越論的場所」と「（経験的）自己」という「二重構造をもつ」と考える（二九三頁）。坂部によれば、前者は「自己がそこに由来しそこに根ざす場所」、後者は「その場所においてたちあらわれる（自己了解をそのうちに含めた）もっともひろい意味でのふるまいないしふるまうもの、としての（経験的）自己」を指す（二九三頁）。つまり、先に引用した「自己を失うことなく自己統御し、また自己に根ざしてふるまう」という一節のなかの、「自己を失うことなく」の「自己」は「（経験的）自己」を、「自己に根ざしてふるまう」の「自己」は「超越論的場所」ということになる。

「自己」は「二重構造をもつ」という見方に照らせば、梨木が「皮膚一枚下の自分の内」という言葉で言わんとしていたのは、「超越論的場所」としての「自己」のことであったと考えられる。とすれば、梨木の言葉は、「皮膚一枚下の自分の内で」、「他者の視点」と「（経験的）自己」あるいは「自分の視点」を「撚り合わせる」ことと理解されるべきだろう。換言すれば、「他者の視点を、皮膚一枚下の自分の内で同時進行形で起きている世界として、客観的に捉えてゆく感覚」とは、自分の視点を手放さず、相手の視点を奪うこともなく、「他者の視点」と自分の視点を「皮膚一枚下の自分の内で」併存させることなのである。

野田と坂部の見方には、このように若干の違いが認められる。しかし、それでもなお、両者の核心にある部分はきわめて似通っており、重なり合う部分は大きい[32]。自然と人間の「コミュニケーション」の問題に焦点を当てる野田の知見が、自然と人間が関わり合う場面で両者のあいだに何が起きているかということを浮き彫りにするための視座を与えてくれるのに対し、坂部の知見は、語りの「主体」がそのときどのような状態にあるか、そうした出来事がどのように言語化されているかということを考察する上で示唆に富む。ここまで行ってきた分析に即して言えば、環境文学研究の文脈に坂部の理論を接続し、野田と坂部、両者の知見を併せて参照することで、梨木の描く鳥と人間の「コミュニケーション」のありようを、異なる二つの角度から浮かび上がらせることが可能になるのである。

「越境する」ということ

野田が『ぐるりのこと』の一節を糸口に、梨木を、〈自〉が〈他〉を「同化」するということに対してきわめて強い問題意識をもつ作家と位置づけていたことは前項で見た通りであるが、『渡りの足跡』の次の一節からも、彼女が、野田が「主／客を撚り合わせる」という言葉で捉えようとした「他者」との関係性や、坂部の言う「主体の二重化」に通じる「主体」のあり方に思索をめぐらせていることがうかがえる。

鳥瞰図、という言葉は、高い視点で俯瞰された風景のことを言うけれど、鳥の視力は（特に狩りをするオオワシなど猛禽類のそれは）、人間には考えられないほど優れたものらしい。時々その感覚を想像する。

それはきっと、マクロとミクロを同時に知覚できるようなものではないだろうか。遠くでしている生活の音やにおいが、動物の動きが、まるで自分がそこに身を浸しているように感じられるような。彼方で誘って止まない北極星の光が、外界と内界の境を越え、自分の内側で瞬くのを捉えられるような。

それは越境していく、ということであり、同じボーダーという概念を扱いながらも、他者との境に侵入し、それを戦略的に我がものとする「侵略」とは次元も質も違う。「越境する」ということの、万華鏡的な豊饒さに浸って、言葉が生み出され、散らばって、また新たな言葉が誕生する、そういう無数の瞬間の、リアリティの中を、生きものは渡っていく。

（梨木、二〇一三a［二〇一〇］、一九一頁）

たとえば、猛禽類の眼になって。「北極星の光」を、「自分の内側」で感じたときに。

たとえ「自分の内側」にあってもなお、その光を「我がものとする」のではなく、(野田にならって言えば)それを自分とは異質なもの、自分にとっての「他者」で「あらしめ続ける」こと。たとえ「自分の内側」にあってもなお、その光を、自分自身の光だと、決して錯覚しないこと。

ネイチャーライティングというジャンルの帯びる看過すべからざる意味とは、沈黙する自然との相互行為であり、さらには沈黙する自然の根底にある「声と主体」の発見、認知、そしてそこに生起する対話性の開示にほかならない。忘れてはならないのは、このとき向き合うべき自然は自己の投影としての自然ではないということ。あくまでも他者としての自然であること。その根源的他者性と向き合うべきだということ。

(野田、二〇一六、二三—二四頁)

『他』を〈私〉に同化・同致させる」のとは異質な「コミュニケーション」の可能性と不可能性を探究すること(野田、二〇一〇、一二三頁)。それは、この一節に言う、「沈黙する自然との相互行為」、「沈黙する自然の根底にある『声と主体』」と向き合おうとする試みとも言い換えられよう。

自然との「コミュニケーション」を、〈うた〉らしさを感じさせる言葉で描き出すということ。本章で行ったテクスト分析の結果は、それがこうした試みを言語化するための一つの方法であるということを示唆していると考えられる。

＊

本章では、まず、梨木のテクストにおいて、人ならざる存在から人へのメッセージと、人から人ならざる存在へのメッセージが描かれた箇所で「反復」が多用されていることを明らかにするとともに、坂部、ヤコブソン、ヴァインリヒらの知見を援用し、「反復」によって、（1）メッセージが曖昧になること、（2）〈うた〉らしさをもつことで、垂直の言語行為が行われていることが非明示的に表されていることを論じた。

続いて、梨木の作品に描かれていた、人が自然の〈言葉〉を〈うたう〉（あるいは〈かたる〉）場面を、「主体の二重化」という概念を手がかりに分析し、「反復」がそうした「コミュニケーション」において発話の「主体」が「二重化」していることを示す役割を担っていることを明らかにした。

そして、環境文学研究で展開されている交感論、とくに、「人間の自然化」や自然の「他者性」に焦点を当てるポスト・ロマン主義的交感論についてまとめ、そこで論じられている「主／客を撚り合わせる」という考え方と、坂部の言う「主体の二重化」というアイディアのあいだに親和性があることを論じた。自と他のズレ、「他者性」を視野に入れながら「コミュニケーション」の問題を論じるというもっとも基本的な立場が、分野は違えど共有されていることを見た。

以上、本章では、「反復」という〈あや〉に着目し、梨木香歩の環境文学作品を論じ、人と人ならざる存在とのあいだの多様な「コミュニケーション」を描く際に用いられるこの〈あや〉が、単なる装飾以上の働きをしていることを明らかにした。次章では、野田（二〇一〇）が、梨木と同じように「主／客を撚り合わせる世界」を描き出す作家の一人としてその名を挙げている、石牟礼道子のテクストを論じていく。

第四章　石牟礼道子の「反復」

前章では梨木香歩の作品を取り上げ、あるメッセージに埋め込まれた「反復」が、人と人ならざる存在の「コミュニケーション」においてどのような働きをもつかに焦点を当てた。本章では、前章で分析対象としたテクスト内部の「反復」ではなく、テクスト間の「反復」――「他者」の言葉をくり返すこと――に着目していきたい。

1　石牟礼道子の「言葉」へ

第二章でも指摘したように、石牟礼道子の作品には、「他者」の言葉をくり返す場面が数多く描かれている。作品のそこここに描かれるそうしたやりとりは石牟礼文学を構成する重要な要素の一つであり、テクストを読み解く上で大きな手がかりとなる。にもかかわらず、従来行われてきた石牟礼文学に関する研究では、石牟礼作品に頻出するこうした場面に着目されることはなかった。

もちろん、石牟礼文学の文章や文体に目を向けるすぐれた研究がないわけではない。第一章で言及した生田（二〇〇四）をはじめ、これまでも石牟礼の「言葉」をめぐる論稿は数多く発表されてきた（研究動向についてまとめた茶園（二〇一三）を参照）。たとえば、作品に地域方言と標準語が混在し、医学雑誌や報告書など多様なジャンルのテクストが引用されていること（川村、一九九七、結城、二〇一〇a）、説教節や浄瑠璃など「語り物文芸」からの影響が見られること（新井、一九八六、渡辺、二〇一三a［一九八四］）、時間と空間の描き方が特異なこと（渡辺二〇一三b［二〇一三］、二〇一三c、アレン、二〇〇四）、推敲によりテクストが大きく変容していることなどが明らかにされている（岩淵、二〇〇一、浅野、二〇一三）。だが、やりとりのなかのくり返しについて光を当てた研究は管見の限り見つからない。

石牟礼を半世紀以上にわたって支えるとともに、石牟礼文学の深部にふれる数々の論稿を世に問うてきた渡辺京二は、二〇一三年に雑誌『環』に寄せた論稿のなかで、これからの石牟礼研究には、石牟礼文学の表現形式に着目することが求められていると述べている。

彼女〔引用者註、石牟礼〕の作品世界の現代に対して有する思想的意義は、すでに説かれ始めている。それは計量化され合理化される現代人の生活に対する批判・懐疑として、広く行なわれている思想的言説の一部として、彼女の作品を読み解こうとする試みである。しかしより重要なのは、彼女の作品の構造、文章の特質を分析し、その特異さが何を意味するのか理解することだろう。その作業はほとんどまだ行なわれていない。

（渡辺、二〇一三b〔二〇一三〕、一四〇頁）

渡辺の言葉を借りて言えば、石牟礼の作品のなかの「反復」に焦点を当てるということは、石牟礼道子の「思想的意義」ではなく「文章の特質」に目を向けることに他ならない。ここでは、これまで注目されてこなかった石牟礼文学の「言葉」を分析することを通して、石牟礼文学の新たな一面を提示してみたい。

以下、石牟礼文学における、人と人とのあいだの、そして、人と人ならざる存在のあいだの「コミュニケーション」にとって、「反復」がどのような意味をもつのかを、『あやとりの記』（一九八三年）と『苦海浄土　わが水俣病』（一九七二年〔一九六九年〕）のいくつかの場面と、「草のことづて」をテーマとするエッセイおよび講演を分析しながら考えていきたい。

2　反復すること、「相手の身になる」こと

みっちんとおもかさまのやりとり

はじめに、第二章でも取り上げた『あやとりの記』から、みっちんと盲目で精神を病んだ「おもかさま」（石牟礼の祖母がモデル）とのあいだのあるやりとりを見ていく。


みっちんの家のおもかさまが、囁いて聴かせることがありました。

「あのな、人間より位のよか衆たちが、あっちこっちにおらいますよ」

「人間より、位のよか衆たち？」

おもかさまは、内緒ごとを教えるように、ほつれ毛を見えない目の前に垂らしたまんま、頬をくっつけてきていうのでした。

「耳澄ませ、耳澄ませ」

そういいながらみっちんの躰を探り寄せ、両の肩を撫で下ろすものですから、みっちんもおもかさまと同じように目を閉じて、耳を澄まします。


（二〇〇五c［一九八三］、一六五頁）

「人間より位のよか衆たち」とはいったい何のことだろうか。おもかさまの体温を感じながら、

みっちんは目をつぶる。闇の中、おもかさまの声が聴こえてくる。


「位のよか衆はな、陽ぃさまといっしょに沈み申さる」

「陽ぃさまといっしょに」

「そうじゃ、耳を澄ませたかえ」

「耳澄ませた」(1)

「見ゆるかえ」

「見ゆる」

「位の美しか衆の見ゆるかえ」

「流れ仏さまの、小ぉまか舟の見ゆる」

「おお、そうかえ、小ぉまか、流れ仏さまの舟なあ」

「あい」

みっちんは、めくらの婆さまと話すと、すぐに婆さま言葉が移るのです。

「舟がゆくには、遠かろやなあ」

「ああ、闇夜の向こうじゃれば遠かろよ」

そういってから、婆さまはうながしました。

「それから、なんの見ゆるかえ」

「雁の鳥の」

「ああ、雁の鳥じゃの」

（一六五―一六六頁、強調引用者）


みっちんは「おもかさまと同じように目を閉じ」、「耳を澄ま」す。「陽ぃさまといっしょに」、「耳澄ませた」と、おもかさまの言葉をなぞっていると、みっちんに「位の美しか衆」＝「流れ仏さまの、小ぉまか舟」が見えてくるという。そのことをおもかさまに告げると、みっちんがそうしてきたように（一重傍線）、今度はおもかさまがみっちんの言葉をくり返しはじめる（二重傍線）。

ここでは割愛するが、みっちんがおもかさまに「雁の鳥」は何のために飛ぶのかなどと問い、おもかさまがそれに答えるというやりとりが続いた後で、再びくり返しが頻出する会話がはじまる。


「ふーん……。葉っぱも飛んでゆきよる、木の葉っぱたちも」

「おお」

おもかさまは、昔から知っている景色を見るように、夕闇の彼方を向いていました。

「昏れ昏れ闇に、舞うてゆきよるかえ」

「昏れ昏れ闇に、蝶々もゆきよる」

「夕焼けはもう、消えたかえ」

「もうすぐ消えよる。紅太郎人形も、逆さになってゆきよる」

「逆さになってかえ、腕は片っぽのまんまかえ」

「片っぽのまんま、振り袖着て」

「あよまあ、美しさ。手の無か振り袖のひらひらして」

「美しかなあ、おもかさま」

「あい」


（一六七—一六八頁）

おもかさまはみっちんに何が見えているかを問い、みっちんの言葉を聴きながらそこで語られている景色を思い描く。みっちんもまた、おもかさまの問いに導かれるようにして景色を思い描いてゆく。「昏れ昏れ闇に……」とみっちんがおもかさまの言葉をくり返した後で、二人は相手が言った言葉を自分の言葉のなかに取り入れながら言葉を交わし始める。ここで二人が相互にくり返している言葉を抜き出して整理すると、それがまるでしりとりのようなやりとりになっていることが分かる（（お）はおもかさまの言葉を、（み）はみっちんの言葉をそれぞれ指す）。


（お）「消えたかえ」

（み）「消えよる」、「逆さになって」

（お）「逆さになって」、「片っぽのまんま」
（み）「片っぽのまんま」、「振り袖」
（お）「美しさ」、「振り袖」
（み）「美しか」

相手の言葉に応答する。あたかも、二人で一つのキャンバスに絵を描くように、色を重ねてゆくように。その果てに、二人は「同じ」景色を見たかのように感嘆する。「あよまあ、美しさ」、「美しかなあ、おもかさま」、「あい」と。おもかさまは盲目で、みっちんは目をつぶり、二人には何も見えていないはずなのに。その景色は、現実には存在しないはずなのに。このエピソードには、相手の言葉をくり返すことによって、人と人とがいかに深く結びつくかということが見事に表現されている。

ところで、上記の引用文では省略したのだが、「ああ、雁の鳥じゃの」と、「ふーん……。葉っぱも飛んでゆきよる、木の葉っぱたちも」のあいだには、みっちんとおもかさまのやりとりに交じって以下の地の文が挿入されている。

みっちんにも悲しいことはいろいろあるのでした。だいいち、このめくらのおもかさまは魂が遠くへゆく人で、どこかの子どもたちから、石の礫を投げられて、怪我をして帰ってきたりすることがあるのです。おもかさまには、みっちんの知らない悲しいことが、どれほどたくさんあることでしょう。（一六六―一六七頁）

先に引用したやりとりだけを見ると、おもかさまとみっちんは確かに心を通わせているように見える。だが、精神を病んだおもかさまが、誰にも理解できない言葉を呟き、着物を引き千切り、家の周りを徘徊し、狂乱状態になることもままあることを忘れてはならない（このことは自伝的小説『椿の海の記』（一九七六年）などに詳しい）。この一節が示唆するように、みっちんにとって、おもかさまは親しい存在ではあるものの、決して「理解可能」な存在ではない。「おもかさまには、みっちんの知らない悲しいことが、どれほどたくさんある」か知れないのだから。

みっちんにはおもかさまのことが分からない。分からない。けれど、それでも二人は身を寄せ合い、ほんのひと時、「同じ」景色の美しさを分かち合う。ここに描き出されているのは、二人の心のふれあいが、互いが互いの言葉を引き取り、重ね合わせることで生み出されてゆく、その生成のプロセスに他ならない。

「相手の身になる」こと、「他者」と交わること

相手の言葉をくり返す。そうすることで、相手と「同じ」景色を見る。「話しかけのレッスン」で有名な演出家の竹内敏晴は、右で見たのと同じ種類の「コミュニケーション」について次のように述べている（一九九九b、五七―五八頁）。竹内はまず、昔の浅草界隈のお年寄りは、人の話を聞くときに「ただウンウンうなずくのではな」く、「ひとつひとつ相手のことばの終わりをおうむ返し」しながら相槌を打っていた、と述懐する。

その道をまっつぐ行くてえとお寺さんの白壁の塀にぶつからァな。と相手が話す。お寺さんの塀にね、ぶつかる、ふむふむ。右に曲りゃあ大川だァね。見廻したって舟どころか人っ子一人いやあしねえ。はあはあ、人っ子一人ねえ、いねえ。（五七頁）

第二章で引用した、漱石の「二百十日」を彷彿とさせるこの架空のやりとりに対して、竹内は次のようにコメントしている。

ひとつひとつ相手のことばの終わりをおうむ返ししてゆく。何とものんびりしたテンポで、要するにどうなんだよ、と言いたくなるくらいのものだが、今になって考えてみると、これは相手の「身になって」相手の目で見たものごとを一つ一つ体験していっていることではないか。

カウンセリングなどで、聴き手が相手のことばの一句切り毎に「……だとおっしゃるのですね」と念押ししては先へ進むやり方があるが、来談者の言いたいことを自覚させたり確かめたりする必要からでもあるだろうが、実はその根底には、秘かにそのひとの身になり、共に生きることを築いてゆく作業が行なわれているのではないだろうか、と思う。それが半ば無自覚であっても行なわれうるということは、相手のからだの動きを対象化し意識を集中して見入るより以前に、からだからからだへ響き合うように伝わって来ることがあるからに違いない。

（五七—五八頁）

聞き手にまわったお年寄りは、話し手の見た景色を見ていない。だが、いや、だからこそ、相手の語る景色を、相手が何を見たのかを追うために、相手の言葉をくり返す。相手の言葉をくり返すことで、相手の体験をなぞろうとする。それを竹内は、「相手の身になる」と言う。第二章で、相手の言葉をくり返すことによって交話的機能が強く働くと考えられていることを見たが、竹内が言うように、この行為には「相手の身になる」、あるいは「なろう」とするという側面もあるのだ。

ただし、急いでつけ加えるが、竹内は相手の言葉をくり返せば「相手の身になる」ことができると考えているわけではない。このことは、竹内が同書の別の箇所で、「絶対に自分にとりこめないもの、としての『他者』の発見とそれへの尊重、それだけが人を人間たらしめる、のかも知れない」（七三頁）と述べていることや、別の著書で次のように述べていることから窺うことができる。

> 人と人とのまじわりは、根元的に、わたしがあなたとふれ合うことに始まる、とわたしは考える。だが、相手に「ふれる」と願う行為の最も大きな盲点は、実は自分の思い込みや習慣の内に他人を取り込もうとしているのだと気づくことが極めて難しいことにある。
> 言いかえれば、相手が自分とは全く異った「他者」であることを、突きつめて考え、向かい合うことがほんとにできるか、ということになる。
> （竹内、一九九九a、二三七―二三八頁）

竹内は、「相手の身になる」（あるいは、「なろう」とする）ことを考える際に、「他者（性）」をめぐる問題が否応なく付随してくることに気づいている。前章で参照した「〈見え〉先行方略」や「ペルソナ的擬人化」、さらには、「主体の二重化」や「主／客」の「撚り合わせ」に関する議論が俎上に載せるのと同じ問題を見据えているのである。

ともあれ、「他者」の言葉をくり返すことが、「主／客を撚り合わせる」という意味での「相手の身になる」ということに通じうるのだとすれば、石牟礼が描くみっちんとおもかさまのやりとりにおける「反復」は、「主／客を撚り合わせる」ためのふるまい、あるいは、それを描き出すことを可能にする〈あや〉だと言っていいだろう。

なお、先述したように、野田（二〇一〇）は、「主／客を撚り合わせる世界」を描き出す作家として、石牟礼道子の名前を挙げ、石牟礼が「聞き書」によらずに水俣病患者や家族の〈言葉〉を紡いだことに触れながら、「『他者の視点を、皮膚一枚下の自分の内で同時進行形で起きている世界として、客観的に捉えてゆく感覚』を、石牟礼道子もまた駆使する能力を持った稀有の存在だったのではないか」（一二六頁）と述べるとともに（渡辺、一九七二参照）、そうした「世界」が「転移形容辞」を通して描き出されるとの指摘をしているが、「反復」もそれを描くことを可能にする言語装置の一つと考えることができるのだ。

「コンスタンチノープル」と「コン・ツ・タンツ・ノーバ・ロ」

『苦海浄土　わが水俣病』第一章「椿の海」には、「熊本大学医学部の検診」（二〇〇四a［一九七二、一九六九］、四一頁）での医師と患者のやりとりが描かれている。この場面には、相手の言葉をくり返すというふるまいと、野田の言う「主／客を撚り合わせる」ことのあいだに〈つながり〉があることに石牟礼自身が意識的であることを窺わせる、次のような一節がある。

軽度とおもわれる言語、聴覚障害患者たちに、医師は、たとえば、「コンスタンチノープル、といってごらんなさい[2]」という。そしてくり返す。

意識も、情感も、知性も、人並以上に冴えわたっているのに、五体が絶対にスローテンポでしか動かせぬようになったひとりの青年の表情に、さっと赤味が走り、彼は鬱屈したいいようのない屈辱に顔をひきゆがめる。

しかし彼は、間のびし、故障したテープレコーダーのように、

――コン・ツ・タンツ・ノーバ・ロ――

というように答えるのだ。〈ながくひっぱるような、あまえるような声〉で。

何年間、彼はそうやって、種々の検査に答え、耐えて来たことであろうか。そしてまたほかに、どう答えようがあろうか。

「先生方」が問い、彼が答えるという、二呼吸くらいの時間が、彼にとってどれほど集約された全生活の量であることか。青年は、その青年期の――それは全生活的に水俣病を背負ってきた時間の圧縮である青年期の――すべてを瞬時に否定したり、肯定しようとしたりして、彼の表情はみるみる引き裂かれ、そのことに耐えようとし、やがて彼の言葉はこわれて発声、発語されてくるのである。そのような体で彼はほとんど一人前と思われるほどの漁師であり、彼が入院しないのは、十人家族の大黒柱であるからであった。先生方は、患者との間にあるこんな二呼吸ぐらいの時間を越えて、患者の心理の内側に入っていって、そちら側から調べるということはできないのだった。それはきわめてあたりまえのことであった。

（四二―四三頁）

患者は医師に促され、医師の言葉をくり返す。まわらぬ舌で、くり返そうとする。一方、医師は、自分の言葉はくり返せども、患者の言葉はくり返さない。「検診」という「コミュニケーション」なのだから、それは当然のことなのかもしれない。

もちろん、相手の言葉をくり返さないから「患者との間にあるこんな二呼吸ぐらいの時間を越えて、患者の心理の内側に入っていって、そちら側から調べるということはできない」のだとは言わないし、相手の言葉を反復すればその内面に入り込むことができるというわけでもない。しかし、前項でも参照した竹内（一九九九b、五四頁）が、「まねすることでひとの『身になる』理解の方法は、対象を客観的に観察計測してデータを集め、分析して因果関係を構築しようとする近代科学的な思考方法の下では、もうほとんど忘れられてしまっているけれど、もともとは人間にとって根源的な行為なのではあるまいか」と述べていることを想起しつつ、「先生方は、患者との間にあるこんな二呼吸ぐらいの時間を越えて、患者の心理の内側に入っていって、そちら側から調べるということはできないのだった」という石牟礼の言葉を読むとき、私たちはそこに、石牟礼が、相手の言葉をくり返すことと「主／客を撚り合わせる」ことのあいだに浅からぬ関係があることに気づいているということを読み取ることができる。

なお、結城（二〇一〇a、七二―七三頁）は、『苦海浄土　わが水俣病』の第一章に登場する「山中九平少年」や彼の姉である「山中さつき」について描かれた場面から、石牟礼が「患者を研究対象や補償対象とみるスタンス」を退け、「患者という概念化された存在ではなく、具体的な生をいとなむ人間として水俣病患者と向き合う」というスタンスに立っていることを読み取っているが、ここで引用した医師と患者のあいだでの言葉の「反復」をめぐるやりとりからも、「水俣病患者」の「具体的な生」と向き合おうとする石牟礼の姿が見えてこよう。

3 「反復」と交話的機能

ここまで、「主／客を撚り合わせる」という点に注目してきたが、第二章で見たように、相手の言葉をくり返すことにはもちろん、交話的機能を強く働かせるという側面もある。本節では、このことを踏まえつつ、『苦海浄土　わが水俣病』に描かれた水俣病患者の家族のやりとりを、「反復」に着目しながら読み解いていきたい。

くり返される「七つの子」

以下は、このエピソードの冒頭部分である。

——ゆりちゃんかい。
母親はいつもたしかめるようにそうよびかける。

――ごはんは、うまかったかい。

――どれどれおしめば替えてやろかいねえと、十七歳の娘にむかって呼びかける。〝奇病〟にとりつかれた六歳のときから、白浜の避病院でも、熊大の学用患者のときにも、水俣市立病院の奇病病棟でも、湯の児リハビリ病院でも、ずっと今までそうやって母親はきたのだ。

（石牟礼、二〇〇四a［一九七二、一九六九］、一九二頁）

「ゆりちゃん」とは、「現代医学」が「彼女の緩慢な死、あるいはその生のさまを規定しかねて、『植物的な生き方』」と称した水俣病患者、「杉原彦次の次女ゆり」のことである[3]（一九一頁）。母は、娘に呼びかけ、問いかける。だが、十余年前に水俣病を発病し、言葉を奪われた娘からの返事はない。

そしていささか唐突に、「七つの子」の一節が、片仮名で挿入される。

カラス　ナゼナクノ
カラス　ハ　ヤマニ
カアイ　ナナツ　ノ
コガ　アルカラヨ

娘はそううたっていた。四歳の頃。カラスナゼナクノと母親は胸の中で唄う。（一九二頁）

この直後から、夫婦の会話が始まる。途中で地の文が差し挟まれることもなく、約八頁に亘って言葉が交わされていく。その中で、妻は夫に、我が子がまるで「とかげ」や「鳥」のようだと訴える。「とうちゃん、ゆりは、とかげの子のごたる手つきしとるばい。死んで干あがった、とかげのごたる。そして鳥のごたるよ。目あけて首のだらりとするけん」と（一九三頁）。「馬鹿いうな」と夫は言下に否定するが、妻は言葉を継ぐ。「うちはときどきおとろしゅうなる。おとろしか。夢にみるもん、よう（よく）。磯の岩っぴらの上じゃのに、鳥の子が空からおちて死んどるじゃろうがな。胸の上に手足ば曲げてのせて、口から茶色か血ば出して。その鳥の子はうちのゆりじゃったよ」と（同頁、強調原文）。現実では似ているだけだったゆりと鳥。そのゆりが、夢の中で鳥になっていたと母は言う。鳥の親子を歌った「七つの子」、夢の中で鳥に変身した娘。鳥を連想させる言葉が連続するなか、母は、次のように続ける（以下は、「その鳥の子はうちのゆりじゃったよ」に続く箇所）。

「〔……〕
うちはかがんで、そのゆりにいいよったばい。何の因果でこういう姿になってしもうたかねえ。〔……〕
人並みの子に生まれてくれいちゅうてかあちゃんも、ねごうたよ。赤子のときは当たりまえの子に生まれたがねえ。何でこういう姿になったかねえ。手の指も足の指もいっぽんも欠けることなしに生まれたものを、なして、この手がだんだん干けて、曲がるかねえ。悪かことをしたもんのように、曲がるかねえ。

親の目には、なして、顔だけは干こけも曲がりも壊えもせずに、かえってうつくしゅうなってゆくごと、見ゆるとじゃろ、これはどういう神さんのこころじゃろ。人よりもおろよかかあちゃんから生まれてきたくせに、このような眸ば、神さんからもろうてきて。

なして目をあけたまんまで眠っとるかい。ゆり、ほら、蝿の来たよ、蝿の来てとまったよ、眸に。

まばたきもしきらんかねえ、蝿の来てとまっても、ゆり。

ゆりよ、おまや赤子のときはほこほことした赤子で、昔の人のいわすごと、這うたと思えば立ち、立ったと思えば歩み、歩うだと思うたらもう磯に下りて遊びよったが。三つ子の頃から海に漬かり、海に漬ければ喜うで、四つや五つのおなごの子が、ちゃんと浮くみちをおぼえて、髪の切り下げたのをひらひらさせて波にひろげて。手足を動かせばそのまま泳げて。まあだ舌もころばぬ先から網曳くときの調子をおぼえて、舟にのせればかあちゃんが網曳くときは、いっしょに体をゆり動かして、加勢しよったばいねえ。

ままんご遊びをしだしたら、もう潮の満ち干を心得て、潮のあいまに手籠さげて、ままんご遊びに、ビナじゃの貝じゃの採ってきて、汁の実のひと菜ぐらいは採ってきてくれよったよね。

片っぽの手には貝の手籠、片っぽの手には椿の花の輪ば下げて。ゆりちゃんもう花も摘まんとかい、唄もうたわんとかい。

一年生にあがるちゅうて喜んで、まあだ帳面いっちょ、本いっちょ、入っとらん空のランドセルば背負うて石垣道ばぴょんぴょん飛んでおりて、そこら近辺みせびらかしてまわりよったが——。ガッコにも上がらんうちに、おっとろしか病気にとかまってしもうた。こげん姿になってしもうて、とかげの子のごたるが。干からびてしもうてなさけなかよ。ゆりはいったいだれから生まれてきた子かい。ゆりがそげんした姿しとれば、母ちゃんが前世で悪人じゃったごたるよ。〔……〕」


（一九三—一九四頁、強調原文）


この母の言葉の表現上の特徴として見逃すことができないのは、多くの反復表現が含まれているということである。とりわけ、「ゆりよ、おまや」という呼びかけから、「一年生にあがるちゅうて喜んで、まあだ帳面いっちょ、本いっちょ、入っとらん空のランドセルば背負うて石垣道ばぴょんぴょん飛んでおりて、そこら近辺みせびらかしてまわりよったが——。」までの部分、すなわち、ゆりが生まれてから水俣病におかされるまでの彼女の様子を語った箇所には、際立って多くの反復表現が看取できる。

たとえば、オノマトペ。「ほこほことした赤子」は「髪の毛の切り下げたのをひらひら」させて海に遊ぶようになり、やがてランドセルを背負って「ぴょんぴょん」と飛び跳ねたと母は語る。あるいは、「這うたと思えば立ち、立ったと思えば歩み、歩うだと思うたらもう磯に下りて遊びよったが」という一節。ここでは、［Aと思えばB］→［Bと思えばC］→［Cと思うたらD］と、同じ構成をもつフレーズが連続し、かつ、直前の動詞を次のユニットの先頭に組み込みながら、まるでしりとりのように言葉が紡がれている。「海に漬ければ喜うで」、「手足を動かせばそのまま泳げて」、「舟にのせれば〔……〕いっしょに体をゆり動かして」と、［AすればB］のパターンがくり返される箇所もある。他にも、「て」の音が幾度となくくり返されること、「ビナじゃの貝じゃの」、「片っぽの手には〔……〕、片っぽの手には〔……〕」、「花も摘まんとかい、唄もうたわんとかい」、「帳面いっちょ、本いっちょ」など、くり返しを用いたフレーズが集中的に用いられていることも指摘できる（強調引用者）。

　過去の出来事が、詩的機能が強く働く〈かたち〉で語られていることから、ここでは〈かたり〉が行われ、坂部の言う「垂直の時空」が現れていることが合図されていると言える。つまり、この場面では、「反復」によって、母が語っていることが、〈いま・ここ〉の現実（水平の時空）とは切り離された出来事であるということが、元気な彼女が母の記憶のなかにしか存在しないことが、非明示的に表されているのである。

　ところで、このテクストの「反復」には、もう一つ別の重要な役割もある。このエピソードの冒頭で、母はゆりがかつて歌っていたという童謡「七つの子」の一節を唄っていたが、母の言葉

にはこの歌詞と類似する箇所がある。参考までに、野口雨情の「七つの子」の歌詞を以下に引く。(4)

烏(からす)　なぜ啼くの
烏は山に
可愛(かはい)七つの
子があるからよ

可愛　可愛と
烏は啼くの
可愛　可愛と
啼くんだよ

山の古巣に
行つて見て御覧
丸い眼をした
いい子だよ

(野口、二〇〇〇［一九二一］、二一〇頁)

母親が、ゆりが鳥になった夢を見ていたことも想起しつつ二つのテクストを比べてみると、いくつかの共通点があることに気づかされる。まず、先に引用した母の語りには、「何の因果で」、「何で」、「なして」といった言葉がくり返されているが、これは、「七つの子」の冒頭の「烏　なぜ啼くの」という歌詞を彷彿とさせる（強調引用者）。また、ゆりの「眸」／「目」に言及している箇所があるが、この部分は、「丸い眼をした／いい子だよ」という歌詞と対応していると考えられる。そして、先ほど詳しく見た「ゆりよ、おまや」という呼びかけから始まる娘の成長の軌跡が語られている箇所は、内容的にも形式的にも、「可愛　可愛と／烏は啼くの／可愛　可愛と／啼くんだよ」という二番の歌詞に対応していると言える。烏の親が「可愛　可愛」とくり返し啼くように、母は在りし日の我が子がいかに「可愛」かを、音や言葉をくり返しながら語るのだ。このように、母の言葉と「七つの子」は、内容のみならず形式的にも類似しているのである。つまり、二つのテクストのあいだには、Hiraga（二〇〇五）の言う relational diagram の関係がつくり出されているのだ。

夫婦の会話が始まる直前の場面で、「カラスナゼナクノ」とだけ唄っていた母。彼女はしかし、その後のフレーズも唄い続けていたのである。我が子がいかに「可愛」いかを、つぶらな「眼をしたいい子」であるかを。烏の親子に自分たちを重ね[5]、散文のなかで言葉を重ね、限りなく〈うた〉に近づけて。夫との会話のなかで、ひそかに謳い継いでいたのだ。

ところで、彼女はなぜ、自分の言葉を「七つの子」の歌詞に重ねながら言葉を紡いだのだろうか。以下では、「七つの子」と数々の共通点をもつ母の言葉がどのような文脈のなかで語られているかを検討しながら、この点について考えてみたい。

先にも引用したように、このエピソードは、「――ゆりちゃんかい。／母親はいつもたしかめるようにそうよびかける」という一節から始まる。自分が話しかけている相手は、本当に自分の子どもなのか。そう問いかける冒頭のこの一節は、このエピソードの主題がゆりのアイデンティティをめぐるものであることを暗示している。

たとえば、彼女は夫に対し、ゆりがまるで「とかげ」や「鳥」のようだと言い、夢のなかで見た鳥が「うちのゆり」だったとも語っているが、こうした語りから、目の前のゆりと水俣病におかされる前のゆりが同じ人物であることを「たしかめ」ずにはいられない母の迷いが透けて見える。また、「その鳥の子はうちのゆりじゃったよ」に続く言葉のなかで、母は幾度となくゆりの名を呼んでいるが、「――ゆりちゃんかい。」と、「いつもたしかめるように」呼びかけるという彼女が、傍らのゆりに向かって、「ゆり」、「ゆりよ」、「ゆりちゃん」と、何度も名前を呼ぶことも、目の前の少女がたとえ「とかげ」や「鳥」のような姿をしていても、自分の娘に他ならないことを確認しようとするふるまいと考えることができる。加えて、母が我が子に呼びかけることは、交話的機能に焦点化したコミュニケーションとして解釈することも可能である。彼女は名前を呼ぶことで、言葉を奪われた娘とコミュニケーションをしようとしているのだ、と。

さて、このような文脈を踏まえると、母が、ゆりがかつて歌っていた「七つの子」と語彙的にも構造的にも類似性の高い表現を駆使して語りかけることも、彼女が目の前にいる子どもが自分の娘であることを認めようとする行為の一つと考えることができるように思われる。母は、かつてゆりが歌っていた歌の歌詞を連想させる言葉を用いて語りかける。時を超え、娘の言葉をくり返す。そうして、〈自分はいま「七つの子」を歌っていたあのゆりと同じゆりに語りかけている〉という状況ないし出来事を創り出し、目の前にいる「とかげの子のごたる」子、「いったいだれから生まれてきた」か分からない子が、紛れもなく自分の娘であるということを「たしかめ」ようとするのである。

くり返される夫の言葉

ここまで分析してきた場面の後も、夫婦の会話は続く。二人のやりとりで目を引くのは、妻(さと)が夫の言葉を執拗なまでにくり返しているということである(以下の引用箇所における強調はすべて引用者によるもの)。

「い、い、いうな、さと」

「いうみゃいうみゃ。——魂のなかごつなった子なれば、ゆりはなんしに、この世に生まれてきた子じゃいよ」

（石牟礼、前掲書、一九六頁）


「しかし、いくら養生してもあん子が精根は戻らん。目も全然みえん、耳もきこえん。大学病院まで入れてもろて、えらか先生方に何十人も手がけてもろても治らんもんを、もうもうたいがいあきらめた方がよか」

「あきらめとる、あきらめとる。大学の先生方にも病院にもあきらめとる。まいっちょ、自分の心にきけば、自分の心があきらめきらん。〔……〕」

（一九七頁）


「おまえも水俣病の気があるとじゃけん、頭のくたびれとっとじゃ、ねむらんかい、ねむらんかい」

「ねむろねむろ。うちはなあとうちゃん、ゆりはああして寝とるばっかり、もう死んどる者じゃ、草や木と同じに息しとるばっかり、そげんおもう。ゆりが草木ならば、うちは草木の親じゃ。ゆりがとかげの子ならばとかげの親、鳥の子ならば鳥の親、めめずの子ならばめめずの親——」

「やめんかい、さと」

「やめようやめよう。なんの親でもよかたいなあ。鳥じゃろと草じゃろと。うちはゆりの親

でさえあれば、なんの親にでもなってよか。〔……〕」　（一九七―一九八頁）

「人を呪わば穴二つちゅうたもんぞ」

「ほんにほんに。ひとを呪わば穴二つじゃ。自分の穴とひとの墓穴と。うちは四つでん五つでんひとの後に穴掘るばい。わが穴もゆりが穴も。だれの穴でも掘ってやろうばい。〔……〕」

（一九八頁）


「もうあきらめろあきらめろ、頭に悪かぞ」

「あきらみゅうあきらみゅう。ありゃなんの涙じゃろか、ゆりが涙は。心はなあんも思いよらんちゅうが、なんの涙じゃろか、ゆりがこぼす涙は、とうちゃん――」　（一九九頁）

第二章で見た、岩殿爺さまとみっちんとのやりとりや、仙造やんとみっちんとのやりとりと同じように、妻は夫の言葉を反復する。しかし、両者が与える印象は、明らかに異なる。

妻は夫の言葉をくり返す。言及指示的なレベルでは、夫の言葉を受け入れているようにも見える。しかし妻がそれを拒絶していることは明らかである。「ねむろねむろ」と言っても寝ない。「やめようやめよう」と言ってもやめない。「あきらめとるあきらめとる」と口では言っても、「自分の心があきらめきらん」。ここでは、相手の言葉を受けとめ、少し形を変えて二度くり返すことが、「メタ・メッセージ」、つまり、「自分のメッセージの解釈のしかたについてのメッセージ」（ベイトソン、二〇〇〇、二八三頁）となり、〈夫の言葉への拒絶〉が表明されているのである。[6]

妻は夫の言葉を聞き入れない。夫も「ねむらんかい」、「やめんかい」、「もうあきらめろあきらめろ」と、会話を打ち切ろうとする。言葉を交わせば交わすほど、対立が深まっていくように見える二人。しかし――。

確かに妻は夫の言うことを聞き入れてはいない。だが、その言葉を無視しているわけではない。それどころか、夫の言葉を引用し、それを使って反駁さえしている。彼女は夫に言い返すことができるほど、夫の言葉にきちんと耳を傾けている。とすれば、妻がここで伝えようとしていることが、単なる拒絶ではなく、〈あなたの声は届いている。けれど、あなたの言葉は拒絶する〉というメッセージであることが推察できよう。

では夫はどうか。確かに、上記に引用した夫の言葉のほとんどは、妻に会話の終了を命じるものであった。だが、言葉とは裏腹に、夫は妻が話すのをやめない限り、妻の言葉に耳を傾け、返事をし続ける。なお、ここでは引用していないが、彼はこの一連のやりとりのなかで言葉に詰まり沈黙することもある。しかし、彼は言葉を失っても、妻の言葉に応じ続ける。もし本当に会話を打ち切りたいのなら何も答えなければいい。しかし、彼はそうしない。妻が話すのをやめない限り。

「コミュニケーション」において、「言われていること」の次元はもちろん重要である。しかし、それ以上に、「為されていること」のほうが大きな意味をもつ場合もある（小山、二〇〇八）。このことは既に第二章第六節でも見たが、この夫婦のやりとりはまさに、〈コミュニケーションが行われているということ〉、それが継続されているということ、そのこと自体に意味がある交話的な「コミュニケーション」であると言える。

こうした観点から見たとき、妻が何度もくり返す「とうちゃん」という呼びかけもまた、この場面で重要な意味をもっていることが浮かび上がってくる。上記に引用した、「あきらみゅうあきらみゅう。〔……〕心はなあんも思いよらんちゅうが、なんの涙じゃろか、ゆりがこぼす涙は、とうちゃん——」という言葉が夫婦の会話の最後の言葉であるが、先述のように、この会話は「とうちゃん、ゆりは達者になるじゃろか」という言葉から始まっている。二人の会話が「とうちゃん」という呼びかけで始まり、「とうちゃん——」という呼びかけで終わること。ここにも交話的機能が強く働いていることを見て取ることができる。この「反復」もまた、ここでのやりとりが、妻が夫と（たとえ意見の不一致があり、対立していたとしても）つながろう、関わろうとし続けるものであることを表していると言えるだろう。

妻が夫の言うことを拒絶しつつも相手の言葉をくり返すこと。夫にくり返し呼びかけること。ここにも、家族と「コミュニケーション」をし続けたいという妻の切実な想いを読み取ることができる。

以上、「反復」に着目しながら、この一家のやりとりを見てきた。本節で見てきた二つのやりとり、すなわち、母子のやりとりと、夫婦のやりとりを比べると、いずれも母／妻が、娘の、そして夫の言葉をくり返すという構図になっていることが分かる（母親が、娘がかつて歌っていた歌を「胸の中で」、あるいはその語りのなかで〈歌って〉いたことは先ほど論じた通り）。このエピソードでは一貫して、相手の言葉をくり返すということに焦点が当てられているのである。二つのやりとりは一見、異質に見える。しかし、どちらも、言葉を介して相手とのつながり――「コミュニケーション」――を創出しようとしているという点では共通している。言葉を奪われた我が子と、分かりあえない夫と、関わり続けるために。そのために、彼女は家族の言葉をくり返すのだ。

4　みっちんの〈変身〉――「反復」の「反復」

前節まで、『あやとりの記』と『苦海浄土』に描かれた「反復」を含むやりとりを分析し、石牟礼の作品のなかで、相手の言葉をくり返すことが、人と人との「コミュニケーション」の成立とその継続にとって重要な役割を果たしていることを見てきた。人と人との「コミュニケーション」における「反復」について論じたところで、ここからは、石牟礼が描く、人と人ならざる存在との「コミュニケーション」における「反復」について考察していきたい。

まず見ていくのは、『あやとりの記』のなかの、みっちんと「おぎん女」と呼ばれる狐との遭遇譚／変身譚である。

みっちんとおぎん女

ある日のこと。みっちんは、自分にぴったりの「藪くら」を探して、「海にほど近い川の土手」を散策している。藪くらとは、「勧進さん」や子どもたちや、「あのひとたち」と敬意を籠めて呼ばれる狐や兎が這い入る茱萸の木や野茨の繁みのことである（石牟礼、二〇〇五c［一九八三］、四〇頁）。

「風の足が、向こう岸の土手の出っ張りにつき当たって吹き散り、もやってある手漕ぎ舟をゆらゆらさせる」様子を見ていたみっちんは、ふと「日向くさい匂い」を背中に感じ、川面に「黄金色のかげ」を認める。そして「くるりとうしろを向いて」、藪くらの一つに足を踏み入れる（四四頁）。みっちんは大廻りの塘の狐、おぎん女の棲家と思しき藪くらのなかで、しばしのあいだ時を過ごす（四五―五一頁）。


夕陽が、みっちんのいる藪くらの中から、川塘に沿っている往還道を照らし、野面を照らし川波を照らし、海の上にありました。

夕陽のひろがるのと同じ感じでみっちんには、いろいろなものたちの声が聞こえました。草や、灯ろうとしている花たちの声とか、地の中にいる蚯蚓とか、無数の虫たちの声とか、山の樹々たちや、川や海の中の魚たちの声とかが、光がさしひろがるのと同じように満ち満ちて感ぜられ、それらは刻々と変わる翳をもち、ひとたび満ち満ちたその声は、みっちんの躰いっぱいになると、すぐにこの世の隅々へむけて幾重にもひろがってゆくのでした。なんだか世界と自分が完璧になったような、そしてとてももの寂しいような気持を、そのときみっちんは味わいました。

家猫のみいが耳をじいっと立てて人間と離れ、畠の隅の岩の上なんかにいて夕陽の方を向き、いくら呼んでも聞こえないふうで、世界の声に聴き入っているような姿をしているわけが、そのときわかったように思えました。

（五〇頁、強調原文）

みっちんの「躰いっぱいに」、「いろいろなものたちの声」が「満ち」る。この体験[7]は、みっちんにある変化をもたらす。引用箇所の最後の段落に、「家猫のみい」が「人間と離れ」、「世界の声に聴き入っているような姿をしている」理由がみっちんに分かったと記されていることから、みっちんがこのとき「人間」であることから「離れ」、動物／自然に近づいていることが分かる。「人間の自然化」が起きているこの場面の表現形式に注目すると、みっちんにそうした変容をもたらす契機となった「いろいろなものたちの声」が列挙されていることが指摘できる[8]。声の主の羅列は、みっちんに聞こえた声の多様さ、豊饒さを表現する類像的な表現であると言えるが、この一節をさらに細かく見ていくと、ここでくり返されている「〜たちの声とか」という表現の出現に規則性があることも分かる。

　草や、灯ろうとしている花たちの声とか、
　地の中にいる蚯蚓とか、無数の虫たちの声とか、
　山の樹々たちや、川や海の中の魚たちの声とかが、

こうして書き直すと一目瞭然のように、ここでは読点で区切られたユニット一つおきに「〜たちの声とか」という表現が用いられ、脚韻法を用いた詩のような構造になっていることが分かる。また、「や」、「とか」、「〜の中」など、同じ言葉が反復していることも指摘できる。以上から、「いろいろなものたちの声」を描いたこの箇所は、詩的機能が強く働くテクストになっていると結論づけることができる。詩的機能と「主体の二重化」のあいだに関連性があるという坂部の知見に基づけば、「いろいろなものたちの声」がこうした形式で描き出されていることと、それをきっかけにみっちんが人ならざる存在に近づいている（＝〈変身〉している）ことのあいだには、つながりがあると考えることができる。坂部の言葉を借りて言えば、「反復」によって、みっちんがこのとき「〈かたり〉や〈ふり〉の世界」に「参入」している様子が表されているの

である（坂部、二〇〇八［一九九〇］、五三—五四頁）。

邂逅と〈変身〉

やがて、みっちんは、最前から気配を感じていた、狐のおぎん女の姿を目にする。

すぐそばの藪くらの蔭で、おぎん女が両手をすり合わせ、世界の色が変わってゆく中で、三日月さまに向いて、錫のような口髭をふるふると光らせ、目を、なくなってしまいそうに細くして微笑っているのが見えたのです。おぎん女は両手をすり合わせながら、なにか唄っているようでした。狐の言葉ですから聞きとりにくかったのですけれども、こんなふうにいっていました。

曼陀羅華（まんじやらけー）
曼陀羅華
藪（やぼ）くら　通れば
曼陀羅華
おほほほ　ほ
おほほほ　ほ

曼陀羅華
曼陀羅華

おぎん女が、溶けてしまいそうな機嫌のよいまなざしで、ちら、ちら、とみっちんを見るものですから、みっちんもつい、つりこまれて糸のような目になってしまい、小さな両手をすり合わせました。

曼陀羅華(まんじゃらけー)
曼陀羅華
藪くら
曼陀羅華
うふふふ　ふ
うふふふ　ふ
曼陀羅華
曼陀羅華

そう唱えながら、ひらりひらりと跳んで、藪くらのまわりを廻っていました。

茱萸の木々も昏れてゆきます。蟹たちの往還道も、野茨の白い花びらも、川風に吹かれながら昏れてゆきます。赤い野苺の原っぱも昏れてゆきます。陽はいつのまにか沈み、三日月さまが、いちだんと細く高く光りはじめました。

（石牟礼、前掲書、五一―五二頁）

おぎん女と遭遇したみっちんは、おぎん女の〈言葉〉に耳を傾け、同じような仕草をし、よく似た言葉をくり返す（みっちんが「狐の言葉」を聞きとることができたのは、この前段で、「いろいろなものたちの声」を感受し、「人間」であることから「離れ」ていたからに違いない）。この場面で、みっちんはおぎん女のふるまいを〈うつし〉（あるいは、みっちんにおぎん女のふるまいが〈うつり〉）、狐に〈変身〉したかのように描かれている。[9] みっちんを〈変身〉させる鍵となっているのは、おぎん女のまなざしと〈言葉〉であるが、ここではその〈言葉〉に注目したい。

改めて指摘するまでもないが、おぎん女の〈言葉〉（「曼陀羅華／曼陀羅華／藪くら　通れば／曼陀羅華／おほほほ　ほ／おほほほ　ほ／曼陀羅華／曼陀羅華」）には、「反復」が看取される。ヤコブソンにならって言えば、この形式的特徴は、この〈言葉〉を詩的機能が強く働くメッセージにしている。また、みっちんが唱えるおぎん女の〈言葉〉とよく似た言葉（曼陀羅華／曼陀羅華／藪くら／曼陀羅華／うふふふ　ふ／うふふふ　ふ／曼陀羅華／曼陀羅華）も、同じように詩的機能が強く働くメッセージとなっている。[10] つまり、このときみっちんは、「反復」が埋め込まれたメッセージを「反復している」のである。「主体の二重化」を引き起こす力をもつメッセージ――詩的機能が強く働くメッセージ――をくり返すことで、みっちんは、〈みっちんでありつつみっちんではない〉、あるいは、〈みっちんでありつつ狐（おぎん女）でもある〉という「二重化」された存在に〈なる〉。本書でくり返し述べてきたように、メッセージ内部の「反復」も、相手と同一ないしはよく似た言葉をくり返すことも、〈変身〉という行為ないし出来事と密接な関係をもつ。要するに、この場面では、本書で着目してきた二種類の「反復」が共起しながら、みっちんの人ならざる存在への〈変身〉が描き出されているのである。

この場面にはもう一つ、みっちんが〈変身〉していることを読み解く手がかりがある。それは、「そう唱えながら、ひらりひらりと跳んで、藪くらのまわりを廻っていました」という一文である。まず、「ひらり」というオノマトペについて。この表現は、別の箇所[11]で、おぎん女を描写する際に用いられている。このことに鑑みると、「ひらり」という言葉でみっちんの動きを描写することによって、みっちんがこのとき狐のようにふるまっていること、狐に〈変身〉していることが暗示されていると考えることができる。

次に、「廻っていました」について。折口信夫が「日本の芸能には古代からまひとをどりとが厳重に別れてゐた。いろんな用例からみても、旋回運動がまひ、跳躍運動がをどりであつた事が明らかである」（折口、一九九六［一九五二］、二五九頁、強調原文）と指摘しているように、廻ることは「舞い」を特徴づける動きと考えられている。このことを踏まえると、みっちんはここで一種の「舞い」を舞っていると解釈することができる。

おぎん女の〈言葉〉とみっちんの言葉を〈うた〉、おぎん女の仕草と〈言葉〉を真似ることを〈ふり〉とすれば、ここではそれに加えて〈まい〉が行われているということになる。第三章第四節でも参照した、言語行為と行為一般の「二重化的」「統合」と「超出」の段階についてまとめた坂部の次の図式が示すように、〈ふり〉は〈かたり〉と同じレベルの行為であり、ともに「主体の二重化」に関わる。また、〈まい〉と〈うた〉は対応関係にあり、親和性が高い。

はなし――かたり――うた
ふるまい――ふり――まい

（坂部、二〇〇八［一九九〇］、四五頁、五一頁）

この図式を参照すれば明らかなように、この場面では、「主体の二重化」をもたらす〈ふり〉と〈うた〉、そして、〈うた〉と親和性をもつ〈まい〉――いずれも、「反復」を要とする〈ふるまい〉――が集中的に行われ、それらが相俟って、人ならざる存在への〈変身〉が起きるという事態が描かれているのである。

「うた状態」と「人間の自然化」

そう唱えながら、ひらりひらりと跳んで、藪くらのまわりを廻っていました。

茱萸の木々も昏れてゆきます。蟹たちの往還道も、野茨の白い花びらも、川風に吹かれながら昏れてゆきます。赤い野苺の原っぱも昏れてゆきます。陽はいつのまにか沈み、三日月さまが、いちだんと細く高く光りはじめました。（五二頁）

右に再掲したのは、ここで取り上げているエピソードを締めくくる箇所であるが、この二段落にはそれまで当たり前のようにあった何かが失われている。その何かとは、「みっちん」である。何故、この最後の二段落に「みっちん」という言葉が使われていないのか。何故、「そう唱えながら、ひらりひらりと跳んで、藪くらのまわりを廻っていました。」という一文には主語が省略されているのか。「みっちん」の不在という文章表現上の特徴は、一体何を意味しているのだろうか。

第三章で言及したように、坂部は、〈かたり〉とともに〈うた〉という言語行為について思索を深めるに際し、「うた」という言葉と「うた状態」と呼ばれる状態、すなわち、「ひとが日常の自我、心を超え出て個人的、集団的な激しい神懸り状態に入る」ことのあいだに結びつきを見る藤井貞和の論稿を参照している（坂部、二〇〇七d、三八一頁）。

藤井（二〇〇二、九九頁）は、「うたとは何か、うたうという行動は人類にとってどんな意味があるか、それは人生に何をもたらしてきたか。もしそれらのことを定位づけたいのならば、原古ないし古日本語〔……〕での《うた》という語〔……〕を、提示する必要がある」とし、「うた」という語をもつ日本の古の言葉として、「『うただのし』（＝わけもなく楽しい）」、「『うたた』（＝いよいよ、ますます）」、「『うたて』（＝何だか不思議に）」、『うたがたも』（＝一途に、わけもなく）」などを挙げ、次のように述べている。

> これらを総合すると、個人的にであろうと、集団的にであろうと、むやみに高揚し憑かれたようになっている心的騒乱状態であって、これらを《うた状態》と認識するならば、まさに《うた》はそのような心的状態において律動をともない、全身による動作をともないながら、表現として口をついて出てくる実質であることがわかる。（同頁）

〈うた〉の奥底にそのような「状態」があるとすれば、おぎん女の言葉を真似、「藪くらのまわりを廻」るとき、みっちんは〈みっちん〉ではないという状態に限りなく近づいていると考えられる。「人間の自然化」の一つの極。「みっちん」という言葉の消失という〈かたち〉は、そのことを非明示的に表す仕掛けと見ることができる（第一章で見た、ウィリアムスの例も想起）。辺りが次第に暗くなり、月の光が輝きを増す夕刻。人の姿（かたち）をした〈狐〉――かつて「みっちん」と呼ばれていた少女――は、世界の一部となっている。そこに「みっちん」はいないかのように。ただ、昏れゆく風景だけが描かれるこの箇所で、「昏れてゆきます」というフレーズが三度くり返されていることも見逃せない。ここでも「反復」は、このときこの場所に、非日常の

〈世界〉――垂直の時空――が立ち現われていることを描き出すのに一役買っているのである。

以上、「反復」に着目しながら、みっちんとおぎん女の邂逅を描いたエピソードを分析し、（1）人と人ならざる存在の「コミュニケーション」の中心に〈うた〉が据えられていること、（2）人ならざる存在の〈言葉〉やふるまいをくり返すことによって人ならざる存在への〈変身〉が描き出されていることを見てきた。

このように、石牟礼文学においては、他者の言葉をくり返すことが、人と人の「コミュニケーション」のみならず、人と人ならざる存在の「コミュニケーション」にとっても重要な役割を担っているのである。

5　「草のことづて」をめぐる三つのテクスト

本節では引き続き、石牟礼のテクストに描かれた人と人ならざる存在のあいだの「コミュニケーション」に着目していく。前節では幼少期の体験をもとにした小説を取り上げたが、ここでは、石牟礼と親しくしていたという夫婦にまつわるエピソードについて語られた講演およびエッセイを検討する。

石牟礼には、同じ話をくり返しさまざまなテクストで語る傾向があるが（渡辺、一九七二参照)、ここで取り上げるエピソードもその例に漏れない。これから見ていくエピソードは少なくとも、「草のことづて」(一九七四年)、「名残りの世」(一九八三年)、「人間に宿った自然」(一九八九年)という三つのテクストで語られている(もちろん、同じ話が語られていると言っても構成や表現などの異同はある)。本節では、以下で見ていくように、三つのテクストから夫婦について語られている場面を抽出し、その相違点と共通点に着目しながら、石牟礼が人と人ならざる存在の「コミュニケーション」についてどのように考えているか、それをどのように語っているか見ていきたい。

「草のことづて」

最初に見ていくのは、「草のことづて」の一部である。このエッセイは、『毎日新聞』(西部版)に掲載された、一九七四年一一月一八日、一二月二日、一二月一六日、一二月三〇日の記事を組み合わせたもので、同名の書籍『草のことづて』(一九七七年)に収録されている。[12]石牟礼の「部落」に、「ひときわ〝人間の良か〟夫婦」がいた。「〝働き神さま〟」と呼ばれるほど働き者で通った「小父さん」は、はじめはからいもを、次いで蜜柑を、それは熱心に育てていたという。小父さんの妻である「小母さん」は、休みなく働き続ける夫の体をいつも気遣っていた(二〇〇六b[一九七四]、五六九頁)。この夫婦の会話を、石牟礼は次のように描いている。

「自分は病気せんと思うとっても、祇園さまさえ、怪我には遭わすとばい。あんたが病めば、昏れの闇じゃが。たいがいに働かんば」

「うーん、まあそういうな。畑の草共がほら、来てくれろちゅうて、ことづけしよるが。聞こえんかい、ほら」

「ああ、そうかな、そうかな。畑の草共が呼ぶとなりゃ仕様もなか。草に、わたしからも、よろしゅういうて下っせな」

ひざの関節の痛い病気の小母さんは、お茶を濃ゆ濃ゆと沸かして土瓶に持たせてやる。今夜はだんご汁にささげ豆でも入れて炊いておこうと思う。


（五六九―五七〇頁）

「畑の草共」が「来てくれろ」と「ことづけ」すると夫は言う。夫の言葉に妻は「畑の草共が呼ぶとなりゃ仕様もなか」と応じる。この二人のやりとりから、タイトルになっている「草のことづて」が、〈草の声ないしは言葉〉であることが窺える。二人が「畑の草共」が人に語りかけるということを、ごく当たり前のこととして語っていることを確認した上で、上の引用箇所の続きを見ていこう。以下に引用する箇所でも、二人は人ならざる存在の〈声〉を感受している。


一度も病んだことのなかった小父さんが、六十九歳になって寝ついた。

「こりゃぁきっと、死病のごたるぞ。おなごは長生きするけん、俺が居らんごつなった後、お前が徒然無うなかよう、早う蜜柑の成れと思うてきばったが……。蜜柑の木の、山からおめくばってん、もう行かれんぞい」

そう言って、小父さんは死んでしまった。蜜柑はまだ若木なのに、暴落して見込みなしだといわれ、たとえ高値になろうと小母さんの足はなおる兆しもなく、子どもたちも帰れる兆しなく、秋になって、夫婦の仕立てた蜜柑山が香ってくる。泣きべそをかくような微笑でいざるようにして、病院帰りの小母さんが寄った。

「道子さん、道子さん。蜜柑の毎日、山からおめきよるばってん、行かれんとばい。蜜柑も草も、さびしさにして、泣きよるばってん……。墓の花からも、来てくれちゅうて、ことづけのあるばってん、行かれんが。どげんしゅうか」

秋の日ざしが息をするように、小母さんはいう。

（五七〇頁）

このテクストでは、小父さんが亡くなった後で小母さんが石牟礼の家に立ち寄ったところで話が終わっているが、次に見ていく「名残りの世」（一九八三年八月二二日に出水市西照寺で行われた講演を活字化したテクストで、後に『方法的制覇』一一号（一九八四年二月）に掲載された[13]）には、その続きと思しき場面が語られている。

石牟礼が、「名残りの世」のなかでも「草のことづて」に登場する夫婦の話をしていることは、次の箇所から分かる。

〔……〕ご夫婦共、村の働き神さんの中でもいちばんの神さまだといわれていました。小母さんの方は水俣病の気が少しあるんじゃないかとわたし思っていますが、足がかなわなくなりましてね、病院に行かれた帰りにいつもわたしの家に寄ってゆかれます。ほんとうに甦るようにして家に寄られまして、

「もうほんに道子さん、蜜柑山の草がなあ、毎日、草が呼びよるばってんゆかれんが」

とおっしゃるんです。（石牟礼、二〇〇六a〔一九八三〕、三七三―三七四頁）

「働き神さんの中でもいちばんの神さま」、「甦るようにして家に寄られまして」という表現や、小母さんが石牟礼に語る言葉が「草のことづて」のそれとよく似ていることから、この二つのテクストで言及されている夫婦のエピソードは同じものであると判断できる。

ただし、二つのテクストで描かれている内容は、やや異なってもいる。以下は、右の引用箇所の続きであるが、そこには「草のことづて」では語られていなかった、石牟礼と小母さんとのや

りとりが描かれている（読みやすさを考慮し、一部再掲した）。ここで石牟礼が小母さんの言葉に応えて、「ああ草の声が聞こゆるちなあ、切なかなあ小母さん」と言っていることは、石牟礼もまたこの夫婦が生きる世界観――草の〈言葉〉を聞き、草と〈言葉〉を交わすことが当たり前の世界――を生きているということをよく物語っている。(14)


「もうほんに道子さん、蜜柑山の草がなあ、毎日、草が呼びよるばってんゆかれんが」

とおっしゃるんです。それで、「ああ草の声が聞こゆるちなあ、切なかなあ小母さん、それで、小父さんはどうしとられますか」と聞きますと、

「もう小父さんも寝倒れるようになってしもうて、夏の間の昼間はぬくうしてたまらんけん、寝ておって、朝と月の夜の夜さりに出て行って、蜜柑山の畑をしよります」

と言われます。それでその小父さんが、

「男のほうが女より早う逝くけん、おれが死んだあと、おまえに相手してくれるごと、蜜柑山なりと育てておこうわい」

と言いながら、畑にゆかれるのだと小母さんが言われます。その家も、からいもなんか、この頃では作れなくなって、蜜柑にしてしまわれたんですが、からいも畑があった頃は、

「からいも畑がなあ、草とりに来てくれちゅうておめきよるばって、ゆかれんとばい」

とおっしゃってました。蜜柑山になってからは、小父さんが、

「おまえが蜜柑山に遊びに行かるるごつ、おれが生きとる間は、月の夜さりでも草なりとひいておこうわい。おれが死んだあと、おまえが友だちのおらんけん」と言ってゆかれる。その小父さんも亡くなってこの頃では、小父さんが残してくれた蜜柑山へも小母さんはとうとう行けなくなって、近所の人が畑に行く時に、

「小母さん、蜜柑山に行くが、何かことづけはなかかな？」

と声をかけてゆくんです。すると「はあい」と言っていざって出て、山の方をさし覗いて、

「わたしゃもう、足の痛うして。行こうごとあるばってん行かれんが、草によろしゅう言うてくれなぁ」と小母さんが言いなさる。そんな風なお言葉は、ここにいられる皆さんもしょっちゅう互いに、交わし合っていらっしゃいますでしょう。

じっさい人間だけじゃなくて、草によろしゅう言うたり、魚によろしゅう言うたり、草からやら魚からやら、ことづてがあったり、皆さまもよくそういうこと、おっしゃってますよね。

（石牟礼、同書、三七四―三七五頁、強調原文）

「草のことづて」と「名残りの世」という二つのテクストから同一のエピソードが語られている箇所を取り出したところで、両者の相違点をまとめていこう。一つ目の相違点は、小母さんが石牟礼の家を訪れたタイミングである。前者では小父さんが亡くなった後に小母さんが立ち寄ったと書かれていたが、後者では小父さんがまだ存命の頃から石牟礼の家を頻繁に訪れていたと述べ

られている。この部分に関して、二つのテクストには食い違いがあるが、どちらが正しいのかを突き止めることは本論の趣旨から外れるため、ここでは異同があることを指摘するに留めておく。二つ目の相違点は、「ことづて」（あるいは「ことづけ」）という言葉の〈意味〉の違いである。ここでは、この言葉は先に見たテクストと同じく〈草の声ないしは言葉〉という〈意味〉で用いられてもいるが、「小母さん、蜜柑山に行くが、何かことづけはなかな？」と近所の人が言うように、そこには〈伝言〉という〈意味〉もあることが分かる。

三つ目の相違点は、二つ目の相違点とも関連しているが、「草のことづて」では、小父さん・小母さんと、「草」や「蜜柑」や「墓の花」とのあいだでの、つまり、人と人ならざる存在という二者間の「コミュニケーション」が描かれている。それに対して、「名残りの世」では、小母さん、人ならざる存在、近所の人という三者間での「コミュニケーション」も描かれている。このことは、「草のことづて」を聞いたり、人ならざる存在に「よろしゅう言う」ことが、この夫婦と石牟礼だけでなく彼女たちが属する共同体においても自然なふるまいと見なされていることを示唆している。つまり、このテクストでは、このふるまいが社会のなかでどのように位置づけられているかということに焦点が当てられているのである。

そして、「名残りの世」の後で発表された「人間に宿った自然」（一九八九年八月二一日に行われた真宗寺研修会での講演）では、このふるまいのもつ社会的な機能についてさらに思索が深められている。

「人間に宿った自然」

「人間に宿った自然」は、一九九四年に朝日新聞社から刊行された『葛のしとね』に収められている。[15] 以下に引用するのは、「草のことづて」と題されたチャプターの一部である(この小見出しが、先に見た一つ目のテクストのタイトルと同じであることは改めて指摘するまでもない)。

またむかしの百姓さんは「今日は畑に行たて来たら、ことづけのあったばい」とおっしゃったものです。「ああ、じゃろなあ」と言われた方が返しますと、「草の伸びて、どもこもならん、とりに来てくれいち、ことづけのあったばい」とおっしゃる。今は農業も漁業も企業というようになってしまいましたけれど、ひと昔前までは、病気で畑へ行けない家にそういう〝草のことづて〟を伝えてくれる人がいて、「まあ、そうりゃ、ありがとうございました。私は膝の悪うしていましばらく畑に行けまっせんけん、今度行きなはる時は、草にどうぞ、よろしゅう言うてくだはりまっせ」と答える人がおりました。こんなやりとりは実は、死病にとりつかれて畑へはもう行けない人を励ますときの言葉でもありまして、聞いていてとても哀切なのですね。「畑がよろしゅういうたばい」とか「蜜柑がよろしゅういうたばい」というのは、人間たちとの心のやりとりはどうにも行き詰まった孤独な人、息子や嫁との関係もうすくなって、ひとり、死の床に就いているような人に対しても、そう言うんですよね。

そうすると「ああ行こごたるなあ。蜜柑のあそこからおめきよるとの聞こえるばってん、行かれんなあ。ああたが行きなはるならば、よろしゅう言うて下はりまっせなあ」と言うんです。草に、あるいは蜜柑に、あるいは唐藷畑に一期の挨拶をことづてているんですね。

そういうのを聞いておりますと、土に還る前の、この世へのなごりのことばだと思います。そういう人びとが、朗らかな牧歌的な声で、挨拶をしているのですが、それは草や唐藷畑と一体となってきた、太古から自然というものの一員であった人間の、いまわの声でもあるのですね。

(石牟礼、二〇〇五d［一九八九］、二八二―二八三頁)

このテクストでは、先に見た二つのテクストのように「働き神」の夫婦の話としてではなく、「むかしの百姓さん」の話として語り出されているが、この話がここまで見てきたものと同じエピソードであることは明白である。さて、このテクストで注目すべきは、「草のことづて」が人と人ならざる存在だけでなく、人と人との間をとり結ぶ役割をも果たしているということに言及されているという点である。

「草のことづて」など、ただの「想像」(あるいは「幻想」)に過ぎないのではないか。死病に伏す人に、人間関係に行き詰まった孤独な人に、声をかけ、励ますための方便なのではないか。石牟礼の語るエピソードを、あくまで人間と人間とのあいだの相互行為と捉えることももちろん可能だろう。しかし、そのような「人間中心主義的」なコミュニケーション観に立脚するだけでは、何故わざわざそのような「方便」が必要とされたのか、どうして、肉体的／精神的な苦痛に苛まれる人にかける言葉として「草のことづて」が「想像」されなければならなかったのかを問うことはできないし、人と人ならざる存在の「コミュニケーション」が、人と人との「コミュニケーション」を仲立ちする契機となりうるということの意味を考えることもできはしない。〈人の言葉〉が届かない人に、〈草の言葉〉が届くのは何故か。〈人の言葉〉が届かない人が、草に言葉を届けようとするのは何故か。この人びとにとって、人と人ならざる存在の「コミュニケーション」が、確かな「リアリティ」をもつからではないのか。

求められるということ、見つめられるということ、語りかけられるということ、ときには愛情のではなくて憎しみの対象、排除の対象となっているのでもいい、他人のなんらかの関心の宛先になっているということが、他人の意識のなかで無視しえないある場所を占めているという実感が、ひとの存在証明となる。（鷲田、一九九九、九七頁）

この一節は、「アイデンティティにはかならず他者が必要」であり、「わたしがだれであるかということ」は「他者との関係のなかではじめて現実化される」とするR・D・レインの考えを下敷きに述べられているものだが（鷲田、一九九九、九五頁、レイン、一九七五参照）、この引用文中の「他人」と「ひと」との関係は、石牟礼が三つのテクストのなかで語る世界においては、人と人だけでなく、人と人ならざる存在のあいだにも当てはまるに違いない。死に至る病に伏せる人、人間関係に行き詰まりを覚えた人、そうした人びとが、畑や草や蜜柑に、「求められ」、「見つめられ」、「語りかけられる」ことで励まされるということが、別言すれば、そうした人びとにとって人ならざる存在の〈まなざし〉や〈言葉〉が励ましになるという見方が、石牟礼が語るエピソードに登場する人びとには共有されているのである。

そしてもう一つ。「草のことづて」の「蜜柑も草も、さびしさにして、泣きよるばってん……。墓の花からも、来てくれちゅうて、ことづけのあるばってん、行かれんが。どげんしゅうか」という一節や、「名残りの世」の「からいも畑がなあ、草とりに来てくれちゅうておめきよるばって、ゆかれんとばい」や、「人間に宿った自然」の「草の伸びて、どもこもならん、とりに来てくれいち、ことづけのあったばい」といった言葉から、石牟礼も含むこのエピソードに登場する人びとが、人だけでなく人ならざる存在もまた、人間の（この場合、この夫婦の）「関心の宛先になって」いなければならないと考えているということも推察できる。「畑」も「蜜柑」も「草」も、単なるモノ以上の存在と見なされていることを。

6 「想像的相互行為」の生成と「反復」

エコクリティシズムの課題の一つ。それは、「自然の他者化」すなわち、「自然を『声も主体もある』存在として認識する」ことの可能性と不可能性を論究することであると野田(二〇一一a)は言う。「自然他者論の問題」が、文学における自然環境と人間の関係に注目する文学研究(あるいは批評理論)であるエコクリティシズムの議論の俎上に載せられる背景には、「自然」を「声も主体もない存在」と捉える自然観や、「コミュニケーション」を人間と人間のあいだの相互行為に限定するコミュニケーション観を再考しようとする動きがある。野田は、こうした状況を、トドロフ(一九八六)、マニス(一九九八)、Oerlemans(一九九四)らの論稿を参照しながら概観し、次のように問う。「自然ははたして『声も主体もない』存在なのか。他者論的な範疇に属さない、思想的圏外者なのか」と(八―一一頁)。

この問いを考える重要な手がかりとして野田が注目するのは、「交易」という観点から「人間」とは何かを思索する今村仁司が『交易する人間(ホモ・コムニカンス)』のなかで「想像的相互行為」(五二頁)について述べた次の一節である。

相互行為はけっして人間と人間の関係だけに還元されるのではない。たとえば人間は、神々とも相互行為をおこなうし、この種の相互行為は歴史的現象としては圧倒的に多いのである。記号やシンボルの交換はたしかに人間と人間(個人であれ集団であれ)の間で起きる。しかし人間は記号とシンボルだけで生きるのではなくて、神々や自然との相互行為を想像的に生き抜いてきたし、いまもなおそうしている。〔……〕想像的相互行為の厳然たる実在性をけっして忘れてはならないことをここで指摘しておきたい。
（今村、二〇〇〇、五一―五二頁、強調原文）

「相互行為」を人間と人間あいだのそれに限定しないこと。人間は人間以外の存在との「想像的『相互行為』」にも従事しているということに目を向けること。その必要性と重要性を、野田は今村を参照しながら説いている[16]（野田、同書、九―一〇頁、強調原文）。

野田の言葉を借りて言えば、本章第四節で分析したおぎん女と遭遇したみっちんの姿も、前節で見てきたテクストで語られていた人びとの姿も、まさしく「自然との相互行為を『想像的に』生き抜く人間のけっして抽象的ではないあり方」（野田、同書、一一頁、強調原文）に他ならない。おぎん女の〈言葉〉を聴き、その〈言葉〉をくり返し、しぐさを真似、〈変身〉すること。「草のことづて」を聞き、語り、伝えること。そこでは、狐のおぎん女も「畑」も「蜜柑」も「草」もみな、「『声も主体もある』存在」（九頁）、人と「コミュニケーション」をする「主体」なのである（マニス、一九九八、野田、二〇〇三参照）。

いや、この言い方は正確ではないだろう。たとえば、小山（二〇〇九、一七一―一七二頁）が、〈卒業式への参加〉や〈読書〉といった行為が、たとえその行為に従事している当人が意識していなくとも、「特定の学校組織の、特定の年度の『卒業生』や、特定の種類の書物や雑誌を『読書する（語用）共同体』などといった社会文化的集団への帰属を示す」という「効果」をもつと述べているように、ある行為や出来事には、そこで起きている出来事やその参与者のあり方を決定したり変容したりするという「創出的」な「効果」もあるということを踏まえるならば[17]、むしろ次のように言うべきなのだ。人と人ならざる存在が「コミュニケーション」をしてはじめて、人と人ならざる存在が、ともに「コミュニケーション」の「主体」として構築される、と。別言すれば、「『声も主体もある』存在」として遇することなくして、人ならざる存在がそのような「存在」となることはない、と。

こうした観点から、本章第四節と第五節で検討してきた石牟礼のテクストを改めて読み返すとき、そこに、「沈黙のなかで自然と相互行為」をするなかで、人びとが人ならざる存在を「『声も主体もある』存在」となし、関わろうとする姿が描かれていたことが、さらには、そのようなふるまいを通して自らを人ならざる存在との相互行為に従事する「主体」となしていたことが、見えてくる。そしてまた、本章で注目してきた、人ならざる存在の〈言葉〉をくり返すことや、言葉なき存在の〈言葉〉に応えるというふるまいが、人をそのような存在となすとともに、人ならざる存在を「『声も主体もある』存在」たらしめる上で、要の役割を果たす場合があるということも。

もちろん、『椿の海の記』――『あやとりの記』と同じく石牟礼の幼少期の出来事をもとにした自伝的小説[18]――の以下の場面で語られているように、「想像的相互行為」に「反復」が必要ない場合もある。

「やまももの木に登るときゃ、山の神さんに、いただき申しやすちゅうて、ことわって登ろうぞ」

父の声がずうっと耳についてくる。

やまももの梢の色の、透きとおるように天蓋をなしている中を染まりながらしばらくゆき、そこを抜けてふくらみのある風の中にはいると、もう潮っぽい風の吹く岩の上である。わたしは岩の上に膝をつき、つわ蕗の葉をちいさなじょうごの形につくって、磯のきわの湧水をすくって飲む。清水は口に含むとき、がつっとした岩の膚をしていて、のどを通るとき、まろやかな男水の味がする。

「みっちん、やまももの実ば貰うときゃ、必ず山の神さんにことわって貰おうぞ」

父の声がまたいう。

(石牟礼、二〇〇四b［一九七六］、一二頁、強調原文)

やまももの木に登るとき、あるいは、その実を貰うときには、まず「山の神さん」にことわりを入れなければならない。「ことわって登ろうぞ」、「ことわって貰おうぞ」と、父の声がくり返し語るふるまいもまた、今村や野田が言うところの、人と人ならざる存在の「想像的相互行為」の一つである。

この例から、人間の側が一方的に言葉をかけることによっても「想像的相互行為」は成立しうるということ、別言すれば、本章で分析してきた、人ならざる存在の〈声〉をくり返すというふるまいは、人と人ならざる存在の「想像的相互行為」を立ち上げ、人ならざる存在を「『声も主体もある』存在」たらしめる重要な言語行為の一つではあるものの、唯一の方法というわけではないということが分かる。しかしながら、たとえ別の方法があるにしても、本章で論じてきたように、人が人ならざる存在の〈言葉〉を「反復」することが、人と人ならざる存在との「コミュニケーション」を創出する重要な言語行為の一つであることは動かない。たとえば、前節で見た「人間に宿った自然」で、「畑がよろしゅういうたばい」や「蜜柑がよろしゅういうたばい」という言葉に対し、「ああ行こごたるなあ。蜜柑のあそこからおめきよるとの聞こえるばってん、行かれんなあ。ああたが行きなはるならば、よろしゅう言うて下はりまっせなあ」（強調引用者）と、相手の〈言葉〉がくり返されていたように。また、『あやとりの記』で、みっちんが狐のおぎん女の〈言葉〉をくり返していたように。

> 〔……〕コミュニケーションの本義は、有用な情報を交換することにあるのではなく、メッセージの交換を成立させることによって「ここにはコミュニケーションをなしうる二人の人間が向き合って共存している」という事実を確認し合うことにある〔……〕。そして、私の前にいる人に対して、「私はあなたの言葉を聞き取った」と知らせるもっとも確実な方法は相手の言葉をもう一度繰り返してみせることなのである。だとすれば、真にコミュニケーシ

ョンを求め合っている二人の人間のあいだでは、「相手の言葉を繰り返しながら」「ほとんど無意味な」挨拶が終わることなく行き交うことになるはずである。


「おはよう。」

「おはよう。」

「いいお天気ですね。」

「ほんと、いいお天気。」

というふうに。


（難波江／内田、二〇〇〇、一九六頁）

石牟礼文学においては、この引用文中の「人間」と「人間」の関係は、人と人のあいだだけでなく、人と人ならざる存在との関係にも当てはまる。そのように考えたとき、本章第四節および第五節で検討した石牟礼のテクストで何が起きていたか、相手の言葉をくり返すことが何故重要なふるまいであるのかが明らかになる。おぎん女の〈言葉〉をくり返すこと、近所の人が伝えてくれる草や畑の「よろしゅう」という〈言葉〉に、「よろしゅう」という言葉で応じること。それは、「私はあなたの言葉を聞き取った」ということを相手（人ならざる存在）に「もっとも確実な方法」で「知らせる」ことであるとともに、人と人ならざる存在が「コミュニケーションをなしうる」二者として「共存している」という関係ないし出来事を創出することでもあるのだ。

渡辺（二〇一三b［二〇一三］、一四二頁）は、本章冒頭で引用した論稿のなかで、「石牟礼道子という文学的現象を分析し理解することは、それを思想的現象として理解するよりずっと大事だと私は考える。なぜなら思想は表現のうちにこそ、その構造をあらわにするからだ」と述べている。この言葉を踏まえ、ここまでの内容をまとめると、次のように言うことができよう。私たちは、石牟礼文学に相手の言葉／〈言葉〉をくり返すというふるまいが頻繁に描かれ、かつ、そのようなやりとりを通して人と人とのあいだだけでなく人と人ならざる存在のあいだの「コミュニケーション」も立ち上げられていたということ（表現）から、石牟礼文学のなかに、「有用な情報の交換」ではなく「メッセージの交換」こそが「コミュニケーション」の本質であり、また、そのようなふるまいが人と人ならざる存在を想像的相互行為に導きうるというコミュニケーション観（思想）を読み取ることができるのである、と。

＊

本章では、石牟礼道子の文学作品における、「他者」の言葉の、あるいは別のテクストの「反復」に焦点を当て、そのような「反復」によって何が描き出されているのか、そこから何を読み解くことができるのかを問うてきた。

本章ではまず、人と人とのあいだの「コミュニケーション」における「反復」について考察した。『あやとりの記』のみっちんとおもかさまのやりとり、そして、『苦海浄土』のなかの医師と患者のやりとりを分析し、相手の言葉をくり返すことが「主／客を撚り合わせる」一つの方法となりうることを明らかにした。次に、くり返しのもつ交話的機能の働きに着目し、水俣病の被害にあった一家のやりとりを分析し、そこでは相手の言葉をくり返すということそのものが重要な意味をもつ「コミュニケーション」が行われていることを見た。

さらに、人と人ならざる存在の「コミュニケーション」にも分析の網を広げ、石牟礼文学では、自然ないし超自然的な存在の〈言葉〉やふるまいの「反復」が「人間の自然化」を引き起こしている場面が描かれていることを見た。加えて、複数の講演やエッセイのなかで語られた「草のことづて」をめぐるエピソードの分析から、「反復」が人ならざる存在を『声も主体もある』存在」たらしめ、人と人ならざる存在のあいだの「想像的相互行為」を成立させる上で要の役割を果たすことを論じた。

おわりに

以上、本書では、梨木香歩と石牟礼道子の文学テクストにおける「反復」の働きについて論じてきた。最後に、本書の内容をまとめるとともに、課題と今後の展望について述べる。

*

梨木と石牟礼のテクストの共通点は、野田（二〇一〇）の言うように、「主／客を撚り合わせる世界」を描くという志向性をもつことの他に、人と人ならざる存在の「コミュニケーション」が描かれる際に、「反復」という〈あや〉がしばしば用いられるということにもある。本書では、

第三章および第四章で、二人の作品から、テクスト（ないしメッセージ）の内部に、あるいは、テクストとテクスト（ないしメッセージとメッセージ）のあいだに、音、語句、構文などさまざまなレベルのくり返しが看取できる場面を抽出し、「反復」という〈かたち〉に着目することで、それぞれのテクストからどのような解釈を導くことができるのかを考察した。

第一章と第二章で詳述したように、分析のための理論的枠組みとして参照したのは、レトリック論における「反復」という〈あや〉をめぐる知見および、ロマン・ヤコブソン、坂部恵、ハラルト・ヴァインリヒの研究である。とくに、ヤコブソンが提唱したコミュニケーション・モデル、わけても、「詩的機能」と「交話的機能」の概念が本書を導いてくれた。また、詩的機能にはメッセージそのものに焦点化する機能の他に、言及内容、送り手、受け手を「多重化」させる効果もあるという考えがヴァインリヒの時制論と親和性をもつとし、それを踏まえた上で卓抜な論を展開している坂部の論稿からも、テクストを解釈する上で大きな示唆を得た。

「反復」を伴うメッセージないし言語行為が「主体の二重化」を引き起こすという坂部の指摘を踏まえ、「反復」が看取できるテクストを分析した結果、梨木のテクストでも、石牟礼のテクストでも、人が「他者」、すなわち、他の人や人ならざる存在の〈言葉〉を引用的にくり返したり、想像／創造して語るときに、その〈言葉〉を発する主体が、〈当人であって当人ではない〉、あるいは、〈当人であるが「他者」でもある〉という状態になっていると考えられることが分かった。さらに、この分析結果を、環境文学研究で展開されている交感論の議論と接続し、坂部の言う「主体の二重化」と、交感論で言うところの「主／客を撚り合わせる」という事態とのあいだに共通する発想が認められること、「反復」という〈あや〉が、「他者」を「他者」たらしめたまま交わるという「コミュニケーション」、すなわち、ポスト・ロマン主義的交感を描く修辞装置として機能することを論じた。

また、「反復」を特徴とする言語行為である〈かたり〉や〈うた〉や〈ふり〉や〈まい〉が「垂直の時空」を顕現させる力をもつとともに、垂直的な「コミュニケーション」を可能にするという坂部の洞察に満ちた見解を参照することで、二人のテクストに出現する「反復」が、単なる「装飾」や「説得」の具などではなく、描出されている「コミュニケーション」がどのような性質の「コミュニケーション」であるのか、その場面で何が起きているのか、メッセージの送り手と受け手がどのような関係にあるのか、両者のあいだにどのような関係が構築されているのか、といったことを非明示的に表す役割を担っていることを明らかにした。以下、第三章と第四章の内容を振り返りながら、これらの点についてもう少し具体的に述べる。

第三章では、梨木が描く人と人ならざる存在の「コミュニケーション」――人ならざる存在から人に向けられた〈言葉〉、人から人ならざる存在に向けられた言葉、そして、自然（鳥）の〈言葉〉を語ること――を分析し、それが描かれた場面では、日本の伝統的な詩歌の型である五拍と七拍のユニットがしばしば「反復」していること、〈うた〉らしさを帯びることによって当該のやりとりが「垂直の言語行為」であることが暗示されていることを見た。

第四章では、石牟礼のテクストを取り上げ、相手の言葉をくり返すことが、人と人とのあいだの、また、人と人ならざる存在のあいだの「コミュニケーション」を成立させる要となる場合があることを見た。人と人ならざる存在のあいだの「コミュニケーション」が「反復」を伴って描き出されるということが、梨木のテクストだけでなく石牟礼のそれにも当てはまることを明らかにするとともに、人ならざる存在の〈言葉〉の「反復」によって人と人ならざる存在のあいだに「想像的相互行為」が立ち上がる場合があること、別の角度から言えば、「反復」という言語行為を通して、人ならざる存在が「コミュニケーション」の「主体」として構築されうることを論じた。

本書では、現代日本を代表する二人の環境文学作家の文学テクストを詳細に分析することで、「反復」が、人と人との「コミュニケーション」はもちろん、自然と人間の、あるいは、超自然の存在と人間のあいだのさまざまな「コミュニケーション」――今村の言う「想像的相互行為」――を生成する上で、また、それを文学テクストとして描き出す上で、看過すべからざる役割を担う場合があることを明らかにした。

第一章で論じたように、環境文学研究では、「形式」よりも「内容」に、「テクスト」よりもそれを取り巻く「コンテクスト」により多くの関心が向けられる傾向があり、本書のようなやり方で文学テクストが論じられることは少ない（もちろん、本書のようにテクストの表現形式に着目するというアプローチをとる研究は、「文体論」あるいは「文体分析」と呼ばれる分野で行われているが（李、二〇〇九、斎藤、二〇〇九、ロッジ、一九九九、リーチ／ショート、二〇〇三など参照）、エコクリティシズムの文脈でこのような方法論が用いられることは多くはない）。また、このことも少なからず関連するが、従来のエコクリティシズムで「レトリック」について論じられる際には、「レトリック」のもつ「弁論術」としての側面に注目される傾向があり、本書のように、テクストの構造やその特質に焦点が当てられることは少なかった。本書では、従来の環境文学研究ではあまり注目されてこなかった方法論である、表現形式に着目するという方法を用いて環境文学テクストを分析し、それが環境文学テクストを読み解く上で一定の有用性をもつ方法論となりうることを示すことを目指した。

加えて、本書では、形式に関わる〈あや〉ないし言語現象である「反復」に着目し、その機能の一端を解き明かすことも試みた。第一章で述べたように、広い意味での言葉の〈あや〉に関する研究は現在もさまざまな分野で行われているが、そこではメタファーをはじめとする「意味」に関わる〈あや〉が取り上げられることが多く、「反復」をはじめとする「形式」に関わる〈あや〉については、Hiraga（二〇〇五）、Nänny & Fischer (Eds.)（一九九九）、Fischer & Nänny (Eds.)（二〇〇一）、Nänny（二〇〇〇）、Hiraga, Herlofsky, Shinohara, & Akita (Eds.)（二〇一五）など、類像性に関する研究で考察されることはあっても、それほど盛んに研究されているわけではない。しかし、本書で論じたように、「反復」という形式に関わる〈あや〉は、さまざまなテクストを解釈する際の重要な鍵となる場合がある。本書では、「反復」という言葉の〈かたち〉に目を留めることではじめて導き出すことのできる解釈もあることを、環境文学テクストを詳細に分析しながら論じてきた。言葉の形式的側面もまた、さまざまな〈意味〉を創り出す力を秘めていることを明らかにすることができたのではないかと思う。

＊

最後に、本書の課題と今後の展望について述べる。

これまでもくり返し述べてきたように、本書では、梨木と石牟礼が描き出す、人と人の、そして、人と人ならざる存在の「コミュニケーション」を読み解く手がかりを、それぞれのテクストから読み取ることのできる「反復」に求めてきた。「反復」に着目しながらテクスト分析をする際の理論的基盤としたのは、ヤコブソンのコミュニケーション・モデル、とくに、そのなかの詩的機能と交話的機能の概念であり、ヤコブソンの枠組みやそれを発展させた理論を援用することで、上述の結論を導くことができた。だが、詩的機能と交話的機能の役割に焦点を絞ったことで、「反復」のもつ多様な側面や、「反復」と関連性をもつと考えられるさまざまな概念を取り入れた議論を展開することはできなかった。

たとえば、第三章と第四章のいくつかの節では、「他者」の言葉をくり返すという行為が描かれたテクストを俎上に載せたが、これらを「反復」と密接に関連する「引用」という観点から論じることもできたかもしれない（小山、二〇一二参照）。いま念頭に置いているのは、物理的には存在しない〈声〉を「くり返す」というアクロバティックな「コミュニケーション」が描かれている、第四章第五節で取り上げた石牟礼のテクストであるが、「草のことづて」をめぐるあのやりとりを、交話的機能の働きにも目を留めつつ、「引用」という視座から見るとき、〈声〉なき存在の〈声〉を想像し、語る、という行為が不可避的に孕む危うさ――他者表象に付き纏う「暴力性」の問題（稲賀、二〇〇〇、北條、二〇〇四など参照）――がくっきりと浮かび上がってくる。

あるいは、人が人ならざる存在の〈言葉〉を語るというふるまいが描かれていた、第三章第四節と第三章第五節で取り上げた梨木と鳥の「コミュニケーション」の場面や、第四章第四節で取り上げた「みっちん」と狐の相互行為の場面。これらの節では、テクストから読み取ることのできる「反復」や、相手の〈言葉〉がくり返されているということに着目し、〈ふり〉、〈かたり〉、〈まい〉、〈うた〉をめぐる坂部の議論を導きの糸に、それぞれのテクストで「主体の二重化」としての〈変身〉が描かれていることを論じたが、いずれの場面でも、「他者」の言葉を「他者」になり代わって語るという行為――「引用」――が行われていたとも言える。こうして見ていくと、ここにも右に述べたのと同じ種類の危うさが潜んでいることが分かる。

「他者」の言葉をくり返すという出来事を分析する際に、「引用」という視点を取り入れることで浮上してくるこうした問題は、第四章第六節で概観した、エコクリティシズムの研究課題の一つとされている「自然他者論」の議論とも、また、本書で扱ったテクストの多くが主題としていた〈変身〉をめぐる問題とも密接に関連していることが予想される。現段階ではこれらの問題を検討するための準備ができていないため、ここでは今後議論すべき点として挙げるに留めるが、上述した問題については稿を改めて論じていきたい。

また、本書では、表現形式に着目しながら文学テクストを分析するという方法に特化して議論を進めてきたため、作品（テクスト）とコンテクストの関係や、「反復」という〈あや〉のもつ「説得」という意味での「レトリカル」な側面については論じていない。別言すれば、どのような社会・文化・歴史的文脈のなかでそれぞれのテクストが生み出され、受容されたのか、また、それらがどのような「創出的」な「効果」をもつと考えられるのか、といった点を捨象してしまった。テクストを仔細に検討することで明らかになったことが、作品全体や作品を取り巻くコンテクストとの関係を論じる上でどのように活かすことができるのか、その可能性と限界について検討することも、残された大きな課題の一つである。

さらに、本書ではヤコブソンとヴァインリヒの研究の親和性に着目した坂部の論に依拠し、「他者」の言葉を語ることや、「主体の二重化」、〈変身〉が描かれた場面について論じてきたが、それに類する出来事を研究の射程に含む、語用論や談話分析、社会記号論や言語人類学などの知見を幅広く参照することで、より精緻で分析的な議論を行うことができた可能性もある（小山、二〇〇八、二〇一一など参照)。本書では参照しなかった理論や先行研究を取り入れることで、ここで行った分析や議論の妥当性を検証し、問題点を炙り出すことが可能になると予想される。今後の課題としたい。

*

文学テクストを形づくる言葉そのものと向き合い、何が、いかに語られているかを問うこと。何が、いかに語られているかを明らかにし、その意味を問うこと。

本書では、このような「問い」ないしアプローチが、文学テクストを読み、解き、語る有益な「方法」であるという立場に立脚し、環境文学テクストにおいて、人と人ならざる存在との「コミュニケーション」がいかに言語化されているのかを明らかにすることを試みるとともに、言葉の〈かたち〉に目を向けることで文学テクストの解釈の幅がいかに広がるか、その可能性を探ってきた。

今後は、上述した課題に取り組むとともに、梨木香歩と石牟礼道子の環境文学作品というごくごく狭い研究対象を論じることで明らかになったことが果たしてどれだけ一般化可能なのか、本書で採用した方法論がどれほどの応用可能性を秘めているのか、その限界はどこにあるのかということも視野に入れつつ、文学の、そして文学の〈ことば〉の研究を、続けていきたい。

註

第一章　環境文学と「レトリック」

（1）　結城（二〇一〇b）も引用するスロヴィック／野田（一九九六）の野田の以下の言葉は、エコクリティシズムの立場をじつに明快に示している。

共感的なかたちで、〈自然〉や〈環境〉の側に立ちさえすれば、そのような〔引用者註、「エゴ・コンシャス」ならぬ「エコ・コンシャス」な（グレン・A・ラヴ）〕文学や研究が可能となるというものではない。〔……〕エコクリティシズムの領野とは、「エゴ・コンシャス→エコ・コンシャス」という位相転換のプロセスそれじたいにあると考えるべきではないか。なぜなら、誰もそれほど簡単に「エコ・コンシャス」な地点に立つことなどできはしないし、人間が人間であるという事実が、自然からの根源的疎外を意味しているとするならば、それは不可能事でもあるからだ。むしろ、「エコ・コンシャス」の理念を導入することによって生じる絶えざる葛藤のプロセス——それこそがエコクリティシズムの問題域といっていいだろう。（スロヴィック／野田、一九九六、九頁）

（2）　結城は、「現代環境文学には、程度の差はあれ、環境アクティヴィズムの契機が孕まれている」こともあると指摘しているが（二〇〇四、一八四頁、スロヴィック、一九九六参照）、「環境文学」は「環境主義文学」（environmentalist literature）とは区別されることに留意されたい。環境文学も、「特定の政治的志向性を有し、環境保護を目指した社会変革への関心を頻繁に表明する特徴をもつが、一方で、より探求的な志向性が強く、問いと自然礼賛が顕著に見られ」、「環境保全などの主義主張を推進するための単なるプロパガンダ」とは一線を画しているとスロヴィックは指摘する（二〇一一、一七二—一七三頁）。

（3）　こうした学際的な研究は「環境人文学」と呼ばれている（ビュエル／ハイザ／ソーンバー、二〇一四、一九五頁、野田／山本／森田（編著）、二〇一七参照）。

（4）　この分野がカバーするテーマないし領域の多様性については、小谷／巴山／結城／豊里／喜納（編）（二〇一四）の第四部「キーワード三〇＋——より理解したいあなたへ」にまとめられた、エコクリティシズム関連の用語集を参照されたい。

（5）　いわゆる「文彩」である。フランス語で「フィギュール」、英語では「フィギュア」と呼ばれ、日本語では「話色」、「修飾」、「装飾」、「文彩（ぶんさい）」、「文彩（あや）」、「綾（あや）」などさまざまに訳されている（佐藤、一九九二a［一九七八］、五一—五二頁）。本書では佐藤にならい、〈あや〉と呼ぶこととする。

（6）　イーグルトンも指摘しているように、「形式」が「意味の発生装置」であるということは、「日常言語」にも当てはまる。もっとも、日常的な言語使用の場面では言及内容（言われていること）に注目されることが多く、内容と形式のつながりや形式そのものに注意が向けられることは少ない（二〇一一、一七二—一七四頁）。

（7）　こうした立場は、レオ・シュピッツァーが行ったようないわゆる「文体論」や「新批評（ニュークリティシズム）」、後ほど詳しく見るロマン・ヤコブソンの詩学などにも共通している（斎藤、二〇〇九）。なお、イーグルトンが、「『いかに』という形式の面から『何が』という内容をつかむとはいっても、両者が必ずしもぴたりと調和し合っていると考える必要はない」という立場をとっていることに注意されたい（一七六頁）。

（8）　結城が論じているのは、ウィリアムス（一九九五）の二九二頁の場面である。引用が長文にわたるため、本文は省略した。

（9）　「反復」による「自然の循環のリズム」の「喚起」について、結城は次のようにも述べている。「語やフレーズの繰り返しはあるリズムを生み、それによって文章に聴覚性が付与されることはたしかだが、反復のもつ意味はそれだけなのだろうか。少し考えてみれば、反復は日常世界のいたるところでみられることがわかる。太陽は昇っては沈み、潮は満ちては引き、風は吹いては止み、わたしたちは目覚めては眠る。反復は日常生活の基本的な現象にほかならない。そのような生の基本的ないし本質的なあり方が、反復が埋め込まれたウィリアムスのサウンドスケープ表象に含意されていると考えられないだろうか。」（一三七―一三八頁）

（10）　なお、「反復」がアメリカ先住民の儀式のみならずさまざまな文化で行われる儀礼においても重要な役割をもつことについては、たとえば小山（二〇一一、三九―四六頁）が言及しているインドネシアのロティ島の事例などを参照。

（11）　Williams（二〇〇一b、一三六頁）からの引用。原文は、“The desert before me is red is rose is pink is scarelet is magenta is salmon.”である。

（12）　生田や結城のように、環境文学作品を表現形式に焦点を当てる研究としては、他にも「転移形容詞」の働きに着目した中川（二〇〇八）などが挙げられる。

（13）　石井は、ローレンス・ビュエルの「放棄（relinquishment）の美学」の概念を参照しながらこのテクストを論じている（三九八頁）。この概念については、Buell（一九九五）の Chapter 5 を参照。

（14）　ネルソンは以下のように綴っている。「鳥がぼくを見ようとして頭を下げると、首のまわりの羽根がふわっとふくらむ。頭はほっそりとして羽毛も詰んでいる。内側から輝くような金色の目が、大鎌に似たくちばしの曲線ごしに前方をにらみ、その目の中に小さく焦げついた黒い瞳孔は、引き絞られた矢のごとくまっすぐぼくを狙っている。ぼくに向けた鷲の目には何が見えるのだろう。なにしろ四分の一マイル離れたところから、水中で閃くニシンの銀鱗が見える鳥なのだ。たぶんぼくが剃り残した頬髯の一本一本、あらゆるほくろやそばかす、すべてのまつ毛、目頭のピンク色の肉、白目に走る網目のような血管、虹彩の放射状の彩り、瞳に映る鷲自身の姿、あるいはそのもっと奥、角膜に映る自分の倒立像まで見えるのかもしれない。こちらには鷲の目しか見えないのだが、むこうはぼくの目の中まで見透かしていそうな気がする。いや、ひょっとしたら心の中までか。」（六六頁）

(15) これらは、古典レトリックで取り上げられてきた〈あや〉を現代的な観点から再検討している佐藤信夫の『レトリック感覚』（一九九二a［一九七八］）で論じられている〈あや〉である。

(16) 『言語理論小事典』の「文彩（「あや」とルビがふられている）」の項目で「よく引用される文彩」として挙げられている二十の〈あや〉から一部を引いた（デュクロ／トドロフ、同書、四三三頁）。

(17) リチャーズ（一九六一、四頁）が「〝修辞学〟は、誤解と誤解防止法の研究を任務とすべきである」と述べていることを指す（佐々木、一九八六、二六二—二六三頁）。

(18) 佐々木（一九八六、二六七—二六八頁）はまた、「レトリック」に備わる「説得」という力に着目したケネス・バークによる研究も「レトリック」を「コミュニケーション」の問題と結びつけた先駆的な研究として大きな影響をもたらしたことを指摘している（バーク、一九八二［一九四五］、二〇〇九［一九五〇］などを参照）。

(19) ただし、次章で見るように、ヤコブソンは「反復」に関する重要な研究を行っている。

(20) 佐藤（一九九二b［一九八一］）は《対比》と表記しているが、ここでは「対比」と表記することとする。

(21) フェルディナン・ド・ソシュールの業績が想起されていると思われる（ソシュール、一九八六、ムーナン、一九七〇、カラー、二〇〇二［一九七八］参照）。

(22) 佐藤（一五四頁）は次のように述べている。やや長くなるが、重要なことなので以下に引用する。「いかにも、厳密に言えば《対比》と《並行》は別のあやである。伝統レトリックの分類系でも、たしかに《対比》はあくまで意味上の対立のあやであり、《並行》は形式上の反復のあやとして、別の系列に属する（ちなみに、形式上の反復のあや類は、字音の反復、同一語句の反復、句や節の型の反復など、色とりどりのくりかえしの多様なパターンをふくむ）。《対比》は、AとBという二項が私たちの認識の上で対立させられるばあいであるから、形式上は、かならずしもAとBが同一のサイズの文句になるとはかぎらない。A項が一語であらわされるのに対してB項は句や節のかたちをとる、ということもありうるだろう。／ただし、じっさいの文例を見れば、たいが

い、《対比》的認識が《並行》形式のことばとして造形されている、ということになる。」（傍点原文、傍線引用者）

（23）なお、バルト（一九七九、七九―八〇頁）では、4と5が逆になっている。

（24）もちろん、それまでも古くはプラトンなどによってレトリックは批判されてきたが、この時代に加えられた批判は後世にとくに大きな影響をもった（ディクソン、一九七五）。

（25）引用文中のスプラットの言葉は、大塚（編集責任）・永嶋（解説）（一九八二［一九六七］）に抄訳が所収されている『自然科学の改革のためのロンドン王立協会の歴史』（一六六七）の抜粋（Sprat, 一九八二［一九六七］）を浜口が訳したものである。なお、該当箇所の原文は以下の通り。"They have exacted from all their members a close, naked, natural way of speaking, positive expressions, clear senses, a native easiness, bringing all things as near the Mathematical plainness as they can, and preffering the language of Artizans, Countrymen, and Merchants, before that of Wits or Scholars." (p. 12)

（26）「普遍言語」については、高山（一九八七、二〇〇七［二〇〇〇］）、浜口（二〇一一）に加え、エーコ（二〇一一［一九九五］）も参照されたい。「普遍言語」のアイディアと第二章で取り上げる言語の「類像性」の問題は密接に関係しているが、論旨と外れるためこの点については扱わないことをお断りしておく。

（27）なお、ニュートンをはじめとする王立協会のメンバーが、その後も「平明で、誇張がなく、的を射て、平易に世界／コンテクストに関連づけられる、誰にでも共有できうるような言説を、万人が従うべき語用論的規範――格率――として提示し推奨した」こと、そうした「コミュニケーション・イデオロギー」が現代にもなお引き継がれているということについては、小山（二〇一一、六八―七三頁）を参照されたい。

（28）『異文化コミュニケーション事典』にも「レトリック批評」の項目が設けられており、そこでは、「社会における象徴行為（symbolic action）に注目し、その説得作用を分析・解釈・評価すること」と定義されている（師岡、二〇一三、八九頁）。

（29）Cox（二〇一三、一四―一五頁）では、"Environmental rhetoric"が主要な研究領域の一つとして挙げられている。また、Goggin（Ed.）（二〇一三）にも、"Environmental rhetoric"を方法論として用いた研究が収められている。

(30) なお、このイントロダクションの第一節のタイトルは、"Rhetorical Criticism and the Environment" となっている。

(31) 邦訳ではレイチェル・カーソンとローレン・アイズリーに関する部分のみが訳出されている。

(32) 文学を「説得」という観点から論じるという立場をとる研究としては、バーク(二〇〇九)やイーグルトン(二〇一一)などが挙げられる。

(33) スロヴィック(一九九六)の枠組みについては、結城(二〇〇四)も参照。

(34) なお、本章冒頭で参照したイーグルトン(二〇一一、一九—三六頁)では、レトリックと政治の関係について論じる必要があるとされている。このような観点から研究を行う上で、重要な示唆を与えてくれると思われる。

第二章 「反復」の諸相——形式・意味・機能

(1) 「反復」のもつこのような局面については、第四章第三節で扱う。

(2) 短歌は五七五七七のユニットの連なりを基本とするが、この歌は意味的に考えて「サ行音/ふるわすように/降る雨の中/遠ざかりゆく/君の傘」と、五・七・七・七・五と区切るほうがより自然だと思われる。ここでは、この歌をこのように捉え、議論を進めていく。

(3) 本書では、Roman Jakobson を「ロマーン・ヤーコブソン」と表記している訳書も使用するが、本文では現在、一般的に用いられている「ロマン・ヤコブソン」という表記を用いることとする。

(4) ヤーコブソン(一九八五、八九—九一頁)で分析されているロシアの口承英雄叙事詩やロシアの歌唱民話におけるパラレリズムも参照。

(5) 坂部(二〇〇八[一九九〇]、一七七頁)は、「中動相」を「能動と受動の中間として、能動・受動双方の性格特徴を併せもつ用法、ドイツ語、フランス語で『再帰動詞』ないし『代名動詞』などとして人称代名詞の目的格をあわせて取る用法の動詞にほぼ相当するものである」と説明している。日本語で中動態的な特徴を示す動詞としては、「見える」「聞こえる」などの知覚動詞が挙げられる（野家、二〇一三、一四〇頁）（見る―見られる―見える、聞く―聞かれる―聞こえる、と比較してみると、「見える」「聞こえる」が能動でも受動でもない「相」を表していることは明らかだろう）。

森田（二〇〇三）は、中動態の根本的な性格として次の三点を挙げている（バンヴェニスト、一九八三、Gonda, 一九六〇、Kemmer, 一九九三参照）。

（1）主語が過程から影響をこうむりながら事を行うこと、過程の座であること
（2）動作主がないこと、出来事的であること
（3）出来事に参与するもの（participant）が区別し難いこと

ここで特に注目したいのは、「主語が動作主として自分から引き起こしているというよりも、主語の意志や意図には関係なく、主語に『起こる』『ふりかかってくる』ような出来事」を表すという（2）の側面である（ギリシャ語の「くしゃみをする」「怒る」「生まれる」、サンスクリット語の「見える」「疲れる」「忘れる」「震える」などの動詞がこれに相当する）（森田、二〇〇三、四頁）。中動相がもつという（2）の特徴は、綿貫のここでのふるまいと符合すると言えよう。

（6）　やまだ（一九九六、六一頁）は「情動は表情を介して伝染するので、他者の情動に面して平然としていることはむずかしいものである。同じ情動か、それと相補的な感情か、反感を感じるほかない。自分が見ているのは他者の表情でありながら、自分の表情のようでもあり、あるいは自分の表情であるのに、他者の表情のようにも見えてくるわけである。他者の表情は自分の表情と簡単に混ぜ合わされる。他者の強い情動の表情を目前に見たとき、それは自分のものとほとんど同じしかたで迫ってくるのである。気持も、しらずしらずに他者の情動と重ねあわさってしまう」と述べている。とすれば、綿貫はイモリの「強い情動の表情」を見てその「情動」に「伝染」したということになろう。こうした出来事については、「他者の身の統合との関係において起こる一種の感応ないし共振」である「同調」をめぐる市川（一九九三［一九八四］、九四―一〇〇頁）の議論も参照。

（7）　ここには、「論理的に正しい推論」を可能にする「論理」であると一般的に考えられている、「バルバラの三段論法」が成り立つ「論理」（①人は死ぬ、②ソクラテスは人である、③ソクラテスは死ぬだろう）ではなく、「隠喩の三段論法」を支える、「隠喩の論理」と呼ばれる論理（①草は死ぬ、②人は死ぬ、③人は草である）が働いている（矢野、二〇〇〇、九〇—九一頁）。「述語の同一性」によって導かれるこの三段論法は、「明らかに非論理的・擬論理的なもので、詩や夢と同質の論理」であり、「論理的に正しい論法」ではないとされている（同頁）。しかし、通常は非近代的と見なされるこの枠組みは、物語や芸術、宗教、科学を生み出す源泉となり、世界の新たな認識や解釈を可能にする確かな一貫性をもった一つの「論理」であるとも考えられている（市川、一九九三［一九八四］、一一九—一二五頁参照）。この例では、「並行」という〈かたち〉が、この出来事が「隠喩の論理」に支えられていることを示しているのである。

（8）　木田は河野与一による訳書を参考文献として挙げているが（ベルクソン、一九九八）、河野訳は掲載されていない。議論の一貫性を保つため、ここでは木田（二〇〇一）に記載されている訳文を引用する。

（9）　本章冒頭で参照した小山（二〇〇八、二〇一一）の指摘も参照されたい。

（10）　ヤーコブソン（一九七三）は、「絵画の分析が絵画構造を問題にするのと同様に、詩学は言語構造の問題を扱う。言語学は言語構造一般に関する学問であるから、詩学は言語学の一構成部門であると考えることができる」（一八四頁）と言う。また、「あらゆる種類の言語を領分とする言語学者は、詩を自らの研究に含めて支障がなく、また含めなければならない」（二二一頁）とも述べている。

（11）　なお、Nöth は批判しているが、**Johansen**（一九九六）も同様の見方をしている。

（12）　この最後の一文は、前掲の星川訳（三五二頁）を引用した。

（13）　訳語については、小山（二〇一二）を参考にした。

（14）　この図は、大堀（二〇〇九）を参考に作成した。

（15）　ここで言う「テクスト」とは、「書かれた作品」や「なまの会話」などではなく、「コンテクストから区別されることで、我々に**認識可能な**ものとして浮かび上がってくるもの、すなわち、理解・解釈や相互行為が織り成すものとしての『テクスト』」を指す（小山、二〇〇八、二二八頁、強調原文）。

(16) これまでくり返し述べてきた、「反復」は「構築」されるという議論をここでも想起されたい。
(17) また、詩的機能が「言葉の領域だけでなく、行為の領域においても見られる」ということがヤコブソンの弟子である言語人類学者マイケル・シルヴァスティンによって明らかにされている。「韻文（詩）と散文（日常会話など）の間に成立する［……］関係は、行為の領域においても、儀礼と日常会話の間に観察されるということ、さらに言い換えれば、『儀礼は行為の詩である』（そして日常行為は、行為の散文である）」と考えられているのである（小山、二〇〇九、一九三頁）。
(18) 坂部が「言語行為」という言葉を、「人間の〈ふるまい一般〉」と区別する言葉として用いていることに注意されたい（二〇〇八［一九九〇］、五一―五二頁）。
(19) ヴァインリヒの著書（訳書）では「説明の時制」、「語りの時制」と訳されているが、ここでは坂部の訳にしたがう。なお、英語・ドイツ語では、「現在」、「未来」、「現在完了」、「未来完了」がはなしの時制に、「過去」、「過去完了」がかたりの時制にそれぞれ該当する。フランス語では、「現在」、「未来Ⅰ」、「複合過去」、「未来Ⅱ」がはなしの時制に、「半過去」、「単純過去」、「条件法Ⅰ」、「大過去」、「前過去」、「条件法Ⅱ」がかたりの時制に当てはまる（ヴァインリヒ（一九八二、四九八頁）の表をもとに作成した後述の表も参照のこと）。
(20) 坂部の説明をもとに、「はなしの時制」と「かたりの時制」の項目を追加している。
(21) ここでは論旨の展開上、「浮き彫り付与」については省略している。
(22) ぽんぽんしゃら殿について、次のような記述がある。「よく見れば埃じみた全身といい手足といい、ぽんぽんしゃら殿は、まぎれもなくあの、寝る家もないヒロム兄(あん)やん や犬(いん)の仔せっちゃんの仲間に思えました。ことにその足ときたら、長いあいだ、履物を持たないはだしでした。藪くらなんかの切り株の、尖ったそらや、茨の棘でひっかいたとみえ、ところどころ血が滲んでいます。」（二〇八頁、強調原文）
(23) もちろん、コンテクストによってはくり返すことが冗長でも無駄でもないとみなされることもある。たとえば、牧野（一九八〇）が例として挙げている、取り調べや法廷でアリバイを確認する場面など（一一八―一一九頁）。
(24) 「交話的機能」（phatic function）は、「交感的機能」と訳されることもある（松木、二〇〇三、二四八頁）。
(25) 接触回路とは、送り手と受け手のあいだの「物理的回路・心理的連結で、両者をして伝達を開始し、接続することを可能にするもの」と定義される（ヤーコブソン、一九七三、一八八頁）。

(26) なお、ヤコブソン（一九七三、一九一頁）も述べているように、この機能はブロニスロー・マリノウスキーの「言語交際」（phatic communion）の考えを参照したものである（マリノウスキー、二〇〇一）。マリノウスキーは、健康について尋ねたり、天気の話をしたり、お互いのあいだで分かりきった事柄に言及することを例に挙げ、こうしたやりとりが行われるときには、言語は「仲間を求めて集まった人々の間に新しい結合をつくるに役立つのみで決して思想伝達の用はなさない」と述べている（マリノウスキー、同書、四〇四―四〇七頁、松木、二〇〇九参照）。

(27) ヤコブソンも、新婚旅行中の夫婦の次のようなやりとりを例に挙げている。「〝さて〟と青年は言った。〝ええ〟と彼女。〝着いたよ〟と彼。〝着いたのねえ〟と彼女。〝そうさ、やっと来たんだよ〟と彼。〝ええ〟と彼女。〝うん、そうさ〟と彼。」（一九七三、一九一頁）。

第三章　梨木香歩の「反復」

(1) 日本児童文学者協会新人賞、新見南吉児童文学賞、小学館文学賞を受賞している。

(2) 二人のこのやりとりは、前章で見た菅原（一九九八、一〇七頁）の言う「交感の儀式」に他ならない。

(3) 藤本（二〇〇九、五一頁）は、ここで語られている死生観に、梨木が関心を抱いていたというシュタイナーの転生観からの影響を見ている。

(4) この場面は、改ページによって劇的な演出が施されている。おばあちゃんからのメッセージだけに一ページが割かれており、また、最後の「『アイ・ノウ』／と。」の直前でページが改められている。

(5) まいが「魔女修行」を続けていたことについては、以下のように述べられている。「魔女修行のほうも忘れたわけではなかった。まいは今でも自分で決めたことは、何にしても黙々と最後までやり抜くべく努めるようにしている。そういうふうに努力することで、何とかおばあちゃんとの糸が切れないようにしていたのかもしれない」（一八二頁）、「今度会ったときに少しでもおばあちゃんを喜ばせられるように。まいはあらゆることに粘り強く取り組んだ」（一八四頁）と。

(6) 「ニシ」と「ヒガシ」のように対照性をもつものと同定される対(ペア)が「対照ペア」と呼ばれていること、また、それが「詩的機能」の働きと関連することについては小山(二〇〇八、二七四―二七六頁)を参照。

(7) (1)~(3)、(Ⅰ)~(Ⅲ)、[1]~[3]が、それぞれ異なる範囲を指していることに注意されたい。

(8) なお、ここでヴァインリヒが言う「物語」とは、「語られた世界の談話状況」の総称と考えてよい。

(9) 山口は、「直接引用を行う話法」を「直接的話法」、「間接引用を行う話法」を「間接的話法」と呼んでいる(一八八頁)。

(10) この問題については、「引用」をめぐる議論を踏まえた上で改めて論じていきたい。

(11) ⑪~⑭では、「語句を組み立てているかたち」がくり返されている。前章で見たように、佐々木(監修)(二〇〇六、四五頁)では、こうしたタイプの反復は「構成の反復」と呼ばれ、①③④⑤⑥⑦⑮のように語や句を反復する「語句の反復」とは区別されている。

(12) ここでは時系列に沿ってあらすじを追っていくが、物語は「B→A→C→D」の順で展開している。なお、絵本には頁番号が記載されていないため、本文が始まる頁を一頁目として引用者が数えた頁数を記載する。

(13) たとえば、『伊勢物語』の四十五段の「ゆく螢雲のうへまでいぬべくは　秋風吹くとかりにつげこせ」は「死者の霊を螢に準えた」歌であるとされている(中田、一九九六、三六頁)。

(14) 水平の言語行為が「人が人にさしむける相互的なわざあるいはいとなみ」であるのに対し、垂直の言語行為は「すくなくともその典型においては、神仏―人の関係」のような間柄において成立するものとされている(四四―四五頁)。

(15) なお、坂部は、〈うたう〉ことが、「神がかり」や「憑依の状態のひと」の言葉のように「上からの言語行為」となる場合や、「歌垣、贈答歌、連歌など」のように「水平的な相互性の場で機能する場面」もあることも指摘している(四四頁)。

(16) 「この旅から帰国した後、すぐにリーマンショックが起こった」(一三七頁)という本文の記述から、梨木がエストニアを訪れたのが二〇〇八年だったことが推察される。

(17) 外務省ホームページを参照(http://www.mofa.go.jp/mofaj/area/estonia/data.html#section1)。

（18）　この場面が記載されている次の頁から二頁（一九二―一九三頁）に亘って、エストニアで「国歌ではないが、第二の国歌ともいわれるほど国民に愛されている」歌（四〇頁）である「我が祖国は我が愛」の歌詞（梨木訳）が掲載されているが、ここではこの引用箇所を「ラストシーン」と考える。

なお、ラストシーンにでも用いられている「祖国愛」という言葉はナショナリスティックな感情を連想させるが、梨木はこの言葉を次のような意味で用いていることに注意されたい。「エストニアの人々にとっての祖国愛とは、おそらく国家へのものというよりも、父祖から伝わる命の流れが連綿と息づいてきた大地へのもののように思って間違いがないような気がしてきていた。縦のつながり、横のつながり、森に棲む、あるいは海に棲む、多様な生命への畏敬の念。」（一八七頁）。

また、エストニアがチェルノブイリ原発事故の影響を少なからず被ったことについて思いをめぐらす箇所で、「エストニアもまた、無傷でいられたわけがない」と記した後で、次のように綴っている。「森や海とともに生きるということ。それは悲壮な覚悟の余地すらない、生物のごく当然な在り方なのかもしれない、としみじみ思う。自分の存在ということと、森や海というものが切っても切れない、こういう暮らしぶりに接していると。生まれた場所を世界のすべてとして受け止め、不都合も含めてその恵みを享受し、できる限りの工夫をして生活し、その土地で死んでいく。それをもの言わぬ動植物の、静かな『プロテスト』と見るのは、また少し違う気がするが、そういう人間の側の『読み込み』が可能なことも確かだ。／エストニアの人々の歌う「我が祖国」とは、生まれた土地のこと。そしてその思いを根本にそって敷衍すれば、それは、地球そのもの。」（一五三―一五四頁、強調引用者）

（19）　梨木はあるインタビュー記事のなかでこの場面について語っている（『考える人』二〇一二年秋号に掲載された「ロングインタビュー　梨木香歩　まだ、そこまで行ったことのない場所へ（聞き手・湯川豊）」（梨木、二〇一二a、五一―五三頁））。インタビュアー（湯川）が、「人間と自然の関係はきわめて入りくんでいて、その中で怖いものがぽっかり口をあけているのを見ることがある」が、たとえ自然にそういった側面があっても、「そういう自然の中にどこまでも突き進んでいきたいという衝動のようなもの」を梨木のなかに感じるが、それは一体何なのかという質問すると、梨木は次のように語る。

結局、対象との対話を記録したいということなのではないでしょうか。けれど、対話といっても、ほんとうにはそれは幻想です。風景でも人でも同じだと思うんですけど、たとえば相手が人間の場合、人それぞれがもっているリアリティは違うわけだから、ほんとうの意味の対話ではなくて、一種のリフレクション（反射）というか、自分の放った言葉が相手によってさまざまな深浅を伴って返ってくる。それによって相手の構えている深さが測られ、反応して自分でも思わぬ深部からことばが引き出されてくることがある。同じことが、風景の場合にもあって、風景そのものと厳密な意味で対話ができているわけではない。けれど、そのときの思考や気分に、「場所」がリフレクトしてくるものは必ずあります。それが自分の中で紡がれていく。結局モノローグであるとしても、その場所とその空気がなければ、出てこなかったモノローグがある。それを記録したいという欲求は、自分でもいい加減にしてくれと言いたいほどあります。

『考える人』で二回、掲載させていただいた「エストニア紀行」でも、それに類することが起こりました。（五一頁）

ここで梨木が語る「その場所とその空気がなければ、出てこなかったモノローグ」こそ、先に引用した『エストニア紀行』のラストシーンなのだ。

ある鳥がエストニアを旅立ってアフリカへ行ってしまった。ラストの部分に書いたことですが、私が最後にエストニアを発ったとき、飛行機が低空飛行してその方向へ向かったんです。そのとき、「あ、これはあの鳥たちの視点だ」と思ったとき、なにか、すごい感動があったんです。その瞬間。

でもそれが言語化できなかったんです。なんだろうというのがずっとあって。だから私は、体は日本に帰ってきても、魂の一部はエストニアをずっとうろうろしていて、そこに近づくためにエストニアの愛国的な詩を翻訳したり、改めて歴史を調べたり、内的な旅をぐるぐる続けていて、最後に、ああこういうことだったのか、とわかった。（五一―五二頁）

梨木が、旅の最後に経験した「感動」が容易に「言語化できなかった」と言い、言語化し難いことを言語化するために、「愛国的な詩」である「我が祖国は我が愛」（前述）の翻訳や、エストニアの歴史を辿り直すという作業を行ったと述べていることは、テクストがどのようにかたち作られていくのかということを考える上できわめて興味深い。

(20)　『エストニア紀行』のなかで、このとき梨木が購入した書籍が、“The State of Africa - A History of Fifty Years of Independence”（四九頁）、“Out of Poverty”（五〇頁）、“The White Man's Burden”（一八三頁）というタイトルをもつ三冊であることが語られている。コウノトリの渡りの目的地でもあるアフリカの歴史に関する書籍が含まれているのは、この旅の一カ月後に「ウガンダに行くことになっていた」（一八八頁）ことが影響していると思われる。なお、アフリカを舞台にした梨木の作品に『ピスタチオ』（筑摩書房、二〇一〇年）がある（初出はPR誌「ちくま」二〇〇八年五月号―二〇一〇年六月号）。

(21)　坂部（同書、一七一―一七二頁）が、「第二次大戦以後（さらにせまくいえば一九六〇年代以降）、欧米の哲学における言語論の領域での大きな転換の一端は、（1）英米系を中心とした言語行為論、言語行為の分析、より広くいって日常言語の分析に見られる」と述べていることから、引用文中の「発語行為」と「発話行為」がそれぞれ、オースティン（一九七八［一九六二］）の言う“locutionary act”と“speech act”を指していることが推察される（なお、後者はオースティン（同書）では「言語行為」と訳されているが、現在では「発話行為」と訳されることが多い（鹿嶋、二〇〇三参照））。

(22)　たとえば、昔話を〈かたる〉とき、〈語り手〉が登場人物のように発話することなどを想起されたい。

(23)　坂部はこの図式を「言語行為の二重化的統合あるいは超出の段階をあらわす図式」と呼んでいる（二〇〇八［一九九〇］、四五頁）。

(24)　マイケル・シルヴァスティンは、坂部のこの理論と同様の発想に基づく枠組みを提示していると考えられる。小山（二〇〇九、四〇―四一頁）は、シルヴァスティンの「一般コミュニケーション理論の核心を成す思想」の中心に、『儀礼は相互行為の詩である』というテーゼ、つまり、言葉と相互行為という二つの領域にまたがって、〔韻文－散文、儀礼－日常行為〕（韻文と散文との関係は、儀礼と日常行為の関係と相同である）という『アナロジー』が成り立つこと」を挙げている（本書第二章の註（17）も参照）。坂部（二〇〇八［一九九〇］、五二頁）が、「言語行為」が「〈ふるまい〉一般」に含まれると考えていることも併せて参照されたい。

(25) 単行本化されるにあたり、「もっと違う場所・帰りたい場所」が書き下ろされ、二〇一三年に文庫化された際には、「知床半島の上空を、雲はやがて」（初出『考える人』二〇一一年冬号）がそれぞれ追加収録されている。ここでは一部を除き、底本には二〇一三年出版の文庫版を用いた。

(26) 省略された一文に「やっぱり」という文言があるのは、次の註で触れるように、この直前に記された新谷との対話のなかで、新谷が千島の海が冷たいと語っていたことが踏まえられているからだと思われる（二〇一三a［二〇一〇］、七六頁）。

(27) たとえば、次のようなやりとりである。「冷たいですか、ベーリング海の水って、やっぱり。いや、それが、オホーツクの方がまだ冷たい。知床の方が冷たいって感じる。ベーリング海って、緯度的にはあんなに上にあるけど、そんな冷たい海じゃないですよ。〔……〕」（七六頁）。梨木と新谷の対話に鍵括弧が用いられていないこと、また、両者の言葉が改行されずに表記されていることに注意されたい。梨木と新谷との対話が、梨木とクビワキンクロの〈対話〉と同じように描かれていることによって、新谷とクビワキンクロが類似性と差異をもった存在、すなわち「対照ペア」（小山、二〇〇八、二四七―二七六頁）として位置づけられていることが示唆されていると考えられる。

(28) 加藤は、「ジーンとともに」など、「鳥を主人公にした」作品を創作したことに触れ、「擬人化ではなくて、擬鳥化。できるだけ〝鳥語〟らしい〝人語〟でつづること。試みてはみたものの、人間の私にはほんとうにむずかしい業だった。それでも書きおえた今は、前より少しは鳥の世界に近づいてきたようだ」と述べている（一九九八［一九九七］、一三三頁）。

(29) 第一章で分析した、ハクトウワシと邂逅する場面も参照されたい。

(30) 梨木はこの「感覚」を、「私たちの経験してこなかった相手の歴史に対して、そしてもしかしたらそれが自分のものになっていたかもしれない可能性に対して、自分を開いていく」」、そうした「他者」との関わり方、あるいは自己のあり方に近づくための一つの方法、「意識的なわざ」であるとも述べている（同書、四六―四七頁）。

（31）「自己」は、「すくなくともある場合には、いわば自由と自在の奪取と喪失の危険――自己性の奪取と自己の根の喪失の危険――にたえずさらされるきわめて動的な場にその成立の場面をもっている」（二〇〇七a〔一九八六〕、二九〇頁）と坂部は言う。

（32）実際、野田（二〇一六、二〇一七）では、〈変身〉と〈交感〉の関係を検討するなかで、「主体の二重化」の概念が取り入れられている。野田（二〇一七、二〇―二一頁）が、石牟礼道子の『椿の海の記』に描かれた狐への変身譚を「二重化された変身譚」と呼び、そこに「他者になりきらない存在論に基づく他者性の保持が明確に認識されている」ことを指摘するとともに、石牟礼が「変身とは対象への一元的同一化ではなく、むしろ二元化＝二重化、つまり〈私〉と〈私〉ならぬものの重なりを引き受けることにその本質があることを示唆している」と論じていることなどを参照（強調原文）。なお、石牟礼文学における狐への〈変身〉については、次章第四節で取り上げる。

第四章　石牟礼道子の「反復」

（1）「そうじゃ、耳を澄ませたかえ」「耳澄ませた」というやりとりは、石牟礼（二〇〇九〔一九八三〕、二二六頁）では、「そうじゃ、耳を澄ましたかえ」「耳澄ました」となっている。

（2）石牟礼（一九七二〔一九六九〕、五〇頁）では、「コンスタンチノーブル」と記載されている。

（3）このエピソードに付けられた「草の親」という見出しは、この言葉に由来していると思われる。

（4）「七つの子」は、一九二一年『金の船』七月号に発表された（金子、二〇一三、二〇四頁）。ここでは、『新資料　野口雨情《童謡》』（踏青社）のテクストを底本とした。

（5）　自分たち親子を烏（鳥）の親子に重ね合わせるという発想は、次項で取り上げる、「うちはなあとうちゃん、ゆりはああして寝とるばっかり、もう死んどる者じゃ、草や木と同じに息しとるばっかり、そげんおもう。ゆりが草木ならば、うちは草木の親じゃ。ゆりがとかげの子ならばとかげの親、鳥の子ならば鳥の親、めめずの子ならばめめずの親――」、「なんの親でもよかたいなあ。鳥じゃろと草じゃろと。うちはゆりの親でさえあれば、なんの親にでもなってよか」という、この場面のすぐ後に出てくる母の言葉にも引き継がれていると考えられる（一九七―一九八頁）。

（6）　私たちも日常的にこのような「合図」を送りながらやりとりをしている。たとえば、「分かったの？」、「分かった、分かった」、「聞いてるの？」、「聞いてる、聞いてる」、「全然聞いてないでしょ！」といったやりとりを想起されたい。

なお、相手の言葉をこうしたかたちで引用することについては、バフチン（一九九五）の言語論および言語研究を批判的に検討しながら、小津安二郎の映画における「反復」について論じているやまだ（二〇〇四）も参照。

（7）　これは、矢野智司が「溶解体験」と呼ぶ体験、すなわち、「没頭して夢中になって遊んでいるとき、優れた芸術作品に接したとき、あるいは自然のもつ美しさに打たれたときなどに、いつのまにか『私』と私を取りかこむ『世界』との間の境界が消えていく」体験であると思われる（矢野、二〇〇六、一一四―一一五頁、作田、一九九三参照）。

（8）　なお、この引用箇所には、同一ないし類似の表現も顕著に反復している。（1）冒頭の一文にある「照らし」の三度の反復、（2）「夕陽のひろがる」、「光がさしひろがる」、「幾重にもひろがってゆく」に共通する「ひろがる」という動詞のくり返し、（3）語句そのものに反復が含まれた類似の言葉の使用（「満ち満ちて感ぜられ」と「満ち満ちたその声」、「刻々と」と「隅々へ」）といった特徴が認められる。

（9）　坂部（二〇〇七b［一九九〇］、一四〇頁）が、〈うつし〉には「変換、変身、憑依、超越、化身、権現、垂迹等々、形而上学的考察の対象となりうるさまざまなはたらきへの指示が含まれている」と述べていることも参照。なお、石牟礼が描く狐への「変身」というテーマの重要性と、その核心に「二重化」があることについては野田（二〇一六、二〇一七）を参照されたい（本書第三章の註（32）も参照）。また、第一章第三節で引用したラヒリ（二〇一五）が「変身」と「二重化」の関係について言及していたことも想起。

（10）　みっちんの言葉には、「通れば」という言葉がなく、また、「おほほほ　ほ」が「うふふふ　ふ」に変わっているという違いがある。ここには、みっちんの〈変身〉がおぎん女と完全に同じものになるわけではないこと、両者のあいだにはズレがあるということが含意されていると考えることができる。

(11)　みっちんが藪くらを探している場面で、「たしかにひらりと、今度は水の面に黄金色のかげが映って消えたのです」(四四頁) という一節がある。

(12)　書誌情報は、このテクストが収録されている『〈石牟礼道子全集・不知火〉第六巻』の「後記」(六〇三頁) による。

(13)　書誌情報は、このテクストが収録されている『〈石牟礼道子全集・不知火〉第一〇巻』の「後記」(六三三頁) による。

(14)　なお、石牟礼は自分の母親もそのような世界に生きていたことを次のように語っている。「私の母もそうでしたけど、畑に行きますとき、草にものを言いながら行くんですよね。畑の草取りといいますのは毎日行かないと、二、三日のうちにたちまち大きくなってしまうものでして、病気かなにかしてしばらく行かないと、草がどーんと大きくなっているときなんか、母は道を歩きながら、「あらあら、お前たち、いつの間にか大きゅうなったね」と、だれに言うでもなしに、草にものを言いながらゆくのですよね。」(石牟礼、二〇一三 [一九九九]、六六七頁、石牟礼、二〇〇五b [一九七六]、二九二頁参照)。

(15)　書誌情報は、このテクストが収録されている『〈石牟礼道子全集・不知火〉第七巻』の「後記」(五七三頁) による。

(16)　野田 (同頁) は今村 (同書、五二頁) の「人間と自然の関係もまた独自の相互行為ではないだろうか。なるほど自然は神々と同様に人間のようには言葉を発することはないだろうし、言語がないのだから対話的交渉はないだろうが、たとえ自然が沈黙していようと人間は沈黙のなかで自然との相互行為をしているのである」という言葉も引いている。

(17)　あるいは、内田 (二〇一三、四九—五〇頁) が述べている「啐啄之機」に関する次のような説明も同じ「効果」に焦点を当てている。「啐啄之機」とは「卵から雛が孵るとき、母鳥が卵の殻を外からつつき、雛鳥は同じ殻を内からつつく。そのふたつがぴたりと一致したとき、雛が孵る」と言われることがあるが、この言い方ではここで起きていることを正しく捉えられていないという。なぜなら、「卵が割れる以前には母鳥も雛鳥も存在」せず、「母鳥も雛鳥も、卵が割れたことによって、その瞬間に母としてまた子として形成され」るからである。

(18) なお、『おえん遊行』の「あとがき」に、「『椿の海の記』(朝日新聞社)と『あやとりの記』は姉妹」であると述べられている(石牟礼、二〇〇五a[一九八四]、二五三頁)。

参考文献

赤羽研三『言葉と意味を考える　I』夏目書房、一九九八年。

浅野楢英『論証のレトリック——古代ギリシアの言論の技術』講談社、一九九六年。

浅野麗「石牟礼道子『苦海浄土　わが水俣病』への道——「水俣湾漁民のルポルタージュ奇病」から「海と空のあいだに　坂上ゆきのきき書きより」への改稿をめぐる検証と考察」『敍説』Ⅲ－一〇、一二一—一三八頁、花書院、二〇一三年。

アビー、E『荒野、わが故郷』（野田研一・訳）、宝島社、一九九五年。［原著、Abbey, E. *The journey home: Some words in defense of the American west.* New York: E. P. Dutton, 1977.］

尼ヶ崎彬『日本のレトリック——演技する言葉』筑摩書房、一九八八年。

——『ことばと身体』勁草書房、一九九〇年。

新井豊美『苦海浄土の世界』れんが書房新社、一九八六年。

アリストテレス『弁論術』（戸塚七郎・訳）、岩波書店、一九九二年。［底本、Ross, W. D. (Ed.) *Aristotelis ars rhetorica*. Oxfrod: E T ypographeo Clarendoniano, 1959.］

アレン、B「石牟礼道子『天湖』にみる多次元的世界」（相原優子／相原直美・訳）、野田研一／結城正美（編）『越境するトポス――環境文学論序説』二七三―二九〇頁、彩流社、二〇〇四年。

イーグルトン、T『詩をどう読むか』（川本皓嗣・訳）、岩波書店、二〇一一年。［原著、Eagleton, T. *How to read a poem*. Oxford: Blackwell, 2007.］

生田省悟「覚醒する〈場所の感覚〉――人間と自然環境をめぐる現代日本の言説」野田研一／結城正美（編）『越境するトポス――環境文学論序説』一九―四一頁、彩流社、二〇〇四年。

池上嘉彦『「する」と「なる」の言語学――言語と文化のタイポロジーへの試論』大修館書店、一九八一年。

石井倫代「エコフェミニスト・テクストとしての『鳥と砂漠と湖と』――共生のための女性性」スロヴィック、S／野田研一（編著）『アメリカ文学の〈自然〉を読む――ネイチャーライティングの世界へ』三九一―四〇八頁、ミネルヴァ書房、一九九六年。

石牟礼道子『苦海浄土　わが水俣病』講談社、一九七二［一九六九］年。

――『葛のしとね』朝日新聞社、一九九四年。

――「第一部　苦海浄土」『〈石牟礼道子全集・不知火〉第二巻　苦海浄土　第一部・第二部』七―二六一頁、藤原書店、二〇〇四a［一九七二、一九六九］年。

――「椿の海の記」『〈石牟礼道子全集・不知火〉第四巻　椿の海の記ほか』九―二五一頁、藤原書店、二〇〇四b［一九七六］年。

――「おえん遊行」『〈石牟礼道子全集・不知火〉第八巻　おえん遊行ほか』九―二五三頁、藤原書店、二〇〇五a［一九八四］年。

――「『わが戦後』を語る」『〈石牟礼道子全集・不知火〉第八巻　おえん遊行ほか』二六四―二九四頁、藤原書店、二〇〇五b［一九七六］年。

――「あやとりの記」『〈石牟礼道子全集・不知火〉第七巻　あやとりの記ほか』九―二六二頁、藤原書店、二

○○五c［一九八三］年。
――「人間に宿った自然」『〈石牟礼道子全集・不知火〉第七巻　あやとりの記ほか』二六八―二八四頁、藤原書店、二〇〇五d［一九八九］年。

――「名残りの世」『〈石牟礼道子全集・不知火〉第一〇巻　食べごしらえ　おままごと　ほか』三五四―三八八頁、藤原書店、二〇〇六a［一九八三］年。

――「草のことづて」『〈石牟礼道子全集・不知火〉第六巻　常世の樹・あやはべるの島へほか』五六八―五七七頁、藤原書店、二〇〇六b［一九七四］年。

――『あやとりの記』福音館書店、二〇〇九［一九八三］年。

――「形見の声」『〈石牟礼道子全集・不知火〉第一六巻　新作　能・狂言・歌謡ほか』六五八―六七二頁、藤原書店、二〇一三［一九九九］年。

市川浩『〈身〉の構造』講談社、一九九三［一九八四］年。

糸井重里『小さいことばを歌う場所』東京糸井重里事務所、二〇〇七年。

稲賀繁美「ナウシカの慰め――文化のあいだに浮かべる翼」稲賀繁美（編）『異文化理解の倫理にむけて』一―一六頁、名古屋大学出版会、二〇〇〇年。

稲田浩二／大島建彦／川端豊彦／福田晃／三原幸久（編）『日本昔話事典』弘文堂、一九七七年。

今村仁司『交易する人間（ホモ・コムニカンス）』講談社、二〇〇〇年。

岩渕宏子「表象としての〈水俣病〉――石牟礼道子の世界」『社会文学』第一五号、八五―九五頁、「社会文学」編集委員会、二〇〇一年。

ヴァインリヒ、H『時制論』（脇阪豊／大瀧敏夫／竹島俊之／原野昇・訳）、紀伊国屋書店、一九八二年。［原著、Weinrich, H. *Tempus:Besprochene und erzählte Welt* (3 Auflage). Stuttgart: Kohlhammer, 1977［1964］.］

ウィリアムス、T・T『鳥と砂漠と湖と』（石井倫代・訳）、宝島社、一九九五年。［原著、Williams, T. T. *Refuge: An unnatural history of family and place*. New York: Vintage Books, 1991.］

ウォー、L「詩的機能と言語の性質」（浅川順子・訳）、ヤコブソン、R『言語芸術・言語記号・言語の時間』二

四五―二八三頁、法政大学出版局、一九九五年。〔原著、Waugh, L. The poetic function and the nature of language. *Poetics Today*, 2（1）, 1980 : 57-82.〕
内田樹『死と身体――コミュニケーションの磁場』医学書院、二〇〇四年。
――――『修業論』光文社、二〇一三年。
エーコ、U『完全言語の探求』（上村忠男／廣石正和・訳）、平凡社、二〇一一〔一九九五〕年。〔原著、Eco, U. *La ricerca della lingua perfetta nella cultura europea*. Roma-Bari: Laterza, 1993.〕
オースティン、J・L『言語と行為』（坂本百大・訳）、大修館書店、一九七八年。〔原著、Austin, J. L. *How to do things with words*. Oxford: Oxford University Press, 1962.〕
大堀俊夫「言語記号の類像性再考」日本記号学会（編）『ポストモダンの記号論　情報と類像（記号学研究一二）』八七―九六頁、東海大学出版会、一九九二年。
大堀壽夫「日常言語の詩学」中島平三（監修）・斎藤兆史（編）『シリーズ朝倉〈言語の可能性〉一〇――言語と文学』一七二―二〇〇頁、朝倉書店、二〇〇九年。
岡部朗一「なぜレトリック批評をするのか」鈴木健／岡部朗一（編）『説得コミュニケーション論を学ぶ人のために』一一―三八頁、世界思想社、二〇〇九年。
小谷一明／巴山岳人／結城正美／豊里真弓／喜納育江（編）『文学から環境を考える――エコクリティシズムガイドブック』勉誠出版、二〇一四年。
折口信夫「舞ひと踊りと」『折口信夫全集二一』二五九―二六一頁、中央公論社、一九九六〔一九五二〕年。
オング、W「ラムス主義」（佐々木力・訳）、ウィーナー、P・P（編）・荒川幾男ほか（日本語版編集委員）『西洋思想大事典　四』四九三―四九六頁、平凡社、一九九〇年。〔原著、Wiener, P. P.（Ed.）*Dictionary of the history of ideas: Studies of selected pivotal ideas*. New York: Charles Scribner's Sons, 1973.〕
外務省「エストニア共和国」二〇一六年十月一三日 http://www.mofa.go.jp/mofaj/area/estonia/data.html#section1 より情報取得。
鹿嶋恵「発話行為」小池生夫（編集主幹）『応用言語学事典』二〇六―二〇七頁、研究社、二〇〇三年。

カセカンプ、A『バルト三国の歴史——エストニア・ラトヴィア・リトアニア　石器時代から現代まで』（小森宏美／重松尚・訳）、明石書店、二〇一四年。［Kasekamp, A. *A history of the Baltic states*. New York: Palgrave MacMillan, 2010.］

加藤幸子『鳥のことば　人のことば』KSS出版、一九九八［一九九七］年。

——『池辺の棲家』角川書店、二〇〇七［二〇〇三］年。

金子未佳『野口雨情』勉誠出版、二〇一三年。

カラー、J『ソシュール』（川本茂雄・訳）、岩波書店、二〇〇〇［一九七八］年。［原著、Culler, J. *Saussure*. London: Fontana, 1976.］

河辺六男「ニュートンの十五枚の肖像画」河辺六男（責任編集）『世界の名著三一　ニュートン』七—四六頁、中央公論社、一九七九年。

川村湊「風を読む　水に書く一　潮の橋の上で——石牟礼道子論」『群像』第五二巻、第六号、三八四—四〇四頁、講談社、一九九七年。

キケロー『弁論家について（上）』（大西英文・訳）、岩波書店、二〇〇五年。［底本、Wilkins, A. S. (Ed.) *M. Tulli Ciceronis Rhetorica I* (*De oratore*). Oxford: Oxford University Press, 1902.; Kumaniecki, K. (Ed.) *M. Tullius Cicero* (*Fasc. 3*), *De Oratore*. Leipzig: Teubner, 1969.］

木田元『偶然性と運命』岩波書店、二〇〇一年。

ギブソン、J『生態学的視覚論——ヒトの知覚世界を探る』（古崎敬／古崎愛子／辻敬一郎／村瀬晃・訳）、サイエンス社、一九八五年。［原著、Gibson, J. *The ecological approach to visual perception*. Boston: Houghton Mifflin, 1979.］

木村敏／坂部恵「対談・〈作り〉と〈かたり〉」木村敏／坂部恵（監修）『〈かたり〉と〈作り〉——臨床哲学の諸相』二一—六九頁、河合文化教育研究所、二〇〇九年。

キリングスワース、M・J／パーマー、J・S「『沈黙の春』から『地球温暖化』にいたる終末論的語り——エコロジーの言説とレトリック」（伊藤詔子・訳）、フロム、H／アレン、P・G／ビュエル、Lほか（著）『緑の文学批評――エコクリティシズム』（伊藤詔子／横田由理／吉田美津ほか・訳）、二二三―二四九頁、松柏社、一九九八年。〔原著、Killingsworth, M. J., & Palmer, J. S. Millennial ecology: The apocalyptic narrative from *Silent spring* to *Global warming*. In C. Herndl, & S. Brown (Eds.) *Green culture: Environmental rhetoric in contemporary America* (pp. 21-45). Madison, WI: The University of Wisconsin Press, 1996.〕

クインティリアヌス『弁論家の教育　二』（森谷宇一／戸高和弘／渡辺浩司／伊達立晶・訳）、京都大学学術出版会、二〇〇九年。〔底本、Winterbottom, M. (Ed.) *M. Fabi Quintiliani institutionis oratoriae libri duodecim, recognouit breuique adnotatione critica instruxit, Tomus I*. London: Institute of Classical Studies, 1970.〕

久保田静香「ラムス主義レトリックとデカルト――近世フランスにおける自由学芸改革の一側面」『エクフラシス――ヨーロッパ文化研究』第四号、六〇―七七頁、早稲田大学ヨーロッパ中世・ルネサンス研究所、二〇一四年。

グループμ（編）『一般修辞学』（佐々木健一／樋口桂子・訳）、大修館書店、一九八一年。〔原著、le groupe μ *Rhétorique générale*. Paris: Librairie Larousse, 1970.〕

黒沢幸三「蟹満寺縁起の源流とその成立――民話の伝説化」『国語と国文学』第四五巻、第九号、一四―二四頁、至文堂、一九六八年。

グロトフェルティ、C「アメリカのエコクリティシズム――過去、現在、未来」（土永孝・訳）、スロヴィック、S／野田研一（編著）『アメリカ文学の〈自然〉を読む――ネイチャーライティングの世界へ』九五―一一二頁、ミネルヴァ書房、一九九六年。

小泉保「直示（Deixis）」小泉保（編）『入門　語用論研究――理論と応用』五―三四頁、研究社、二〇〇一年。

小森宏美（編著）『エストニアを知るための五九章』明石書店、二〇一二年。

小山亘『記号の系譜――社会記号論系言語人類学の射程』三元社、二〇〇八年。

――「シルヴァスティンの思想」シルヴァスティン、M（著）・小山亘（編）（榎本剛士／古山宣洋／小山亘／永井那和・共訳）、『記号の思想　現代言語人類学の一軌跡――シルヴァスティン論文集』一一―二三三頁、三元社、二〇〇九年。

――『近代言語イデオロギー論――記号の地政とメタ・コミュニケーションの社会史』三元社、二〇一一年。

――『コミュニケーション論のまなざし』三元社、二〇一二年。

斎藤兆史「文体論の歴史と展望」中島平三（監修）斎藤兆史（編）『シリーズ朝倉〈言語の可能性〉一〇――言語と文学』二〇一一―二三五頁、朝倉書店、二〇〇九年。

佐伯胖『イメージ化による知識と学習』東洋館出版社、一九七八年。

坂部恵「自在・ふるまい・かなしみ」『坂部恵集三』二八九―三〇六頁、岩波書店、二〇〇七a［一九八六］年。

――「〈うつし〉〈うつし身〉〈うつしごころ〉」『坂部恵集四』一一七―一六五頁、岩波書店、二〇〇七b［一九九〇］年。

――「かたりとしじま――ポイエーシス論への一視角」『坂部恵集四』一六九―一九七頁、岩波書店、二〇〇七c［一九八五］年。

――「自己物語から他者物語へ――ナラティヴ・トランスポジション」宮本久雄／金泰昌（編）『シリーズ物語論三　彼方からの声』三七七―三九〇頁、東京大学出版会、二〇〇七年d。

――『かたり――物語の文法』筑摩書房、二〇〇八［一九九〇］年。

作田啓一『生成の社会学をめざして――価値観と性格』有斐閣、一九九三年。

佐々木健一「レトリックの蘇生」ブラック、M／サール、J・R他（著）・佐々木健一（編訳）『創造のレトリック』二五九―二八五頁、勁草書房、一九八六年。

――（監修）『レトリック事典』大修館書店、二〇〇六年。

佐藤信夫『レトリック感覚』講談社、一九九二a［一九七八］年。

――『レトリック認識』講談社、一九九二b［一九八一］年。

ジュネット、G「限定された修辞学（レトリック）」（花輪光・監修・天野利彦／大浦康介／矢橋透・訳）、『フィギュールIII』四一―一〇三頁、書肆風の薔薇、一九八七年。［原著、Genette, G. La rhétorique restreinte. In *Figures III* (pp. 21-40). Paris: Seuil, 1972.］

白川静『字通』平凡社、一九九六年。

シラネ、H／小峯和明／渡辺憲司・（司会）野田研一「（座談会）環境という視座」渡辺憲司／野田研一／小峯和明／

ハルオ・シラネ（編）『環境という視座――日本文学とエコクリティシズム』一三―三三頁、勉誠出版、二〇一一年。

菅原和孝「反響と反復――長い時間のなかのコミュニケーション」秦野悦子／やまだようこ（編）『コミュニケーションという謎』九九―一二五頁、ミネルヴァ書房、一九九八年。

鈴木彰「平家蟹と壇ノ浦――旅人たちの見聞をめぐって」説話と説話文学の会（編）第十七集担当・池田敬子／田村憲治『説話論集　第十七集　説話と旅』四六七―五〇五頁、清文堂出版、二〇〇八年。

鈴木健「コミュニケーション論からのアプローチ」菅野盾樹（編）『レトリック論を学ぶ人のために』一一二―一三八頁、世界思想社、二〇〇七年。

――「序章」鈴木健／岡部朗一（編）『説得コミュニケーション論を学ぶ人のために』四―一〇頁、世界思想社、二〇〇九年a。

――「レトリック批評とは何か」鈴木健／岡部朗一（編）『説得コミュニケーション論を学ぶ人のために』三九―八二頁、世界思想社、二〇〇九年b。

鈴木日出男「螢」國文學編集部（編）『知っ得　古典文学動物誌』一〇二―一〇三頁、學燈社、二〇〇七年。

スロヴィック、S「埋め込まれたレトリック／独立したレトリック――アメリカン・ネイチャーライティングにおける認識論と政治」（結城正美・訳）、『ユリイカ』第二八巻、第四号、一六六―一八〇頁、青土社、一九九六年。［原著、Slovic, S. Epistemology and politics in American nature writing: Embedded rhetoric and discrete rhetoric. In C. Herndl, & S. Brown (Eds.) *Green culture: Environmental rhetoric in contemporary America* (82-110). Madison, WI: The University of Wisconsin Press, 1996.］

――「自然記述の多様性――ネイチャーライティングから環境文学まで」（浅井優一・訳）、鳥飼玖美子／野田研一／平賀正子／小山亘（編）『異文化コミュニケーション学への招待』一六八―一八六頁、みすず書房、二〇一一年。［原著、Slovic, S. Varieties of writing about nature: From nature writing to environmental literature.『立教　異文化コミュニケーション研究』二七―四〇頁、立教大学大学院異文化コミュニケーション研究科、二〇〇三年。］

スロヴィック、S／野田研一「序――エコクリティシズムの方位」スロヴィック、S／野田研一（編著）『アメリカ文学の〈自然〉を読む——ネイチャーライティングの世界へ』一—一二頁、ミネルヴァ書房、一九九六年。

関敬吾『日本昔話大成　第二巻　本格昔話　一』角川書店、一九七八年。

瀬戸賢一『認識のレトリック』海鳴社、一九九七年。

ソシュール、F・de『一般言語学講義〔改版〕』（小林英夫・訳）、岩波書店、一九八六年。〔原著、Saussure, F. de. *Cours de linguistique générale*. Paris: Payot, 1916.〕

高山宏『メデューサの知』青土社、一九八七年。

——『近代文化史入門——超英文学講義』講談社、二〇〇七〔二〇〇〇〕年。

竹内敏晴『教師のためのからだとことば考』筑摩書房、一九九九年a。

——『癒える力』晶文社、一九九九年b。

蛸島直「蟹に化した人間たち（1）」『人間文化——愛知学院大学人間文化研究所紀要』第二七号、一八九—二〇六頁、愛知学院大学人間文化研究所、二〇一二年。

谷川俊太郎「蛇」『女に』六二頁、集英社、二〇一二年。

——「ベートーベン」『自選谷川俊太郎詩集』九四—九五頁、岩波書店、二〇一三〔一九六八〕年。

俵万智『サラダ記念日』河出書房新社、一九八九〔一九八七〕年。

茶園梨加「研究動向　石牟礼道子」『昭和文学研究』第六七集、七一—七四頁、昭和文学会、二〇一三年。

ディクソン、P『文学批評ゼミナール　二〇　修辞』（忍足欣四郎・訳）、研究社、一九七五年。〔原著、Dixon, P. *Rhetoric*. London: Methuen, 1971.〕

デュクロ、O／トドロフ、T『言語理論小事典』（滝田文彦・訳（代表））、朝日出版社、一九七五年。〔原著、Ducrot, O., & Todorov, T. *Dictionnaire encyclopédique des sciences du langage*. Paris: Seuil, 1972.〕

寺山修司『両手いっぱいの言葉——四一三のアフォリズム』新潮社、一九九七〔一九八二〕年。

寺山修司『寺山修司詩集』角川春樹事務所、二〇〇三年。

トドロフ、T『他者の記号学——アメリカ大陸の征服』（及川馥／大谷尚文／菊地良夫・訳）、法政大学出版局、一九八六年。〔原著、Todorov, T. *La conquête de l'Amérique: La question de l'autre*. Paris: Seuil, 1982.〕

豊里真弓「非近代への志向――梨木香歩『f植物園の巣穴』における身体性と異界」『水声通信』第三三号、二一五―二二〇頁、水声社、二〇一〇年。

中川僚子「『何かがいる』という感覚――D・H・ロレンスと自然」『水声通信』第二四号、七六―八五頁、水声社、二〇〇八年。

中田武司「歌語りと説話断片――枕草子の創造」雨海博洋（編）『歌語りと説話』三三―四六頁、新典社、一九九六年。

中村明『日本語レトリックの体系』岩波書店、一九九一年。

梨木香歩『西の魔女が死んだ』新潮社、二〇〇一a［一九九四］年。

――「蟹塚縁起」『日本児童文学』第四七巻、第六号、四四―五〇頁、日本児童文学者協会、二〇〇一年b。

梨木香歩（作）・木内達朗（絵）『蟹塚縁起』理論社、二〇〇三年。

梨木香歩「コースを違える　二」『考える人』二〇〇七年春号、九六―一〇二頁、新潮社、二〇〇七年a。

――『ぐるりのこと』新潮社、二〇〇七b［二〇〇四］年。

――『ピスタチオ』筑摩書房、二〇一〇年。

――「ロングインタビュー　梨木香歩　まだ、そこまで行ったことのない場所へ（聞き手・湯川豊）」『考える人』二〇一二年秋号、四八―五九頁、新潮社、二〇一二年a。

――『エストニア紀行――森の苔・庭の木漏れ日・海の葦』新潮社、二〇一二年b。

――『渡りの足跡』新潮社、二〇一三a［二〇一〇］年。

――『冬虫夏草』新潮社、二〇一三年b。

難波江和英／内田樹『現代思想のパフォーマンス』松柏社、二〇〇〇年。

夏目漱石「二百十日」『二百十日・野分』七―八九頁、新潮社、二〇〇四［一九〇六］年。

ネルソン、R『内なる島――ワタリガラスの贈りもの』（星川淳・訳）、めるくまーる、一九九九年。［原著、Nelson, R. *The island within*. New York: Vintage Books, 1989.］

ノールズ、G『文化史的にみた英語史』（小野茂／小野恭子・訳）、開文社出版、一九九九年。［原著、Knowles, G.

A cultural history of the English language. London: Hodder Headline, 1998.]

野内良三『レトリック入門――修辞と論証』世界思想社、二〇〇二年。

野口雨情（著）・野口存彌／東道人（編纂）『新資料　野口雨情《童謡》』踏青社、二〇〇〇年。

野田研一『交感と表象――ネイチャーライティングとは何か』松柏社、二〇〇三年。

――『自然を感じるこころ――ネイチャーライティング入門』筑摩書房、二〇〇七年。

――「世界は残る。……失われるのはぼくらのほうだ――〈いま／ここ〉の詩学へ」『水声通信』第二四号、四二―五〇頁、水声社、二〇〇八年。

――「環境コミュニケーション論・覚書――交感と世界化」『持続可能な未来のための異文化コミュニケーション学――明日の国際理解教育への試案――平成十八年度～二十年度科学研究費補助金研究成果報告書（基盤研究（B）課題番号 18320092）』三三―四六頁、立教大学大学院異文化コミュニケーション研究科、二〇〇九年。

――「〈風景以前〉の発見、もしくは『人間化』と『世界化』」『水声通信』第三三号、一一六―一二八頁、水声社、二〇一〇年。

――「自然という他者――声と主体のゆくえ」渡辺憲司／野田研一／小峯和明／ハルオ・シラネ（編）『環境という視座――日本文学とエコクリティシズム』四―一二頁、勉誠出版、二〇一一年a。

――「世界／自然とのコミュニケーション――ショシンをめぐって」鳥飼玖美子／野田研一／平賀正子／小山亘（編）『異文化コミュニケーション学への招待』一五三―一六七頁、みすず書房、二〇一一b［二〇〇三］年。

――「解説」梨木香歩『渡りの足跡』二四五―二五三頁、新潮社、二〇一三年。

――『失われるのは、ぼくらのほうだ』水声社、二〇一六年。

――「交感と反交感――『自然―人間の関係学』のために」野田研一（編著）『〈交感〉自然・環境に呼応する心』一―三六頁、ミネルヴァ書房、二〇一七年。

野田研一／山本洋平／森田系太郎（編著）『環境人文学II　他者としての自然』勉誠出版、二〇一七年。

野家啓一「物語る自己／物語られる自己」木村敏／野家啓一（監修）『「自己」と「他者」――臨床哲学の諸相』一三三―一五〇頁、河合文化教育研究所、二〇一三年。

バーク、K『動機の修辞学』（森常治・訳）、晶文社、二〇〇九年。〔原著、Burke, K. *A rhetoric of motives*. New York: Prentice-Hall, 1950.〕

――『動機の文法』（森常治・訳）、晶文社、一九八二年。〔原著、Burke, K. *A grammar of motives*. New York: Prentice-Hall, 1945.〕

バーマン、M『デカルトからベイトソンへ――世界の再魔術化』（柴田元幸・訳）、国文社、一九八九年。〔原著、Berman, M. *The reenchantment of the world*. New York: Cornell University Press, 1981.〕

波多野完治『波多野完治全集第三巻「現代のレトリック」』小学館、一九九一〔一九七三〕年。

バフチン、M『ドストエフスキーの詩学』（望月哲男／鈴木淳一・訳）、筑摩書房、一九九五年。〔原著、Бахтин M. M. *Проблемы поэтики Достоевского, Изд. 2-е*. Москва: Сов. писатель, 1963.〕

浜口稔『言語機械の普遍幻想――西洋言語思想史における「言葉と事物」問題をめぐって』ひつじ書房、二〇一一年。

バルト、R『旧修辞学　便覧』（沢崎浩平・訳）、みすず書房、一九七九年。〔原著、Barthes, R. L'ancienne rhétorique: Aide-mémoire. *Communications, 16*, (1970): 172-223.〕

バンヴェニスト、É『一般言語学の諸問題』（岸本通夫・監訳・河村正夫／木下光一／高塚洋太郎／花輪光／矢島猷三・訳）、みすず書房、一九八三年。〔原著、Benveniste, É. *Problèmes de linguistique générale*. Paris: Gallimard, 1966.〕

ビュエル、L／ハイザ、U／ソーンバー、K「文学と環境」（森田系太郎・監訳・小椋道晃／巴山岳人／山本洋平／太田貴大／内藤貴子／山田悠介・訳）、小谷一明／巴山岳人／結城正美／豊里真弓／喜納育江（編）『文学から環境を考える――エコクリティシズムガイドブック』一九三―二五七頁、勉誠出版、二〇一四年。〔原著、Buell, L., Heise, U., & Thornber, K. Literature and environment. *Annual Review of Environment and Resources, 36*, (2011)：417-440.〕

平賀正子「詩的言語」山梨正明／有馬道子（編著）『現代言語学の潮流』一二八―一四〇頁、勁草書房、二〇〇三年。

平野敏彦「弁論術としてのレトリック――法学からのアプローチ」菅野盾樹（編）『レトリック論を学ぶ人のために』四―二四頁、世界思想社、二〇〇七年。

フーコー、M『言葉と物――人文科学の考古学』（渡辺一民／佐々木明・訳）、新潮社、一九七四年。［原著、Foucault, M. *Les mots et les choses: une archéologie des sciences humaines*. Paris: Gallimard, 1966.］

藤井貞和「うた」永井均／中島義道／小林康夫／河本英夫／大澤真幸／山本ひろ子／中島隆博（編集委員）『事典 哲学の木』九九―一〇二頁、講談社、二〇〇二年。

――――『物語理論講義』東京大学出版会、二〇〇四年。

藤本英二『児童文学の境界へ――梨木香歩の世界』久山社、二〇〇九年。

ブラック、M「隠喩」（尼ヶ崎彬・訳）、ブラック、M／サール、J・R他（著）・佐々木健一（編訳）『創造のレトリック』一―二九頁、勁草書房、一九八六年。［原著、Black, M. Metaphor. *Proceedings of the Aristotelian Society*, 55, (1954): 273-294.］

文学・環境学会（編著）『たのしく読めるネイチャーライティング――作品ガイド一二〇』ミネルヴァ書房、二〇〇〇年。

ベイトソン、G『精神の生態学［改訂第二版］』（佐藤良明・訳）、新思索社、二〇〇〇年。［原著、Bateson, G. *Steps to an ecology of mind*. Chicago: University of Chicago press, 1972.］

ベルクソン、H『思想と動くもの』（河野与一・訳）、岩波書店、一九九八年。［原著、Bergson, H. *La pensée et le mouvant*. Paris: Presses Universitaires de France, 1934.］

ボアズ、G「マクロコスモスとミクロコスモス」（村上陽一郎・訳）、ウィーナー、P・P（編）、荒川幾男ほか（日本語版編集委員）『西洋思想大事典　四』三三四―三三九頁、平凡社、一九九〇年。［原著、Wiener, P. P. (Ed.) *Dictionary of the history of ideas: Studies of selected pivotal ideas*. New York: Charles Scribner's Sons, 1973.］

北條勝貴「〈書く〉ことと倫理――自然の対象化／自然との一体化をめぐって」『GYRATIVA（方法論懇話会年報）』第三号、四四―七二頁、方法論懇話会、二〇〇四年。

牧野成一『くりかえしの文法――日・英比較対照』大修館書店、一九八〇年。

松木啓子「ことばの民族誌」小池生夫（編集主幹）『応用言語学事典』二四七—二四八頁、研究社、二〇〇三年。

――――「コミュニケーションにおける儀礼的諸相の再考察――『連帯』と『聖なるもの』をめぐって」『言語文化』第一二巻、第二号、三四五—三六八頁、同志社大学、二〇〇九年。

マニス、C「自然と沈黙――思想史のなかのエコクリティシズム」（城戸光世・訳）、フロム、H／アレン、P・G／ビュエル、Lほか（著）『緑の文学批評――エコクリティシズム』（伊藤詔子／横田由理／吉田美津ほか・訳）、三五—六二頁、松柏社、一九九八年。〔原著、Manes, C. Nature and silence. *Environmental Ethics, Winter, 1992,* (1992): 339-350.〕

マリノウスキー、B「原始言語における意味の問題」（石橋幸太郎・訳）、オグデン、C／リチャーズ、I『新版 意味の意味』三八七—四三〇頁、新泉社、二〇〇一［一九六七］年。〔原著、Malinowski, B. The problem of meaning in primitive languages. In C. K. Ogden. & I. A. Richards (Eds.) *The meaning of meaning: A study of the influence of language upon thought and of the science of symbolism* (pp.146-152). London: Routledge, 1923.〕

三浦佑之『日本霊異記の世界――説話の森を歩く』角川学芸出版、二〇一〇年。

水谷雅彦「伝達・対話・会話――コミュニケーションのメタ自然誌へむけて」谷泰（編）『コミュニケーションの自然誌』五—三〇頁、新曜社、一九九七年。

宮崎清孝／上野直樹『視点〔新装版〕』東京大学出版会、二〇〇八［一九八五］年。

ムーナン、G『ソシュール』（福井芳男／伊藤晃／丸山圭三郎・訳）、大修館書店、一九七〇年。〔原著、Mounin, G. *Saussure ou le structuraliste sans le savoir.* Paris: Éditions Seghers, 1968.〕

村井則夫「交響する宇宙――ミクロコスモスとマクロコスモス」伊藤博明（責任編集）『哲学の歴史 四 ルネサンス 一五—一六世紀』一四—一六頁、中央公論新社、二〇〇七年。

森田亜紀「芸術体験の中動相」『美學』第五四巻、第二号、一—一四頁、美学会、二〇〇三年。

モリニエ、G『文体の科学』（大浜博・訳）、白水社、一九九四年。〔原著、Molinié, G. *La stylistique.* Paris: Presses Universitaires de France, 1989, 1992.〕

師岡淳也「レトリック批評」石井敏／久米昭元（編集代表）・浅井亜紀子／伊藤朋美／久保田真弓／清ルミ／古家

聡（編集委員）『異文化コミュニケーション事典』八九―九〇頁、春風社、二〇一三年。
ヤーコブソン、R「言語学と詩学」（川本茂雄・監修・田村すゞ子／村崎恭子／長嶋善郎／中野直子・訳）、『一般言語学』一八三―二二一頁、みすず書房、一九七三年。［原著、Jakobson, R. Closing statements: Linguistics and poetics. In T. A. Sebeok (Ed.) *Style in language* (pp. 350-377). Cambridge, MA: MIT Press, 1960.］
――「言語の本質の探究」（服部四郎・編・早田輝洋／長嶋善郎／米重文樹・訳）、『ロマーン・ヤーコブソン選集II　言語と言語科学』六七―八四頁、大修館書店、一九七八年。［原著、Jakobson, R. Quest for the essence of language. In R. Jakobson. (Ed.) *Selected writings II* (pp. 345-359). The Hague: Mouton, 1971.］
ヤコブソン、R「言語学の問題としてのメタ言語」（池上嘉彦／山中桂一・訳）、『言語とメタ言語』一〇一―一一六頁、勁草書房、一九八四年。［原著、Jakobson, R. *The framework of language*. Ann Arbor, MI: University of Michigan, 1980.］
ヤーコブソン、R「文法の詩と詩の文法」（川本茂雄・編・川本茂雄／千野栄一・監訳）、『ロマーン・ヤーコブソン選集三　詩学』八六―一〇〇頁、大修館書店、一九八五年。［原著、Jakobson, R. Poetry of grammar and grammar of poetry. *Lingua 21*, (1968): 597-609.］
矢野智司『自己変容という物語――生成・贈与・教育』金子書房、二〇〇〇年。
――『動物絵本をめぐる冒険――動物―人間学のレッスン』勁草書房、二〇〇二年。
――『意味が躍動する生とは何か――遊ぶ子どもの人間学』世織書房、二〇〇六年。
――『贈与と交換の教育学――漱石、賢治と純粋贈与のレッスン』東京大学出版会、二〇〇八年。
山口治彦『明晰な引用、しなやかな引用――話法の日英対照研究』くろしお出版、二〇〇九年。
やまだようこ「共鳴してうたうこと・自身の声がうまれること」菅原和孝／野村雅一（編）『コミュニケーションとしての身体』四〇―七〇頁、大修館書店、一九九六年。
――「小津安二郎の映画『東京物語』にみる共存的ナラティヴ――並ぶ身体・かさねの語り」『質的心理学研究』第三号、一三〇―一五六頁、新曜社、二〇〇四年。
山梨正明『比喩と理解』東京大学出版会、一九八八年。

山本洋平「生物多様性の文学へ——加藤幸子『ジーンとともに』論」『水声通信』第三三号、二二一—二二七頁、水声社、二〇一〇年。
結城正美「環境文学のエコ＝ロジカルな試み——テリー・テンペスト・ウィリアムスと石牟礼道子を中心に」野田研一／結城正美（編）『越境するトポス——環境文学論序説』一八三—二〇三頁、彩流社、二〇〇四年。
——『水の音の記憶——エコクリティシズムの試み』水声社、二〇一〇年a。
——「エコクリティシズムをマップする」『水声通信』第三三号、八六—九八頁、水声社、二〇一〇年b。
——『他火のほうへ——食と文学のインターフェイス』水声社、二〇一二年。
——「はじめに——日本のエコクリティシズム」小谷一明／巴山岳人／結城正美／豊里真弓／喜納育江（編）『文学から環境を考える——エコクリティシズムガイドブック』i-xiv頁、勉誠出版、二〇一四年。
米盛裕二『パースの記号学』勁草書房、一九八一年。
ライアン、T・J『この比類なき土地——アメリカン・ネイチャーライティング小史』（村上清敏・訳）、英宝社、二〇〇〇年。［原著、Lyon, T. J. *This incomparable lande: A book of American nature writing*. Boston: Houghton Mifflin Company, 1989.］
ラヒリ、J『べつの言葉で』（中嶋浩郎・訳）、新潮社、二〇一五年。［原著、Lahiri, J. *In altre parole*. Guanda, 2015.］
リーチ、G・N／ショート、M・H『小説の文体——英米小説への言語学的アプローチ』（筧壽雄・監修・石川慎一郎／瀬良晴子／廣野由美子・訳）、研究社、二〇〇三年。［原著、Leech, G. N., & Short, M. H. *Style in fiction: A linguistic introduction to English fictional prose*. London: Longman, 1981.］
リクール、P『生きた隠喩』（久米博・訳）、岩波書店、一九八四年。［原著：Ricœur, P. *La métaphore vive*. Paris: Seuil, 1975.］
リチャーズ、I・A『新修辞学原論』（石橋幸太郎・訳）、南雲堂、一九六一年。［原著、Richards, I. A. *The philosophy of rhetoric*. New York: Oxford University Press, 1936.］
李絳「文体分析の概観と実践——ヘミングウェイ、ダフィ、コープの作品を中心に」斎藤兆史（編）『言語と文学』三一—六四頁、朝倉書店、二〇〇九年。

ルブール、O『レトリック』（佐野泰雄・訳）、白水社、二〇〇〇年。〔原著、Reboul, O. *La rhétorique*. Paris: Presses Universitaires de France, 1984.〕

レイン、R・D『自己と他者』（志貴春彦／笠原嘉・訳）、みすず書房、一九七五年。〔原著：Laing, R. D. *Self and others*. London: Tavistock Publications, 1961.〕

ロック、J『人間知性論（三）』（大槻春彦・訳）、岩波書店、一九七六年。〔原著、Locke, J. *An essay concerning human understanding, edited with an introduction by John W. Yolton. Revised edition.* London: Dent, 1965〔1690〕.〕

ロッジ、D『フィクションの言語――イギリス小説の言語分析批評』（笹江修／西谷拓哉／野谷啓二／米本弘一・訳）、松柏社、一九九九年。〔原著、Lodge, D. *Language of fiction: Essays in criticism and verbal analysis of the English novel* (2nd ed.). London: Routledge & Kegan Paul, 1984.〕

――『小説の技巧』（柴田元幸／斎藤兆史・訳）、白水社、一九九七年。〔原著、Lodge, D. *The art of fiction: Illustrated from classic and modern texts.* London: Penguin, 1992.〕

ロンドン、J「野生の呼び声」（柴田元幸・訳）、『柴田元幸翻訳叢書　ジャック・ロンドン　犬物語』七九―二〇五頁、スイッチパブリッシング、二〇一七年。〔原著、London, J. *The call of the wild.* New York/London: Macmillan, 1903.〕

若松美智子「石牟礼道子の美の世界―『椿の海の記』を中心に」『東京農業大学農学集報』第五三巻、第二号、一〇七―一一九頁、東京農業大学、二〇〇八年。

鷲田清一「人間性と動物性」奥野卓司／秋篠宮文仁（編著）『ヒトと動物の関係学　第一巻　動物観と表象』三〇五―三一三頁、岩波書店、二〇〇九年。

――『「聴く」ことの力――臨床哲学試論』TBSブリタニカ、一九九九年。

渡辺京二「石牟礼道子の世界」石牟礼道子『苦海浄土　わが水俣病』三〇五―三二五頁、講談社、一九七二年。

――「石牟礼道子の時空」『もうひとつのこの世――石牟礼道子の宇宙』三四―八八頁、弦書房、二〇一三a〔一九八四〕年。

――「新たな石牟礼道子像を」『もうひとつのこの世――石牟礼道子の宇宙』一三六―一四二頁、弦書房、二〇一三b［二〇一三］年。
——「『天湖』の構造」『もうひとつのこの世——石牟礼道子の宇宙』一九七—二二〇頁、弦書房、二〇一三年c。

Abbey, E. *The journey home: Some words in defense of the American west*. New York: Plume, 1991 [1977].

Bialock, D. T., & Heise, U. K. Japan and ecocriticism: An introduction. *POETICA, 80*, (2013): i-xi.

Buell, L. *The environmental imagination: Thoreau, nature writing, and the formation of American culture*. Cambridge, MA: The Belknap Press of Harvard University Press, 1995.

Cox, R. *Environmental communication and the public sphere* (2nd ed). Los Angeles: Sage, 2006.

———. *Environmental communication and the public sphere* (3rd ed). Thousand Oaks, CA: Sage, 2013.

Fischer, O., & Nänny, M. Introduction: Iconicity as a creative force in language use. In M. Nänny, & O. Fischer (Eds.), *Form miming meaning: Iconicity in language and literature* (pp. xv-xxxvi). Amsterdam/Philadelphia: John Benjamins, 1999.

Fischer, O., & Nänny, M. (Eds.) *The motivated sign: Iconicity in language and literature 2*. Amsterdam/Philadelphia: John Benjamins, 2001.

Goggin, P. (Ed.) *Environmental rhetoric and ecologies of place*. New York: Routledge, 2013.

Gonda, J. Reflections on the Indo-European medium. *Lingua, IX*, (1960): 30-67.

Herndl, C. G., & Brown, S. C. Introduction. In C. Herndl, & S. Brown (Eds.) *Green culture: Environmental rhetoric in contemporary America* (pp. 3-20). Madison, WI: The University of Wisconsin Press, 1996.

Hiraga, M. K. Diagrams and metaphors: Iconic aspects in language. *Journal of Pragmatics, 22*, (1994): 5-21.

———. *Metaphor and iconicity: A cognitive approach to analyzing texts*. New York: Palgrave Macmillan, 2005.

Hiraga, M. K., Herlofsky, W. J., Shinohara, K., & Akita, K. (Eds.) *Iconicity: East meets west*. Amsterdam: John Benjamins, 2015.

Jakobson, R. Two aspects of language and two types of aphasic disturbances. In R. Jakobson, & M. Halle (Eds.) *Fundamentals of language* (pp. 55-82). The Hague: Mouton, 1956.

Johansen, J. D. Iconicity in literature. *Semiotica, 110*, (1996): 37-55.

Kemmer, S. *The middle voice*. Amsterdam: John Benjamins, 1993.

Killingsworth, M. J., & Palmer, J. S. (Eds.) *Ecospeak: Rhetoric and environmental politics in America*. Carbondale, IL: Southern Illinois University Press, 1992.

Laver, J. Communicative functions of phatic communion. In A. Kendon, R. M. Harris, & M. R. Key (Eds.) *Organization of behavior in face-to-face interaction* (pp. 215-238). The Hague: Mouton, 1975.

Nänny, M. Iconicity in literature. *Word & Image, 2* (3), (1986): 199-208.

———. Formal allusions to visual ideas and visual art in Hemingway's work. *European Journal of English Studies, 4* (1), (2000): 66-82.

Nänny, M., & Fischer, O. (Eds.) *Form miming meaning: Iconicity in language and literature*. Amsterdam/Philadelphia: John Benjamins, 1999.

Nelson, R. *The island within*. New York: Vintage Books, 1991 [1989].

Nöth, W. Semiotic foundations of iconicity in language and literature. In O. Fischer & M. Nänny (Eds.) *The motivated sign: Iconicity in language and literature 2* (pp. 17-28). Amsterdam/Philadelphia: John Benjamins, 2001.

Oerlemans, O. D. "The meanest thing that feels": Anthropomorphizing animals in romanticism. *Mosaic, 27* (1), (1994): 1-32.

Peirce, C. S. Logic and semiotic: The theory of signs. In J. Buchler. (Ed.) *Philosophical writings of Peirce* (pp. 98-119). New York: Dever, 1955 [1902].

Radden, G. The cognitive approach to natural language. *L.A.U.D. Papers Series A, 300*. University of Duisburg, 1991.

Sprat, T. The history of the royal society of London. 大塚高信（編集責任）・永嶋大典（解説）『英語文献翻刻シリーズ第一一巻』七―一一三頁、南雲堂、一九八二［一九六七］年。

Tabakowska, E. Iconicity. In F. Brisard, J. Östman & J. Verschueren (Eds.) *Grammar, meaning and pragmatics*. (pp. 129-145). Amsterdam and Philadelphia: John Benjamins, 2009.

Tallmadge, J. Richard K. Nelson. In J. Elder (Ed.) *American Nature Writers. Vol. II* (pp. 683-696). New York: Charles

Scribner's Sons, 1996.

Toyosato, M. Beyond the *Satoyama* tradition: Unsettling landscapes in the writings of Morisaki Kazue and Nashiki Kaho. *POETICA, 80*, (2013): 65-80.

Wichelns, H. A. The literary criticism of oratory. In Bryant, D. C. (Ed.)*The rhetorical idiom: Essays in rhetoric, oratory, language, and drama, presented to Herbert August Wichelns, with a reprinting of his"Literary criticism of oratory" (1925)* (pp. 5-42). Ithaca: Cornell University Press, 1958 [1925].

Williams, T. T. *Refuge: An unnatural history of family and place*. New York: Vintage Books, 2001a [1991].

————. *Red: Passion and patience in the desert*. New York: Pantheon Books, 2001b.

Yamashiro, S. Richard K. Nelson. In R. Thompson, & J. S. Bryson. (Eds.)*Twentieth-century American nature writers: Prose* (pp. 239-244). Detroit: Gale Group, 2003.

索引

ア行

ナ行

ハ行

マ行

ヤ行

ラ行

ワ行

あとがき

本書は、筆者が二〇一六年度に立教大学大学院異文化コミュニケーション研究科に提出し、博士号を授与された博士学位申請論文（『環境文学の『レトリック』――梨木香歩と石牟礼道子の『反復』』（甲第四五九号））を改稿したものである。

本書ならびにそのもととなった学位申請論文は、筆者が同研究科博士課程後期課程在学中に発表した論稿に加筆、修正を加えた部分と、書き下ろしの部分から成る。巻末の初出一覧に示した通り、これまでに発表した論稿をそのままのかたちで一章ずつ配列するのではなく、一つの読み物となるよう各論稿を一度解体し、書き下ろしの部分も交えながらそれらを繋ぎ合わせた。

課題も多く残されている本書ではあるが、環境文学の魅力や、文学テクストの〈ことば〉を読み解くことの面白さを少しでも感じていただければ幸いである。

＊

大学院に入学して以来、環境文学テクストにおける「反復」をテーマに研究を行ってきた。言語現象だけでなく行為やふるまいのくり返しにも関心を抱くうちに、「反復」が、〈交感〉や、〈変身〉や、儀礼的な出来事や、「コミュニケーション」の本質など、人間という存在の根幹に関わるさまざまな事象や概念について考える際の重要な手がかりの一つであることが少しずつ見えてきた。一見何の関係もないようなことが、「反復」を介することで思わぬかたちで繋がっていく。世界の見え方があざやかに変わる。ごく稀にだがそのような体験をする度に、このテーマとめぐり逢えた幸運を思った。

大学三年の冬。当時所属していた大学の合唱サークルの定期演奏会で、J・S・バッハの「ミサ曲　ロ短調」（BWV 232）を歌った。バッハ最晩年の大曲をオーケストラとともに演奏するというあの得難い経験なしに、その後、「反復」に着目した文学研究に取り組んでいたかどうか。歌詞、リズム、メロディー、和音などのくり返しをよすがに曲の構造を理解しようと楽譜を読み、演奏を聴き、練習に明け暮れたあの日々は、間違いなく、私の人生における一つの大きな転換点だった。

もう一つの大きなターニングポイントは、進学を希望する大学院が見つからず浪人生活を送っていた初秋のある日、たまたま入った書店で、野田研一著『自然を感じるこころ――ネイチャーライティング入門』(筑摩書房、二〇〇七年)と出逢ったことだった。この本をあのタイミングで手に取っていなければ、環境文学やエコクリティシズムの存在を知ることも、多様な学問領域が共存し、それらを積極的に横断しながら自らの「問い」を探究することが奨励されていた、知的な刺激に満ちた研究科で学ぶことも、こうして本書を著すことも、おそらくなかっただろう。

*

学位申請論文の執筆から本書の出版に至るまで、私を支えてくださった方は多岐にわたる。大学院在学中に、文学研究と言語研究を架橋するための具体的な理論・方法とその面白さを、たくさんの励ましの言葉とともにご教授くださった平賀正子先生(立教大学名誉教授)、言語をめぐる学問の広大さと奥深さを、軽妙なユーモアと重厚な書物を通して教えてくださった小山亘先生(立教大学)、そして、怯むことなく大きな「問い」と向き合うことの大切さをその身で示してくださった奥野克巳先生(立教大学)に、心より御礼申し上げたい。

所属するASLE-Japan/文学・環境学会と、「言語と人間」研究会、日本文体論学会では、口頭発表や論文掲載の機会を何度も与えていただいた。いつもあたたかく若手を見守ってくださる先生方、諸先輩方に、心から感謝申し上げたい。折に触れ背中を押してくださった中川僚子先生（聖心女子大学）、結城正美先生（金沢大学）、篠原和子先生（東京農工大学）、北條勝貴先生（上智大学）にも、厚く御礼申し上げる。

数年前から定期的に読書会を開催し、新しい本と出逢う喜びと、文学作品を読むことの限りない幸福を教えてくださった中村邦生先生（大東文化大学名誉教授）、そして、読書会（ヒ文研）のメンバーである猪俣和也氏、北﨑義弘氏、小泉直哉氏、松尾真名氏にも感謝の気持ちをお伝えしたい。皆さんと積み重ねてきたディスカッションは、本書の大事な隠し味になりました。ありがとうございました。

松木正恵先生（早稲田大学）には、早稲田大学教育学部国語国文学科に在学していた四年間、本当にきめ細かく丁寧にご指導いただいた。学部を卒業した後も何かと気にかけてくださり、さまざまな局面でお力添えいただいたことも忘れられない。心より御礼申し上げたい。

後藤隆基氏（立教大学社会学部教育研究コーディネーター）には、学位申請論文の校正にご協力いただき、日本語のチェックや体裁の確認をしていただいた。ご多忙のなか時間を割いて細かい点まで目を通し、的確なご助言をくださったこと、改めて御礼申し上げる。

ご指導賜った異文化コミュニケーション研究科の先生方、独立研究科事務室の皆さん、ASLE-Japan／文学・環境学会院生組織のメンバー、大学院や学会や研究会などさまざまなかたちでご縁をいただいた方々、お一人お一人のお名前を挙げることはできないが、数え切れないほど多くの方が研究を続けてゆく上で支えとなってくださった。ここに記して感謝の意を表したい。

早稲田大学混声合唱団で出逢ったかけがえのない友人たちにも、心からありがとうと伝えたい。あなたたちと歌い、語り、笑いあったあの一瞬一瞬が、私の人生をどれほど豊かにしてくれたことか。あの頃と変わらず、一緒に歌い、語り、笑いあったことが、必ずしも楽しいことばかりではなかった大学院での日々を送る上で、どれほど支えになったことか。友人たちの子どもたちにも、たくさん元気をもらいました。いつも、本当にありがとう。

博士課程前期課程在学中からご指導いただいている野田研一先生（立教大学名誉教授）には、本書を「エコクリティシズム・コレクション」の一書に加えることを推薦していただいた。決して大げさではなく、あの日、野田先生のご著書と出逢わなければ、今の私はない。「自分が一番おもしろいと思うことをやりなさい」と、いつも私を信じ、あたたかく、時に厳しく見守ってくださる野田先生への感謝の気持ちは、どれほど言葉を尽くしても言い表すことはできない。報い切れない学恩に少しでも報いるために、そして、バトンを次に渡すために、これまで以上に真摯に、研究に教育に向き合っていきたい。

これまで、読者という立場で多くのことを学ばせていただいてきた本シリーズの一書として自分の本を出版できる日が来るとは、夢にも思っていなかった。出版を快諾してくださった水声社社主の鈴木宏氏と、刊行の労をとってくださった編集部の飛田陽子さん、関係者の皆様に、記して感謝申し上げたい。

最後に、今日まで私を育んでくれた両親と妹に、心からの感謝を。理解ある家族の支えなしには、ここまで研究を続けることも、たくさんの素晴らしい人びとと出逢うことも、この道を進まなければ決して知ることのなかったであろう喜びも、哀しみも、痛みも、優しさも、味わうことはできませんでした。本当に、ありがとうございました。

二〇一七年十二月

山田悠介

＊　本書のもととなった博士学位申請論文は、筆者が立教大学大学院異文化コミュニケーション研究科博士課程後期課程在学中に貸与を受けた日本学生支援機構第一種奨学金、給与を受けた立教大学異文化コミュニケーション研究科金子詔一奨学金、立教大学大学院給与奨学金、立教大学大学院学生学会発表奨励金、立教大学学術推進特別重点資金（大学院生研究）の支援を受けて執筆したものである。ここに記して謝意を表したい。

初出一覧

本書は、既に発表した拙論を改稿した部分と書き下ろしの部分から成る。既に発表した部分については、以下の通り。

第一章
「動物変身譚における反復と類像性」『文学と環境』第一五号、三九―五三頁、ASLE-Japan／文学・環境学会、二〇一二年。
"Iconicity in Contemporary American Nature Writing: A Case Study of Annie Dillard, Richard Nelson, and Edward Abbey." *Ravenshaw Journal of Literary and Cultural Studies: Special Issue on Green Studies.* Volume 4, (2014): 140-160. Department of English, Ravenshaw University.
「言葉の〈かたち〉が語ること　梨木香歩の『反復』を読む」野田研一／山本洋平／森田系太郎（編著）『環境人文

学I　文化のなかの自然』三四一―三六〇頁、勉誠出版、二〇一七年。

第二章

「よしもとばななの小説における類像性」『ことばと人間』第八号、八一―九五頁、「言語と人間」研究会、二〇一一年。

「動物変身譚における反復と類像性」『文学と環境』第一五号、三九―五三頁、ASLE-Japan／文学・環境学会、二〇一二年。

"Iconicity in Contemporary American Nature Writing: A Case Study of Annie Dillard, Richard Nelson, and Edward Abbey." *Ravenshaw Journal of Literary and Cultural Studies: Special Issue on Green Studies. Volume 4*, (2014): 140-160. Department of English, Ravenshaw University.

「『反復』というふるまい――石牟礼道子の言葉」『共生学』第一〇号、一〇七―一二六頁、上智大学共生学研究会、二〇一五年。

「反復から〈交感〉へ――石牟礼道子の言語世界」野田研一（編著）『〈交感〉自然・環境に呼応する心』一七五―二〇二頁、ミネルヴァ書房、二〇一七年。

「言葉の〈かたち〉が語ること　梨木香歩の『反復』を読む」野田研一／山本洋平／森田系太郎（編著）『環境人文学I　文化のなかの自然』三四一―三六〇頁、勉誠出版、二〇一七年。

第三章

「交感の文体をめぐって　吉本ばなな『アムリタ』の反復」『文学と環境』第一四号、三七―四四頁、ASLE-Japan／文学・環境学会、二〇一一年。

「動物変身譚における反復と類像性」『文学と環境』第一五号、三九―五三頁、ASLE-Japan／文学・環境学会、二〇一二年。

「交感」小谷一明／巴山岳人／結城正美／豊里真弓／喜納育江（編）『文学から環境を考える　エコクリティシズム

ガイドブック』二八一―二八二頁、勉誠出版、二〇一四年。

「人間中心主義／神人同型（同性）論」小谷一明／巴山岳人／結城正美／豊里真弓／喜納育江（編）『文学から環境を考える　エコクリティシズムガイドブック』三〇五―三〇六頁、勉誠出版、二〇一四年。

「鳥を〈かたる〉言葉　梨木香歩の〈かたり〉の〈かたち〉」野田研一／奥野克巳（編著）『鳥と人間をめぐる思考　環境文学と人類学の対話』五三―七八頁、勉誠出版、二〇一六年。

「言葉の〈かたち〉が語ること　梨木香歩の『反復』を読む」野田研一／山本洋平／森田系太郎（編著）『環境人文学Ⅰ　文化のなかの自然』三四一―三六〇頁、勉誠出版、二〇一七年。

第四章
「石牟礼道子の『反復』を読む――『あやとりの記』・『苦海浄土』」『科学研究費補助金基盤研究（B）「文学的交感の理論的・歴史的考察――『自然―人間の関係学』」成果報告書』（研究代表者・野田研一）六〇―八六頁、立教大学大学院異文化コミュニケーション研究科　野田研一研究室、二〇一五年。
「『反復』というふるまい――石牟礼道子の言葉」『共生学』第一〇号、一〇七―一二六頁、上智大学共生学研究会、二〇一五年。
「反復から〈交感〉へ――石牟礼道子の言語世界」野田研一（編著）『〈交感〉自然・環境に呼応する心』一七五―二〇一頁、ミネルヴァ書房、二〇一七年。

著者について——

山田悠介（やまだゆうすけ）　一九八四年大阪府に生まれる。立教大学大学院異文化コミュニケーション研究科博士課程後期課程修了。博士（異文化コミュニケーション学）。現在、東洋大学・大東文化大学・杏林大学・非常勤講師。専門は、環境文学、文体論、コミュニケーション論。主な著書に、『鳥と人間をめぐる思考　環境文学と人類学の対話』（共著、勉誠出版、二〇一六年）、『〈交感〉自然・環境に呼応する心』（共著、ミネルヴァ書房、二〇一七年）、『環境人文学I　文化のなかの自然』（共著、勉誠出版、二〇一七年）、論文に、「動物変身譚における反復と類像性」（『文学と環境』第一五号、二〇一二年）などがある。

装幀——滝澤和子

エコクリティシズム・コレクション

反復のレトリック——梨木香歩と石牟礼道子と

二〇一八年一月二〇日第一版第一刷印刷　二〇一八年一月三〇日第一版第一刷発行

著者——山田悠介

発行者——鈴木宏

発行所——株式会社水声社

東京都文京区小石川二―七―五　郵便番号一一二―〇〇〇二

電話〇三―三八一八―六〇四〇　ＦＡＸ〇三―三八一八―二四三七

［編集部］横浜市港北区新吉田東一―七七―一七　郵便番号二二三―〇〇五八

電話〇四五―七一七―五三五六　ＦＡＸ〇四五―七一七―五三五七

郵便振替〇〇一八〇―四―六五四一〇〇

URL : http://www.suiseisha.net

印刷・製本——ディグ

ISBN978-4-8010-0317-0